ACCIDENTALLY INTO YOU

Von Feinden zu Liebenden

Ashlee Price

Besuchen Sie die Ashlee Price-Website
https://www.ashleepriceromanceauthor.com/

KAPITEL 1

Lilly

Ich hätte mich krank melden sollen.

Das war der erste Gedanke, der mir durch den Kopf ging, als ich aufblickte und in die Augen meines Chefs blickte. Henry Burke kam selten ins The Verve. In der Tat konnte ich die Anzahl der Male, die ich ihn hier gesehen hatte, an einer Hand abzählen, und ich arbeitete seit zwei Jahren in diesem Nachtclub.

Der Mann war abnormal reich, er hatte seine erste Million als Immobilienmogul gemacht, noch bevor ich geboren wurde. Jetzt besaß er eine Vielzahl an Unternehmen, zu welchen auch dieser Laden gehörte.

Warum musste er ausgerechnet heute Abend auftauchen? Als neue Managerin des Clubs stand ich unter großem Druck mich zu beweisen und heute Abend war ich nicht in bester Verfassung. Die aus der Gegend stammende Band, die ich für den Abend gebucht hatte, kam zu spät und hatte noch nicht angefangen zu spielen, so dass die Tanzfläche voller Leute war, die mit Getränken in der Hand herumstanden und darauf warteten, dass etwas passierte. Nicht gerade die Art ausgelassener Atmosphäre, die sich der Besitzer eines Nachtclubs an einem Samstagabend wünschen würde.

Außerdem hatte sich einer meiner Barkeeper krank gemeldet, sodass die beiden Kellnerinnen, die den Barbereich bedienten, Mühe hatten, mitzuhalten. Ich tat mein Bestes, um zu helfen, aber mir war gerade ein Highball-Glas aus der Hand gerutscht, so dass es auf den

Boden fiel, wo es in Millionen Stücke zersprang und einen Wodka-Mojito auf meine Hose spritzte. Das war der Moment, in dem ich das Gefühl bekam, beobachtet zu werden und mein Blick zur Tür wanderte.

Da stand er, mein Chef, und hatte seine Augen auf mich gerichtet. Tolles Timing. Einfach großartig.

„Verdammt", murmelte ich und blickte auf das Chaos zu meinen Füßen und die Dutzenden von ungeduldigen Gästen, die sich um den Barbereich drängten.

Ja, ich hätte einfach zu Hause bleiben sollen.

Ich atmete tief durch und versuchte, nicht die Fassung zu verlieren. Wichtigste Dinge zuerst, also das Chaos beseitigen. Ich schnappte mir einen Besen und winkte meine beste Kellnerin herbei.

„Was gibt's, Chefin?", fragte Tina grinsend, lehnte sich an die Theke und beobachtete, wie ich die Glasscherben zusammenkehrte.

„Ich habe dir gesagt, du sollst mich Lilly nennen", sagte ich. Ich wies mit dem Kopf in Richtung Mr. Burke, der sich in der Nähe des Eingangs aufhielt. „Siehst du den älteren Mann da drüben an der Tür?"

„Du meinst den Kerl in dem teuren Anzug, dem zwei verdächtig minderjährig aussehende und spärlich bekleidete Mädchen am Arm hängen?", fragte Tina und rümpfte angewidert die Nase.

„Das ist er. Das ist Henry Burke."

„Derselbe Henry Burke, der meinen Gehaltsscheck unterschreibt?"

„Ja", sagte ich und warf die Glasscherben in einen kleinen Mülleimer unter der Bar.

„Wow, das nenne ich mal VIP. Was macht er denn hier?"

„Keine Ahnung. Und sein Timing ist nicht das Beste. Also musst du dich um ihn kümmern. Setz ihn nach oben, klar. Bediene ihn und seine... Begleiterinnen. Gib dein Bestes, damit er glücklich ist.“

„Was wirst du tun?“

„Ich muss die Musik in Gang bringen, auch wenn ich selbst zuerst lernen muss, Gitarre zu spielen.“, sagte ich und schaute auf die Bühne, wo die Band gerade ihr Schlagzeug aufgebaut hatte.

„Das würde ich gerne sehen.“ Tina grinste mich an und eilte davon, um sich um unseren unerwarteten Gast zu kümmern.

***

Es dauerte fast 20 Minuten, bis die Band endlich ihre Instrumente aufnahm und mit ihrem Auftritt begann. Rockmusik erfüllte den großen Raum und ich spürte den Bass in meiner Brust dröhnen. Die Menge reagierte sofort. Es war ein schöner Anblick, als sich die Tanzfläche mit Tanzenden füllte; ihre Körper wanden sich im Takt unter den tanzenden Neonlichtern, die über ihnen wirbelten.

Die Band war gut, aber das wusste ich bereits. Ich hatte sie bereits letzten Monat in einer Bar gesehen. Deshalb hatte ich sie gebucht, aber mir wurde auch klar, dass ich sie nicht wieder einladen würde. Dass die Show mit fast einer Stunde Verspätung begann, war inakzeptabel. Außerdem wimmelte es hier in der Gegend nur so von guten Bands.

Da inzwischen richtig Nachtclub-Atmosphäre herrschte und alles am schnürchen zu laufen schien, machte ich mich auf den Weg zur Treppe, die hoch zum zweiten Stock führte. Die Treppe wurde immer von zwei Türstehern flankiert, denn sie führte zu unseren VIP-Sitzplätzen. Alle Plätze in der oberen Etage waren halbprivate Kabinen entlang einem Metallgeländer, von dem aus man die ganze Tanzfläche überblicken konnte. Die Sitzbereiche waren teilweise durch Wände getrennt, was eine gewisse Abgeschiedenheit bot, die es unten nicht gab.

Henry Burke saß in der Kabine am äußersten Ende, am weitesten von dem Bühnenbereich entfernt, mit der wohl besten Aussicht des Clubs. Von hier aus konnte er alles sehen - die Bar, die Tanzfläche, die Bühne. Als ich mich näherte, musste ich daran denken, dass er aussah wie ein König auf seinem Thron. Er hatte es sich bequem gemacht, lümmelte mit einem Scotch in der Hand auf seiner Sitzgelegenheit, aber sein berechnender Blick schweifte unablässig umher und schien alles in sich aufzunehmen. Der Mann hatte etwas an sich, schon die Art, wie er dasaß, strahlte die Macht aus, die er hier hatte. Das war ein Mann, der das Kommando übernahm.

Ich wollte mir nicht anmerken lassen, dass ich mich von ihm einschüchtern ließ, und richtete meine Schultern und meinen Rücken auf, wobei ich darauf achtete, ihm in die Augen zu sehen, als ich an seinem Tisch stehen blieb. Seine Augen fielen auf mich und wanderten langsam über meinen Körper, wobei sie den Hauch eines Dekolletés wahrnahmen und an den Kurven meiner Hüfte hinunterglitten. Ich war nicht aufreizend gekleidet, aber sein eindringlicher Blick ließ mich wünschen, ich würde einen hochgeschlossenen Parka tragen. Ich spürte, wie meine Haut anfing zu kribbeln. Ich verlagerte mein Gewicht unbehaglich von einem aufs andere Bein, aber weigerte mich, unter seinem Blick nachzugeben.

„Mr. Burke, es ist mir eine Freude, Sie wiederzusehen", sagte ich und zwang mich zu einem Lächeln. Endlich kehrten seine Augen zu meinem Gesicht zurück. Gott sei Dank.

„Ganz meinerseits, Miss Monroe", sagte er, seine Stimme war sanft wie Samt. Ich war leicht überrascht, dass er meinen Namen überhaupt kannte. Er war nicht am Tagesgeschäft des Clubs beteiligt. Der General Manager des Clubs war ein Mann namens Trent, der schon lange bevor ich hier anfing, das Sagen hatte. Ich hatte Mr. Burke nur einmal getroffen, und das war vor fast einem Jahr, als ich noch Kellnerin war.

„Ich nehme an, Tina hat sich gut um Sie gekümmert?", fragte ich und versuchte, so professionell wie möglich zu klingen. Ich wusste, dass mein junges Alter die Leute dazu brachte meine Position als Managerin infrage zu stellen, ungeachtet meines Abschlusses. Ich wollte nicht, dass dieser Mann den Neidern da draußen recht geben würde, also wählte ich meine Worte mit Bedacht. Ich wollte ihn eigentlich nur fragen, warum er hier war.

„Oh, ja. Sie war sehr entgegenkommend", antwortete er und nippte an seinem Scotch. Mein Blick wanderte zu den Frauen hinüber, die er mitgebracht hatte. Sie sahen jünger aus als ich, was einige Fragen über den Alkohol in ihren Händen aufwarf. Waren sie überhaupt schon 21?

Meine größere Sorge galt ihrem Verhalten. Sie saßen zusammengekauert in der Kabine und plapperten unsinniges Zeug miteinander. Sie waren von einer manischen Euphorie, die ich noch nie beim einfachen Trinken gesehen hatte. Ich vermutete, dass sie auf irgendeiner Droge waren. Ich hoffte wirklich, dass sie sie nicht hier konsumiert hatten, was auch immer es war. Ich vermutete Kokain, weil eines der Mädchen ständig merkwürdig schniefte.

„Ich erwarte heute Abend Besuch. Ein Mann namens Clint wird

innerhalb der nächsten Stunde hier sein. Sagen Sie den Türstehern, dass sie ihm sofort Zutritt gewähren sollen", sagte Mr. Burke in einem abweisenden Ton, der mich verärgerte.

„Natürlich. Bitte lassen Sie uns wissen, wenn Sie sonst noch etwas brauchen", antwortete ich, bevor ich auf dem Absatz Kehrt machte und zurück an die Arbeit ging. Ein ungutes Gefühl überkam mich. Was hatte dieser Mann vor?

Als ich die unterste Treppenstufe nahm, winkte mich einer der Türsteher, die an der Tür arbeiteten, zu sich. Ich bahnte mir einen Weg durch die Menge und sah, dass dort ein Mann mit einem arroganten Grinsen auf dem Gesicht stand. Das ungute Gefühl in meinem Magen verstärkte sich, je näher ich kam. Ich war noch nie ein Fan von vorschnellen Urteilen, die lediglich auf Äußerlichkeiten beruhen, aber dieser Typ sah nach Ärger aus.

Er trug eine schwarze Lederjacke, trotz des warmen Wetters, und

Springerstiefel. Sein Kopf war rasiert und unter seinem linken Auge befand sich ein Tränen-Tattoo. Als er in meine Richtung blickte, fiel mir der kalte Blick aus seinen Augen auf. Er wirkte angespannt, und seine Haltung zeigte, dass er jederzeit auf einen Kampf vorbereitet war. Ich hatte das Gefühl, dass dies der Mann war, auf den Mr. Burke wartete.

„Wer sind Sie?", fragte er, als ich ihn erreichte. Der Türsteher neben ihm verschränkte die Arme vor der Brust, man merkte ihm an, dass er ungehalten war. Die Art, wie dieser Fremde mit mir sprach, gefiel ihm offensichtlich nicht.

„Sind Sie Clint?", fragte ich und beschloss, seine Frage nicht zu beantworten.

„Ja", nickte er grob mit dem Kopf. „Burke hier?"

„Ja", antwortete ich kurz und drehte mich zu dem Türsteher um, der immer noch stirnrunzelnd dastand. „Jack, kannst du unseren Freund hier nach oben zu Mr. Burke's Tisch führen?"

Ich blieb an der Tür stehen und beobachtete, wie die Männer sich auf den Weg in den zweiten Stock machten. Ich wusste nicht, was vor sich ging, aber ich konnte es plötzlich kaum erwarten, dass die Nacht zu Ende war.

Die Nachtluft war feucht, als ich die Hintertür aufstieß und in die spärlich beleuchtete Gasse hinaustrat. Der Müllcontainer stand in der Nähe der Ecke am Gebäude und ich machte mich auf den Weg dorthin, während ich eine überfüllte Mülltüte hinter mir herschleifte. Es war kurz nach Mitternacht, und in den letzten paar Stunden war es ruhig gewesen.

Nun, vielleicht nicht ruhig, aber normal. Keine unerwarteten Gäste waren mehr aufgetaucht und ich hatte weder Mr. Burke noch seine Begleitung gesehen. Ich hoffte, dass sie gegangen waren, ohne dass ich es bemerkt hatte, während ich hinter der Bar aushalf.

Meine Gedanken wanderten ziellos umher, während ich ging. Ich blickte zum Himmel hinauf und sah, dass dicke graue Wolken die Sterne verdeckten - nicht, dass sie bei all diesen Lichtern der Stadt nicht ohnehin nicht besonders gut zu sehen waren.

Die Stimme eines Mannes drang an mein Ohr und ich erstarrte. Furcht erfüllte mich, aber nicht, weil in der Dunkelheit ein Fremder in der Nähe war. Meine Angst rührte daher, dass der Mann in einer flehenden Stimme seine Worte hervorbrachte. Ich hatte noch nie einen so verzweifelten, verängstigten Tonfall gehört.

„Bitte, tun Sie das nicht", flehte der Mann. Ich sagte mir, dass ich mich umdrehen und sofort wieder hineingehen sollte. Um die Ecke des Gebäudes war etwas Gefährliches im Gange und ich sollte mich so schnell wie möglich aus dem Staub machen. Ich würde die Polizei rufen, um das zu überprüfen, sobald ich in Sicherheit war.

Nur konnte ich das nicht tun. Ich konnte diesen Mann nicht zurücklassen, ohne zumindest zu sehen, was los war. Er klang so verängstigt. Ich kroch vorwärts, langsam vorwärts, an die Backsteinmauer des Gebäudes gepresst, die Mülltüte immer noch fest in meiner Hand. Ich wusste, dass das idiotisch war, aber ich konnte mich nicht dazu durchringen einfach zu gehen.

„Ich kann Ihnen das Geld besorgen, ich schwöre es. Geben Sie mir nur eine Woche und Sie bekommen alles. Plus Zinsen", sprach der Mann erneut. Diesmal brach seine Stimme, als ob er mit den Tränen kämpfte. Mein Herz raste, als ich mich um den Müllcontainer herum drückte, weit genug, um einen Blick auf die drei Männer zu werfen, die nur 10 Meter von mir entfernt standen.

„Sie hatten genug Zeit. Außerdem wissen wir beide, dass es nicht wirklich um das Geld geht. Gott weiß, dass ich es nicht brauche. Es geht um Respekt. Sie haben das Produkt von mir gestohlen. Glauben Sie wirklich, dass ich Ihnen das durchgehen lasse?"

Meine Beine begannen zu zittern, als ich den Mann, der da sprach, als Henry Burke identifizierte. Er stand mit dem Rücken zu mir, aber seine Stimme war unverkennbar, ebenso wie die Lederjacke des Mannes, der neben ihm stand. Clint hielt seinen Arm vor sich, und ich erkannte mit

Schrecken, dass er eine Waffe auf den dritten Mann, den Verängstigten, richtete.

„Henry, es tut mir…“

„Dafür ist es zu spät“, unterbrach Mr. Burkes Stimme. Er wandte sich an Clint, „Tu es.“

Ohne zu zögern, drückte Clint den Abzug. Es erklang ein knallendes Geräusch, das nicht annähernd so laut war, wie ich es erwartet hätte, und der um Gnade flehende Mann wurde nach hinten geschleudert, als er direkt in die Brust getroffen wurde. Er sackte zusammen und bewegte sich nicht mehr.

Ich stieß einen Schrei aus und lockerte vor Schreck meinen Griff um die Mülltüte in meiner Hand. Sie rutschte mir aus der Hand, während ich wie erstarrt dastand, unfähig, etwas tun zu können. Die Mülltüte landete mit einem Geräusch von aufeinanderprallenden Bierflaschen auf dem Boden, das ohrenbetäubend war in der engen Gasse.

Die Zeit schien stehen zu bleiben, als Mr. Burke und Clint sich umdrehten und mich musterten. Ich sah, wie sich mein eigener Schock in Mr. Burkes Gesicht widerspiegelte. Einen langen, atemlosen Moment lang starrten wir einander an.

Dann machte Clint einen kleinen Schritt auf mich zu und die Spannung löste sich. Mr. Burkes Augen blitzten vor Entschlossenheit, und ich wusste mit schmerzlicher Gewissheit, dass ich kurz davor war, dem flehenden Mann ins Jenseits zu folgen.

Mein Körper reagierte, bevor ich eine bewusste Entscheidung treffen konnte. Ich schoss die Gasse hinauf zur Tür des Clubs mit einer Vehemenz, die mir eine Geschwindigkeit verlieh, die ich noch nie zuvor besessen hatte. Mein Atem ging stoßweise, während mein Kopf immer wieder die Szene durchspielte, die ich gerade erlebt hatte.

Ich habe gerade einen Mann sterben sehen.

Er ist tot.

Tot!

Hysterie drohte überhand zu nehmen, und ich hatte keine Ahnung, wie ich mich beruhigen sollte. Ein Schrei versuchte sich seinen Weg durch meine Kehle zu bahnen, aber ich keuchte so sehr, dass er nicht aus mir herausbrach.

Ich näherte mich der eisernen Tür des Clubs, als ein weiterer Knall hinter mir ertönte und ein Teil der Ziegelwand neben meinem Kopf zu explodieren schien. Trümmerteile sprangen gegen meine nackten Arme, als ich sie mir intuitiv vor mein Gesicht hielt. Ich stolperte, mein Herz schlug heftig, während mein panischer Verstand darum kämpfte, zu verstehen, was gerade geschah.

„Halten Sie sie auf, verdammt!"

Mr. Burkes Stimme brachte mich wieder zu klarem Bewusstsein. Sie schossen auf mich. Sie versuchten, mich zu töten.

Dieser Gedanke hätte mich noch mehr in Panik versetzen müssen, aber ich konnte mich nur darauf konzentrieren zu entkommen, der Gefahr und dem Tod zu entfliehen. Ich stürzte nach vorn und mit meiner Hand griff ich nach dem Türgriff, als ich Schritte hinter mir rennen hörte. Ich riss die Tür auf, warf mich hinein und zog sie hinter mir zu.

Ich verfluchte mich selbst dafür, dass ich meine Schlüssel in meiner Handtasche hinter der Bar gelassen hatte, aber ich wusste, dass ich jetzt nicht aufhören konnte zu rennen. Ich konnte die Tür nicht abschließen und Clint war mir dicht auf den Fersen. Die Musik der Band wurde immer lauter, als ich den Flur in Richtung Lagerraum hochrannte. Gedanklich klammerte ich mich an ihren Klang. Ich musste nur noch den Barbereich erreichen. Dann würde ich ihn auf der Tanzfläche abhängen können. Hoffentlich.

Ich ging gerade durch den Lagerraum, als ich hinter mir einen Knall hörte, von dem ich annahm, dass es die Hintertür war, die gegen die Außenwand schlug.

Ich warf mich gegen eines der freistehenden Regale und drückte

mit aller Kraft dagegen, bis es auf den Boden krachte. Ich hielt nicht an, um zuzusehen, aber das Geräusch von zersplitternden Gläsern gab mir Hoffnung, Clint ein Hindernis in den Weg geworfen zu haben, dass ihn langsamer machen würde.

Ich knallte die Tür des Lagerraums hinter mir zu und eilte zu den

Toiletten. Endlich war ich wieder im Barbereich. Ich bahnte mir einen Weg durch die überfüllte Tanzfläche und konnte nicht glauben, wie unwirklich mir das Alles vorkam. War ich wirklich erst vor zehn Minuten hier gewesen?

Ich hatte das Gefühl, dass sich seitdem mein ganzes Leben verändert hatte, und es war seltsam, dass all diese Menschen keine Ahnung hatten, was hier vor sich ging. Die Körper um mich herum wirbelten und und drehten sich zur Musik, während ich versuchte, mein schnell schlagendes Herz zu beruhigen und auf der anderen Seite wieder lebend herauszukommen.

Ich wagte es nicht mich umzuschauen, um zu sehen, ob Clint mich in dieser Menge entdeckt hatte. Ich war ohnehin kaum noch bei Verstand. Ich drängte mich durch auf die andere Seite des Raumes und löste mich aus der Menschenmasse. Instinktiv machte ich mich auf den Weg zur Eingangstür; das Bedürfnis zu entkommen trieb mich an und hielt mich davon ab, die Dinge zu überdenken.

Die Menschen um mich herum starrten mich mit großen Augen an, und ich wusste, dass sich der Schrecken, den ich empfand, in meinem Gesicht widerspiegelte. Ich hörte, wie jemand zaghaft meinen Namen rief, als ich an der Bar vorbeikam, aber ich blieb nicht stehen, um ihn zu bestätigen. Stattdessen drückte ich meine Schulter gegen die Tür und stolperte wieder hinaus in die Nacht.

Dies war nicht so, wie die isolierte Dunkelheit in der Gasse gewesen war. Die Vorderseite des Nachtclubs war hell erleuchtet, mit einem riesigen Schild, das darüber hing und rotes Licht auf die Menschen auf dem Bürgersteig warf. Es gab eine Schlange von Leuten, die darauf warteten, hineinzukommen, und zwei Türsteher starrten mich überrascht an.

Eine Bewegung aus dem Augenwinkel lenkte meine Aufmerksamkeit auf Mr. Burke, der um die Seite des Clubs herumgerannt kam und mir offensichtlich den Weg abschneiden wollte, während Clint sich von hinten näherte. Es sah falsch aus, ihn in seinem schicken Anzug und mit zerzaustem Haar rennen zu sehen. Ich hätte nie gedacht, dass ich den Mann mal so durcheinander sehen würde.

„Ich muss mir dein Auto ausleihen", sagte ich zu dem Türsteher Jack, meine eigene vor Dringlichkeit schrille Stimme klang fremd in meinen Ohren.

„Was? Warum?"

„Gib mir einfach die Schlüssel, bitte!" Ich hörte den gleichen flehenden Ton in meiner Stimme, die der Flehende von vorhin an den Tag gelegt hatte und der jetzt tot war. Es jagte mir Angst ein, dass ich so eine Verbindung mit ihm hatte.

„Alles in Ordnung?", er zog seine Schlüssel aus der Tasche, während er sprach, in seinem Gesicht stand die Sorge geschrieben. Ich schnappte sie ihm aus der Hand und rannte zu seinem Auto davon, welches er einen Block weiter geparkt hatte. Ein schmerzhaftes Stechen kam in in meiner Brust auf, aber ich konnte jetzt nicht langsamer werden. Sie waren zu nah.

Ich kam neben dem schwarzen Jeep zum Stehen und fummelte am Schlüsselanhänger herum, um die Türen zu entriegeln. Ich erwartete fast, dass mich jeden Moment Hände von hinten packen würden oder noch schlimmer, den Lauf einer Waffe gegen meinen Rücken drücken würden. Schließlich brachte ich meine zitternden Finger dazu, ruhig genug zu bleiben, um den Entriegelungsknopf zu drücken.

Ich hatte gerade den Schlüssel im Zündschloss gedreht, als ich aufblickte und sah, dass beide Männer auf mich zukamen. Ohne darüber nachzudenken, wohin ich fahren sollte, legte ich den Gang ein und trat auf das Gaspedal. Man hörte ein lautes Aufheulen, als die Reifen auf dem Asphalt durchdrehten, bevor sie auf der Straße Halt fanden und mich und den Wagen vorwärtstrieben. Ich schoss auf die Straße hinaus, wobei ich das Lenkrad scharf umwarf, um nicht gegen ein in der Nähe geparktes Auto zu stoßen. Während ich davonraste, blickte ich nicht zurück.

Ich kann nicht sagen, wie lange ich die Straße entlangflog, mein Körper zitterte vor lauter Schock und dem Adrenalin, das mein System durchflutete. Ich wusste nur, dass ich weiterfahren musste, denn schon der Gedanke ans Anhalten brachte mich dazu, schreien zu wollen.

Dann kam ein großes Backsteingebäude in Sicht. Es war das Polizeirevier. Ich wusste ehrlich gesagt nicht, ob ich absichtlich hierher gefahren war, oder ob es nur ein glücklicher Zufall war. Meine Gedanken waren zu durcheinander, um zwischen Zufall und Absicht unterscheiden zu können.

Ich parkte den Jeep und holte tief Luft. Ich klammerte mich an die Vorstellung von Sicherheit, die eine Polizeistation bieten konnte, kletterte aus dem Fahrzeug und ging hinein. Als ich die Glastür erreichte, öffnete sie sich nach außen und traf mich fast. Ein müde aussehender Mann mit braunem Haar kam heraus und schaute auf sein Handy.

„Tut mir leid", murmelte er und schaute mich an, bevor er wieder auf sein Handy schaute. Ich begann an ihm vorbeizugehen, als er noch einmal zu mir hochschaute und mich nochmal musterte. Ich konnte mir nicht vorstellen, wie ich nach meiner verrückten Nacht ausgesehen haben musste, aber irgendetwas an meinem Aussehen erregte seine Aufmerksamkeit, denn er blieb stehen und steckte sein Handy in die Tasche.

„Geht es Ihnen gut?", fragte er leise und legte mir sanft die Hand auf die Schulter.

„Ähm, nein. Ich glaube nicht ... ich glaube nicht, dass es mir gut geht", krächzte ich.

„Ich bin Detective Samson. Wollen Sie mir erzählen, was passiert ist?", fragte er und drehte sich um, um mich mit einem leichten Griff an meinem Oberarm in das Gebäude zu führen.

„Er ist tot. Ich weiß nicht, warum. Ich meine, ich habe gesehen, wie es passiert ist, aber ich weiß nicht, warum." Ich wusste, dass es keinen Sinn ergab, aber mein träges Gehirn funktionierte nicht richtig.

„Okay, lassen wir es langsam angehen", sagte der Detective, als wir an einem Aufzug stoppten. Er drückte den Knopf nach oben.

„Es war mein Chef", sagte ich, weil ich wollte, dass er mich verstand. „Henry Burke. Sie müssen ihn holen. Und Clint. Sie müssen sie aufhalten!"

Der Detective erstarrte, sein Griff um meinen Arm wurde fester, während er mich anstarrte. Ein Muskel in seinem Kiefer zuckte, bevor er sich umdrehte und zurück zur Tür ging und mich mit sich zog.

„Was machen Sie da?", rief ich aus und versuchte mich loszureißen.

„Wir müssen Sie hier rausbringen, sofort", sagte er, sein Kopf drehte sich herum, während wir liefen. Er klang fast ängstlich.

„Warum?"

„Es gibt hier zu viele Polizisten, die für Burke arbeiten. Wenn Sie ihre Geschichte erzählen, kommen Sie hier nicht lebend raus."

Mein Herz schlug schneller, und mir wurde schwindelig. Würde dieser Albtraum niemals enden?

„Was kann ich tun?", fragte ich, als er mich zu seinem Auto führte.

„Ich weiß, wo Sie hingehen können. An einen sicheren Ort", sagte er und kletterte auf den Fahrersitz. Ich wollte ihm glauben, aber ich fragte mich auch, ob ich jemals wieder wirklich sicher sein würde.

KAPITEL 2

Grant

Ich konnte nicht schlafen.

Das war nichts Neues, denn Angst und Anspannung hielten mich schon immer wach. Dieses Mal war es aufgrund eines Themas, dass mich seit jeher in den Wahnsinn trieb: Henry Burke.

Burke war eine Schlange, ein Milliardär mit Verbindungen in die kriminelle Welt, die ich nie wirklich hatte beweisen können. Mein Rachefeldzug gegen diesen Mann hatte begonnen, als ich fünfzehn Jahre alt war, viel zu jung, um wirklich etwas dagegen zu unternehmen. Jetzt, dreizehn Jahre später, hatte ich mich in der Welt hochgearbeitet und war ihm gesellschaftlich ebenbürtig.

Doch selbst mit meinem Einfluss war ich nicht in der Lage gewesen, Beweise für seine Verbrechen zu finden. Er war vorsichtig, und ich musste zugeben, dass er trotz meiner Abneigung gegen ihn einfach zu schlau war, um gefasst zu werden.

Ich stieß einen schweren Seufzer aus und erhob mich aus dem Bett. Es war fast 1:30 Uhr nachts, aber der Schlaf blieb mir verwehrt. Leighs Geburtstag hatte mich aufgewühlt. In drei Tagen wäre er 32 Jahre alt geworden. Jedes Jahr quälte es mich, dass mein Bruder immer noch vermisst wurde und ich vielleicht niemals dahinter kommen würde, was mit ihm geschehen ist.

Nur mit einer karierten Pyjamahose bekleidet, ging ich die Treppe hinunter in die Küche; der Boden aus Massivholz fühlte sich kühl unter meinen nackten Füßen an. Ich knipste das Licht an, zuckte vor dem plötzlichen grellen Licht zurück und ging direkt zur Speisekammer. Ich schnappte mir die Packung Chocolate Lucky Charms, meine große Schwäche, und schüttete ein paar davon in eine Schüssel.

Ich ließ mich auf einem gepolsterten Hocker an der Mücheninsel nieder und stürzte mich auf die schokoladige Leckerei. Ich stützte mein Handy gegen den Salzstreuer und rief meine Nachrichten-App auf und zuckte zusammen, als ich Burkes Gesicht sah. Es war ein Video. Ich schob mein Müsli beiseite, nahm das Telefon in die Hand und drückte auf Play.

„Wir sind hier mit dem Milliardär Henry Burke, Immobilienmogul und Besitzer des beliebten Nachtclubs The Verve, in dem heute Abend eine Schießerei stattfand." Der Reporter stand mit Burke vor dem Club und sprach mit ernster Miene mit einer Ernsthaftigkeit ins Mikrofon, die ein wenig zu perfekt schien, als hätte der Typ seine gespielte Besorgnis schon tausendmal vor dem Spiegel geübt. „Nun, Mr. Burke, können Sie uns sagen, was passiert ist?"

„Es ist wirklich eine Tragödie", begann Burke mit betroffenem Gesichtsausdruck. „Ich besuche oft meine verschiedenen Läden, um sicherzustellen, dass alles reibungslos läuft. Heute Abend, hier im The Verve, ging ich zum Rauchen nach draußen und sah, wie meine neue Managerin sich mit jemandem stritt. Das nächste, was ich weiß, ist, dass sie den armen Mann erschossen hat und geflohen ist."

„Oh je, das muss ein ziemlicher Schock für Sie gewesen sein."

„Ja, in der Tat. Ich habe versucht, sie aufzuhalten, aber sie ist ein paar Jahrzehnte jünger als ich", grinste er den Reporter selbstironisch an.

„Nun, ich denke, man kann sagen, dass Sie wegen Ihrer Bemühungen ein Held sind", antwortete der Reporter. Ich verdrehte die Augen. Warum ist er nicht einfach auf die Knie gefallen und küsst dem Kerl vor der Kamera den Arsch?

„Danke, Tom. Ich hoffe nur, dass die Polizei Miss Monroe finden kann, bevor sie bevor sie noch jemand anderem wehtut."

„Und hier ist ein Foto der besagten jungen Frau." Der Bildschirm wechselte zu einem Bild einer auffallend schönen jungen Frau mit kastanienbraunen Haaren und einem strahlenden Lächeln. Es sah aus wie ein Selfie und ich würde Geld darauf wetten, dass es von einer der Social-Media-Seiten des Mädchens stammte. „Das ist Lilly Monroe. Sie ist dreiundzwanzig Jahre alt, besitzt rote Haare und wurde zuletzt mit einem schwarzen Jeep Wrangler gesehen. Wenn Sie sie sehen, rufen Sie bitte die Nummer an, die unten auf Ihrem Bildschirm angezeigt wird. Versuchen Sie nicht..."

Das Klingeln an meiner Tür übertönte die nächsten Worte des Reporters. Ich drückte die Pausentaste und schaute auf die digitale Uhr an meinem Herd.

1:48 Uhr nachts.

Was zum Teufel?

Ich dachte kurz darüber nach, nach oben zu rennen und meine Waffe aus dem Safe zu holen, aber das schien mir übertrieben. Ja, es war spät, aber ich hatte ein Sicherheitssystem mit einem Pinpad direkt neben der Tür. Außerdem war ich voll und ganz in der Lage, mich notfalls selbst zu verteidigen.

Als ich zur Haustür ging, klingelte es erneut, gefolgt von dem donnernden Geräusch einer Faust, die gegen die Tür schlug.

„Mach auf, Grant. Ich bin's, Jim.“

Ich lief schneller und tippte den Alarmcode ein, bevor ich die Tür aufzog und meinen ältesten Freund sah, der auf der Schwelle stand, neben...

Heilige Scheiße.

Es war diese Monroe-Frau, die ich gerade auf meinem Handy gesehen hatte. Was machte Jim, ein Cop, mit ihr?

„Wirst du uns reinlassen?“, fragte Jim. Seine Hand lag auf dem unteren Rücken der Frau und sie sah nervös aus, ihre Hände zitterten und ihre Augen huschten umher, suchten wild nach etwas. Einer Gefahr vielleicht?

Ich zögerte. Diese Frau wurde wegen Mordes gesucht. Selbst wenn sie es nicht getan hatte, was ich eher glaubte, da Burke der Zeuge war, war ich mir nicht sicher, ob es eine gute Idee war, sie reinzulassen. Das konnte nur Ärger für mich bedeuten.

„Komm schon“, schnauzte Jim ungeduldig. Ohne weiter zu überlegen, trat ich zur Seite. Wenn es eine Person gab, der ich vertraute, dann war es Jim Samson. Er musste das Mädchen aus einem bestimmten Grund hergebracht haben.

Jim führte sie ins Haus und ins Wohnzimmer, wo sie sich schwer auf die Couch fallen ließ, als könnten ihre Beine ihr Gewicht nicht mehr tragen. Jim blieb stehen, wich aber nicht von ihrer Seite.

„Was ist denn hier los?“, fragte ich und verschränkte meine Arme vor der Brust.

„Heute Abend gab es eine Schießerei im The Verve“, sagte Jim und rieb sich mit der Hand über seine Stirn, als ob er Kopfschmerzen hätte.

„Ich weiß. Es ist überall in den Nachrichten.“

„Was?“, fragte das Mädchen mit leiser Stimme.

„Ja, ich habe es gerade angesehen, als ihr aufgetaucht seid."

Ich holte mein Handy aus der Tasche und reichte es Jim. Er begann das Video von vorne. Nach ein paar Sekunden stand das Mädchen an seiner Seite und sah mit großen Augen zu. Als ihr Bild auf dem Bildschirm erschien, stieß sie einen erstickten Laut aus und sah so aus, als ob sie sich übergeben müsste. Jim stoppte das Video und führte sie zu ihrem Platz zurück, die Stirn vor Sorge in Falten gelegt.

„Es ist alles in Ordnung. Es wird alles gut", sagte er zu ihr. Ich wollte ihm widersprechen, weil ich sicher war, dass es absolut nicht gut werden würde, aber ich biss mir auf die Zunge, als er mir einen warnenden Blick zuwarf. Er kannte mich zu gut.

„Wie können Sie das sagen? Er hat mich reingelegt. Alle halten mich für eine Mörderin und glauben, dass ich diesen armen Mann umgebracht habe." Sie klang hysterisch, aber ich konnte es ihr nicht verübeln. Es sah so aus, als hätte Burke das Leben eines weiteren Menschen ruiniert. „Oh mein Gott, mir wird schlecht." Sie stand plötzlich auf und taumelte, während ihr Gesicht blass wurde.

„Hier entlang", sagte ich und lief voraus, um sie zum Badezimmer neben der Küche zu führen. Ich hoffte, sie würde es schaffen. Ich hatte wirklich keine Lust, die Sauerei wegzuwischen.

Ich stieß die Tür auf und schaltete das Licht an, als sie sich an mir vorbei drängte und vor der Toilette auf die Knie fiel. Das Geräusch ihres Würgens erfüllte den kleinen Raum. Fast hätte ich sie allein gelassen, aber ich konnte mich nicht dazu durchringen, das zu tun. Sie sah so klein und bemitleidenswert aus, wie sie sich um meine Toilette klammerte. Stattdessen kniete ich mich neben sie, hielt ihr langes Haar hoch und strich es aus ihrem Gesicht, während sie sich übergab.

Es dauerte einige Augenblicke, bis die Geräusche durch ihr Wimmern ersetzt wurden und sie sich von der Toilette zurückzog. Ich schnappte mir das Handtuch aus der Halterung und reichte es ihr wortlos. Sie nahm es, ohne mir in die Augen zu sehen. Ich war mir sicher, dass es ihr peinlich sein musste. Ich sollte ihr wahrscheinlich etwas Privatsphäre geben.

„Wir sind draußen im Wohnzimmer. Lassen Sie sich Zeit", sagte ich, stemmte mich auf und schloss die Badezimmertür hinter mir.

„Geht es ihr gut?", fragte Jim, als ich ins Wohnzimmer zurückkehrte.

„Nun, sie hat sich übergeben", sagte ich mit einem Stirnrunzeln. „Aber ich glaube nicht, dass es ihr gut geht. Was zum Teufel soll das? Warum hast du sie hierhergebracht?"

„Keine Ahnung", seufzte Jim und setzte sich auf die Armlehne der Couch. „Mir fiel kein anderer Ort ein, an dem sie sicher wäre."

„Du willst, dass sie hierbleibt?", fragte ich ungläubig. Das musste ein Scherz sein.

„Sie hat den Mord gesehen. Es war Burke. Oder zumindest hat er es angeordnet. Sie ist eine Zeugin."

„Es spielt keine Rolle, was sie gesehen hat. Sie ist jetzt die Verdächtige. Das macht ihr Wort nutzlos."

„Aber es bringt sie in große Gefahr. Sie braucht einen Ort, an dem sie untertauchen kann, um sicher zu sein, bis wir einen Weg finden, ihre Unschuld zu beweisen."

„Das ist nicht mein Problem", entgegnete ich.

„Sei kein Arsch. Du weißt am besten, dass Burke sie umbringen wird. Du wirst es dir nie verzeihen, wenn du sie wegschickst." Jims Rechtfertigungsversuche nervten mich langsam.

„Ich habe jahrelang versucht, diesen Kerl zu Fall zu bringen und er weiß es nicht einmal. Das ist mein einziger Vorteil gegenüber ihm. Er weiß nicht, dass ich sein Feind bin. Das Mädchen da mit reinzuziehen... ist ein zu großes Risiko."

„Das Mädchen hat einen Namen, wissen Sie", sagte eine Stimme hinter mir. Ich drehte mich, um sie in der Wohnzimmertür stehen zu sehen. Sie sah jetzt viel besser aus, ihre rote Augen waren der einzige Beweis für den traumatischen Vorfall im Bad.

„Es tut mir leid, Miss Monroe", seufzte ich. „Ich versuche nur, das alles zu begreifen."

„Sie versuchen, das zu begreifen?" Ihre Augen verengten sich vor Wut. „Was ist mit mir? Vor zwei Stunden war mein Leben noch normal, fast langweilig. Ich habe meine Arbeit gemacht und mich darauf gefreut, morgen einen freien Tag zu haben. Das größte Problem, das ich hatte, war, dass die Bar unterbesetzt war", lachte sie humorlos. „Jetzt ist mein Leben vorbei. Ich kann nicht nach Hause gehen. Ich habe nichts als die Kleider auf meiner Haut. Nichts. Wenn ich mein Gesicht in der Öffentlichkeit zeige, werde ich verhaftet. Ich habe hier nichts falsch gemacht. Einfach zur falschen Zeit am falschen Ort und jetzt wird mein Leben nie wieder dasselbe sein. Es tut mir so leid, wenn Sie sich ein wenig unwohl fühlen, aber das Mindeste, was Sie tun können, ist, mich mit meinem Namen anzusprechen, wenn Sie über mich sprechen. Sie tun so, als ob ich gar nicht hier wäre!"

Ihre Brüste heben und senken sich, als sie ihre Tirade beendet hat und ihre Lippen bildeten einen schmalen Strich. Spürte ich ein Ziehen in meinem Unterleib und ein Zucken in meiner Hose. Bin ich etwa erregt?

Ich muss so langsam meinen Verstand verlieren.

Aber ihre Worte waren mir nicht entgangen. „Zur falschen Zeit am falschen Ort". Sie war hier das Opfer. Ich mag ein Arschloch gewesen sein, aber ich konnte sie nicht abweisen. Egal wie sehr ich den Ärger in meinem Leben nicht gebrauchen konnte.

„Okay, Miss Monroe..."

„Lilly. Nennen Sie mich Lilly", unterbrach sie mich.

„Dann eben Lilly. Du kannst eine Weile hierbleiben, bis wir uns etwas anderes überlegt haben", sagte ich und ihre Augenbrauen hoben sich vor Überraschung in die Höhe.

„Bist du sicher?", fragte Jim.

„Ja. Der Feind meines Feindes und so weiter. Wenn Burke sie will, dann ist es meine Pflicht, mich ihm in den Weg zu stellen."

„Wie heldenhaft", sagte Lilly und rollte mit den Augen.

„Ich bin nicht hier, um mich als Retter darzustellen", sagte ich achselzuckend. „Aber ich bin auf deiner Seite. Burke ist ein echtes Stück Scheiße."

„Dann ist das ja geklärt", sagte Jim und klatschte in die Hände.

Lilly hatte den Mund geöffnet, um etwas zu sagen, aber sie schloss ihn mit einem säuerlichen Ausdruck auf ihrem Gesicht. Das war schade. Ich wollte fast hören, was für eine feurige Antwort sie für mich parat hatte. Diese streitlustige Haltung gefiel mir viel besser als der Angsthase, der sie noch bei ihrer Ankunft gewesen war. Ich wollte kein Mitleid haben mit dieser Frau, die mein Leben auf den Kopf stellte.

„Ich schätze, das ist es", brummte sie.

„Gern geschehen", sagte ich mit einem Augenzwinkern.

„Warum legst du dich nicht hin? Du siehst todmüde aus", sagte Jim zu Lilly und spielte den Friedenswächter. „Das war ja schön und gut, aber wie sollten wir ohne ihn hier jetzt zurechtkommen?"

„Ja, ich denke, das ist eine gute Idee", gab sie zu. „Danke für die Hilfe."

Ich runzelte die Stirn. Habe ich da eben etwa ein 'Danke' gehört?

„Aber natürlich. Wir holen dich aus diesem Schlamassel raus", sagte Jim und ging zur Tür. „Grant, ich melde mich wieder."

Als Jim weg war, wurde die Atmosphäre im Raum sofort angespannt. Lilly bewegte sich unbehaglich auf ihren Füßen. „Folge mir", sagte ich kurz und führte sie die Treppe zum Gästezimmer hinauf.

Sie folgte mir schweigend, und ich war froh darüber. Ich fühlte mich überwältigt diese Frau, die ich nicht einmal kannte, so plötzlich in meinem persönlichen Raum zu haben. Es half auch nicht, dass sie ziemlich beladen ankam.

„Hier entlang, bitte", grunzte ich und blieb vor dem Gästezimmer stehen. „Das Bad ist auf der rechten Seite."

Ich ging wieder, bevor sie etwas sagen konnte. Ich bekam Kopfschmerzen und das trug nicht dazu bei, meine miese Laune zu verbessern. Ich war erst ein paar Meter gegangen als ihre Stimme hinter mir ertönte.

„Hast du etwas zum Anziehen für mich? Das sind die einzigen Klamotten, die ich dabeihabe." Ich drehte mich um, und sie deutete auf ihr Outfit. Sie trug eine schwarze, hochgeschnittene Hose und eine weiße Bluse, die in die Hose gesteckt wurde. Nicht gerade ein Schlafanzug.

„Äh, ja. Warte mal", sagte ich und ging weiter in mein Zimmer.

Ich hatte keine Frauenkleider und sie war im Vergleich zu mir winzig. Also schnappte ich mir ein T-Shirt und ein Paar Basketballshorts mit Kordelzug. Das musste reichen.

Als ich zu ihr zurückkam, stand sie gerade im Gästezimmer, mit offener Tür. Ich verweilte einen Moment in der Tür und beobachtete, wie sie durch den Raum ging. Sie sah so verloren und klein aus, mit ihren Schultern zusammengezogen und die Arme um sich geschlungen, als ob sie versuchen würde, sich auf irgendeine Weise zu schützen. Ich spürte wieder diesen Stich des Mitleids. Verdammt noch mal.

Ich brauchte etwas Abstand von dieser Frau und musste meinen Kopf wieder freibekommen. Ich räusperte mich, um ihre Aufmerksamkeit zu erregen.

„Hier. Das muss erst mal reichen", sagte ich und legte das Outfit auf die Kommode neben der Tür. „Wir sehen uns morgen früh."

Ich schloss die Tür hinter mir und ging zurück in mein eigenes Zimmer, wobei ich versuchte, nicht an die Verletzlichkeit zu denken, die ich gerade in Lillys Augen gesehen hatte. Ihr Schutzschild war unten und die starke Angst, die sie offensichtlich zu unterdrücken versuchte, schien durch. Das war so eine beschissene Situation. Das Leben der Frau war in Gefahr und, ob es mir gefiel oder nicht, ich war ihr neuer Beschützer.

KAPITEL 3

Lilly

Was für ein Arschloch.

Ich starrte einen langen Moment auf die Tür, nachdem er sie geschlossen und mich allein an diesem unbekannten Ort gelassen hatte. Ich unterdrückte das Gefühl der Bestürzung, das mich zu überwältigen drohte. Ich war noch zu verletzlich; ich hatte das Gefühl, dass ich mich kaum noch zusammenreißen konnte und die ohrenbetäubende Stille in diesem großen, unpersönlichen Gästezimmer ließ mich mich so alleine fühlen wie noch nie in meinem Leben zuvor.

Unruhig stromerte ich im Zimmer umher. In Anbetracht der Größe dieses Zimmers und des ganzen Hauses muss der Kerl stinkreich sein. Der Raum besaß denselben dunklen Holzboden aus Massivholz, der sich durch das ganze Haus zog und bildete einen reizvollen Kontrast zu den cremefarbenen Wänden. Alles, von den Möbeln bis zu dem riesigen Vorleger, sah teuer aus. Ein Kingsize-Bett stand in der Mitte der Wand gegenüber der Tür, und ich war mir sicher, dass es die bequemste Matratze war, auf der ich je gelegen hatte. Schade, dass ich überhaupt nicht müde war.

Der Gedanke an Schlaf war zu diesem Zeitpunkt abwegig. Ich konnte schon jetzt die schrecklichen Erinnerungen an den Abend nicht aus meinem Kopf verbannen. Das Letzte, was ich jetzt noch brauchte, waren Albträume.

Ich hob die Kleidung auf, die Grant mir dagelassen hatte, öffnete die Schlafzimmertür und spähte hinaus in den Flur. Ich war seltsamerweise enttäuscht, als ich sah, dass er menschenleer war. Es war nicht so, dass ich erwartet hatte, dass er sich vor meiner Tür aufhielt, oder ich es mir gewünscht hätte. Er hatte sich mir gegenüber nicht gerade einladend verhalten.

Aber es war seltsam beruhigend, jetzt in der Nähe von jemand anderem zu sein. Selbst wenn er ein Idiot war. Ein heißer Idiot.

Moment Mal, woher kam dieser Gedanke?

Ich schüttelte den Kopf über mich selbst, als ich das Badezimmer betrat. Okay, vielleicht habe ich bemerkt, dass sein Körper atemberaubend war. Wie könnte ich auch anders? Immerhin hatte er kein Hemd angehabt. Auch wenn ich mit meinem eigenen Drama zu kämpfen hatte, konnten meine Augen nicht anders, als die offensichtliche Stärke seines Körpers zu bewundern, mit gut definierten Armen und harten Muskeln, die seine wohlgeformte Brust umfassten. Die tiefsitzende Pyjamahose verdeckte außerdem nicht die sexy aussehenden, V-förmigen Muskeln seines Unterleibs.

Die Tinte entlang seines rechten Arms, die bis zur Hälfte seines Armes entlang ging und ein Tattoo mit einem komplexen Stammesmuster bildete, war faszinierend. Sie betonte und definierte die dicken Muskelstränge entlang seiner Schulter und seinen Bizeps, was ihn noch verführerischer machte.

Erhitzt und beunruhigt von meinen eigenen Gedanken, zog ich mich aus und ließ die Kleidung achtlos auf dem Boden liegen. Ich drehte die Dusche an, drehte sie ganz nach links und stellte dann die heißeste Einstellung ein, die ich ertragen konnte. Ich hoffte, dass das Geräusch des laufenden Wassers Grant nicht wach hielt. Ich war heute

Abend nicht in der Stimmung für weitere Feindseligkeiten von ihm.

Dieser Gedanke war, als würde mir jemand einen Eimer kalten Wassers übergießen, trotz der warmen Dusche. Es spielte keine Rolle, wie attraktiv der Mann körperlich sein mochte, seine Art war ein Lustkiller.

Mörderin.

Allein der Gedanke an dieses Wort ließ meine Brust sich zusammenziehen und meine Atmung flach werden. Ich beugte mich vor und stützte meine Hände auf die Knie, während mein Blick vor Tränen blind wurde. Das heiße Wasser trommelte auf meinen Rücken, als ich endlich weinen konnte. Mein Körper wurde von Schluchzern geschüttelt, die ich verzweifelt versuchte zu dämpfen.

Ich kann nicht sagen, wie lange ich so dahockte, nach vorne gebeugt mit tränennassen Wangen. Aber als sie endlich versiegten, fühlte ich mich leichter, als könnte ich jetzt freier atmen. An meiner Situation hatte sich nichts geändert, aber die Last schien nach meinem tränenreichen Ausbruch etwas von mir gewichen zu sein.

Ich beeilte mich mit dem Rest der Dusche und schrubbte meinen Körper mit dem Axe Körperwaschmittel, das darinstand. Es war mir egal, ob ich wie ein Mann roch.

Als ich aus der Dusche trat, war der Spiegel komplett beschlagen, aber ich fühlte mich besser. Viel besser, als ich es für möglich gehalten hätte, als ob ich nicht nur von außen, sondern auch von innen einmal richtig gewaschen worden wäre. Die Angst saß mir immer noch in den Knochen und ich musste gegen die Verzweiflung ankämpfen, wenn ich zu sehr über meine Situation nachdachte, aber wenigstens war ich jetzt in Sicherheit.

Ich öffnete alle Schubladen und warf einen Blick in den Medizinschrank, in der Hoffnung Zahnpasta und eine Zahnbürste zu finden, vorzugsweise eine neue. Hatte jedoch mit beidem kein Glück.

In der Frisierkommode stand eine winzige Flasche Mundwasser in Reisegröße, also öffnete ich sie und spülte mir den Mund gründlich zweimal hintereinander aus. Es war nicht so gut wie Zähneputzen, vor allem, nachdem ich mich vorhin übergeben hatte, aber ich nahm an, das war meine einzige Option für heute Abend.

Ich nahm die zusammengefaltete Kleidung, die Grant mir gebracht hatte, und streifte das T-Shirt über meinen Kopf. Es war viel zu groß, hing locker um mich herum und ging mir bis über meine Oberschenkel. Ich dachte darüber nach, die Shorts wegzulassen, da das Shirt so lang war, aber ich hatte keine saubere Unterwäsche dabei. Die Shorts mussten meine untere Hälfte bedecken. Sie waren auch groß, aber durch das Festziehen des Kordelzugs hielten sie um meine Hüften herum. Ich schaute an meinem Körper herunter und fühlte mich winzig klein in diesen Klamotten, aber es würde reichen müssen.

Als ich wieder im Schlafzimmer war, legte ich mich ins Bett und ließ die Nachttischlampe an. Es kam mir kindisch vor, aber ich konnte den Gedanken an totale Dunkelheit nicht auch noch ertragen. Ich hatte schon jetzt mit schwindelerregenden Ängsten zu kämpfen, die das Schlafen schwer genug machen würden.

Ich hatte recht mit dem Komfort des Bettes, aber es hielt die dunklen Gedanken nicht davon ab, weiter in meinem Kopf zu wüten. Egal, wie sehr ich mich bemühte, einen klaren Kopf zu bekommen, das Bild des Mannes, der auf dem Boden zusammensackte, verfolgte mich. Ich kannte nicht einmal seinen Namen, aber ich wusste, dass ich nie vergessen würde, ihn sterben zu sehen.

Es dauerte Stunden, bis mich der Schlaf endlich holte, und selbst dann war er unruhig. Meine Träume handelten von Schrecken und Tod, bis mein Verstand nicht mehr ertragen konnte. Schließlich fiel ich in einen tiefen Schlaf und erinnerte mich glücklicherweise bis zum Morgen an nichts mehr.

***

Am nächsten Morgen schlief ich lange. Es war fast 11 Uhr, als ich plötzlich wach wurde. Sobald ich die Augen aufschlug, war ich einen Moment lang voller Verwirrung. Das Aufwachen an einem völlig unbekannten Ort war erschreckend, aber Sekunden später, als die Erinnerung an meine Umstände zurückkehrte, saß ich kerzengerade im Bett und schnappte nach Luft.

Das Aufwachen mit dieser Erkenntnis hatte etwas an sich, das sie noch realer machte. Jetzt konnte ich nicht mehr so tun, als wäre alles nur ein böser Traum gewesen. Ich nahm mir einen Moment Zeit, um mich zu sammeln, und verdrängte mit aller Kraft meine negativen Gedanken. Ich hatte nicht vor, an dieser Situation zu zerbrechen. Ich hatte mir erlaubt, letzte Nacht zu weinen, aber jetzt war es an der Zeit, die starke Frau in mir wiederzufinden und das Beste daraus zu machen.

Trotzdem zögerte ich, bevor ich aus dem Bett kletterte. Ein kleiner Teil von mir wollte sich im Schlafzimmer verstecken, um Grant zu meiden, zumindest für eine Weile.

Es war mein knurrender Magen, der mir die Entscheidung abnahm. Ich hatte seit achtzehn Stunden nichts mehr gegessen, und meine letzte Mahlzeit hatte ich in

Grants Toilette gelassen. Ich brauchte jetzt etwas zwischen den Zähnen.

Auf meinem Weg nach unten nahm ich mir die Zeit, alles wahrzunehmen, was ich in der Nacht zuvor verpasst hatte. Ich hatte Recht, als ich mir gedacht hatte, dass dies ein schönes Haus war. Ich würde sagen, es war eine Art Herrenhaus. Wenn ich den Flur in beide Richtungen hinunterblickte, gab es allein im zweiten Stock mindestens acht Zimmer. Die Decken waren hoch, und keine einzige Treppe knarrte oder quietschte, als ich mich auf den Weg nach unten machte.

Als ich das Wohnzimmer durchquerte, in dem ich gestern Abend angekommen war, bemerkte ich die schwarzen Ledermöbel und den Steinkamin. Weiter ging es in die Küche, die riesig war, und der Geruch von Kaffee zog mich sofort dorthin. Es stand eine halbe Kanne auf dem Herd und ich zögerte nicht, die Kirschholzschränke zu durchsuchen, bis ich eine Tasse fand. Ein paar gehäufte Löffel aus der Zuckerdose später hatte ich eine perfekte Tasse Kaffee in der Hand, während ich meine selbstgeführte Führung durch das Haus fortsetzte.

Die Küche ging in einen großen Raum über. Dieser Raum war eindeutig das Herzstück des Hauses. An der hinteren Wand war ein riesiger Flachbildfernseher angebracht und ein Billardtisch stand daneben. Eine große graue Couch nahm den größten Teil des Raumes ein, zusammen mit einem gepolsterten Sessel. Es gab ein paar subtile Anzeichen dafür, dass Grant hier gerne Zeit verbrachte - ein Paar Hausschuhe, die achtlos neben der Couch abgestreift worden waren, eine halbvolle Wasserflasche, die auf einer Kante des Billardtisches stand, ein Buch auf dem Beistelltisch neben dem Sessel, auf dem eine Lesebrille lag.

Ein Paar Flügeltüren führten in den Hinterhof, und ich konnte dort einen riesigen Swimming Pool ausmachen. Den musste ich bald einmal ausprobieren. Aber jetzt gerade erregte eine Tür hinter dem Billardtisch meine Aufmerksamkeit. Ich erkannte die unverkennbaren Geräusche eines Laufbandes wieder, das auf der anderen Seite der Tür benutzt wurde, und bevor ich es mir anders überlegen konnte, stieß ich die Tür auf. Da war Grant, auf dem Laufband mit Steigung, nur mit einem Paar Basketballshorts bekleidet, die so aussahen wie diejenigen, die ich an meinem Körper trug. Schweiß glitzerte auf seiner bronzefarbenen Haut und ich spürte, wie sich mein Inneres vor Verlangen zusammenzog.

Der Blick aus seinen kobaltblauen Augen traf den meinen und er drückte einen Knopf auf dem Laufband, wodurch es langsamer wurde und schließlich zum Stillstand kam. Seine Brust hob sich und er keuchte, und ich ertappte mich dabei, wie ich auf das Heben und Senken seines Oberkörpers starrte und mich fragte, wie sich wohl seine Haut an meinen nackten Brüsten anfühlen würde.

Verdammt, ich musste mich wirklich zusammenreißen.

Grant schnappte sich ein Handtuch vom Halter an der Seite des Laufbands und wischte sich das Gesicht damit ab. Er schaute sich im Raum um, die Stirn in Falten gelegt. Instinktiv griff ich hinter mich und schnappte mir seine Wasserflasche.

„Suchst du die hier?", fragte ich und hielt sie hoch.

„Ja, danke", sagte er und trat näher, um sie mir aus der Hand zu nehmen. Ich konnte die starke Hitze spüren, die von seinem Körper ausging, als er mir näherkam.

Kaum hatte er die Flasche in der Hand, wich ich einen Schritt zurück. Ich konnte diesem Mann nicht zu nahekommen, solange er nur so spärlich bekleidet war. Das brachte mich auf schmutzige Gedanken. Gedanken, die ich im Moment nicht ertragen konnte.

„Wie hast du geschlafen?", fragte er, nahm einen Schluck aus der Flasche und kippte die Hälfte in einem großen Schluck hinunter.

„Äh, gut", sagte ich, überrascht von der Frage. Ich schätze, wir spielen heute Freundlichkeit.

„Das würde ich aber auch sagen. Es ist schon fast Mittag", sagte er mit einem Grinsen. Ich runzelte die Stirn. Okay, vielleicht war das mit der Freundlichkeit doch nur Wunschdenken.

„Nun, ich hatte eine harte Nacht."

Ein Funken von Interesse blitzte in seinen Augen auf, aber er war verschwunden, bevor ich dazu kam genauer zu überlegen, was es gewesen war.

„Du hast das Frühstück verpasst, aber kannst dir gerne etwas aus der Küche nehmen." Er musterte die Tasse in meiner Hand, und ich spürte, wie mein Gesicht rot wurde. „Ich sehe, dass du dich bereits umgesehen hast."

„Willst du mich wirklich wegen einer Tasse Kaffee von der Seite anmachen?", fragte ich, nicht gewillt, seine passiv-aggressive Haltung zu übersehen.

„Nein", seufzte er. „Zumindest habe ich es nicht vor."

Er schlang sich sein Handtuch um den Nacken und ging vor,

quetschte sich an mir vorbei in den großen Raum. Ich hielt den Atem an, als er mich fast berührte.

„Ich bin es einfach nicht gewohnt, jemanden bei mir zu haben", fuhr er mit einem Stirnrunzeln fort. „Ich bin ein Einzelgänger, habe seit Jahren mit niemandem zusammengelebt. Fast ein Jahrzehnt nicht mehr."

„Ich weiß, dass das für keinen von uns ideal ist. Aber ich versuche nicht, in deine Privatsphäre einzudringen“, ich senkte meinen Blick auf den Billardtisch, um seinem stechend scharfen Blick auszuweichen.

Ich fühlte mich angreifbar, abhängig von der Gastfreundschaft und dem Schutz dieses Mannes. „Ich will nur das Beste daraus machen.“

„Fuck“, sagte er, bevor er den Rest seiner Wasserflasche leerte. Er ging in die Küche und warf sie achtlos in den Mülleimer. Ich beobachtete, wie er nachdenklich dreinblickend zurück zu mir kam. „Okay, du hast recht. Wir müssen das Beste daraus machen.“

„Ich habe recht?“ Dieser Typ überraschte mich immer wieder.

„Ja, gewöhne dich nicht daran“, sagte er mit einem kleinen Lächeln. Ich rollte mit den Augen.

„Was schlägst du dann vor?“

„Lass uns von vorne anfangen.“ Er streckte mir die Hand entgegen, und in seinen Augen glitzerte der Schalk.

„Ich bin Grant Donovan, ein mürrischer Bastard, der sich manchmal nicht beherrschen kann.“

Ich ließ ein erschrockenes Kichern hören, bevor ich seine Hand mit meiner eigenen ergriff. Sie war warm und leicht rau, was darauf hindeutete, dass ihm körperliche Arbeit nicht fremd war.

„Nun, Grant, ich bin Lilly Monroe. Ich habe gerade eine unglaubliche Pechsträhne und werde für die nächste Zeit deine Mitbewohnerin sein.“

„Na gut. Hole dir was zu essen, während ich dusche“, sagte er, ließ meine Hand los und ging davon.

„Sag mal, Grant, bist du immer so herrisch?", fragte ich und versuchte, unser lustiges Geplänkel nachzumachen, um meine wirkliche Verärgerung über ihn zu verbergen.

„Ja", rief er über seine Schulter, als er durch die Küche ging. Er blieb im Türrahmen stehen und drehte sich um. „Oh, ich habe deine Sachen gewaschen. Sie befinden sich wieder in deinem Badezimmer, damit du dich nach dem Essen anziehen kannst. Wir werden einkaufen gehen."

„Einkaufen?" Er wollte, dass ich mich in der Öffentlichkeit zeige?

War er verrückt?

„Ja", rief er noch einmal, bevor ich seine Schritte auf der Treppe hörte.

Ich stöhnte frustriert auf. Diese Sache mit dem Neuanfang war eine nette Idee, aber wir würden nie miteinander auskommen, wenn er mich ständig herumkommandierte. Ich beschloss, dass der Streit bis nach dem Mittagessen warten konnte und ging in die Küche, um mir etwas zu essen zu besorgen.

KAPITEL 4

Grant

„Komm schon, lass uns reingehen", drängte ich Lilly, als sie zögerte, die Autotür zu öffnen.

Es war mühsam gewesen, sie überhaupt bis hierher zu bekommen, und jetzt, da wir endlich an der Boutique waren, weigerte sie sich, ihre Autotür zu öffnen.

Ich knirschte verärgert mit den Zähnen. Wir hatten uns schon zu Hause wegen des Einkaufens gestritten. Sie hatte Angst, das Haus zu verlassen, aber ich bestand darauf. Sie benötigte Kleidung. Ich hatte sie überredet, mich in eine kleine Boutique für Damenbekleidung in einem wohlhabenden Viertel zu begleiten, auch damit wir etwas dem Trubel entgehen würden.

Sie hatte trotzdem darauf bestanden, unterwegs an einem Laden anzuhalten und eine große runde Sonnenbrille und einen Schlapphut zu kaufen. Es sah lächerlich aus, vor allem in Kombination mit ihrer normalen Businesskleidung, aber ich wollte nicht schon wieder mit ihr diskutieren. Außerdem sah ihr Outfit irgendwie lustig aus.

Ich war nur froh, dass sie wieder ihre eigenen Sachen trug. Ich war nicht auf die körperliche Reaktion vorbereitet gewesen, als sie heute Morgen in meinen Fitnessraum kam. Was war es nur, das Männer so erregt, wenn sie Frauen in ihrer eigenen Kleidung sehen?

Dass Lilly lange, kräftige Beine besaß, die sich perfekt um meine Taille schlingen könnten, machte meine Fantasie nicht besser. Hinzu kam auch, dass ich wusste, dass sie nichts unter den Shorts trug, da ich ihre Unterwäsche heute

Morgen im Bad mit ihrer anderen Kleidung gefunden hatte. Ein schmerzhaftes Ziehen breitete sich in meiner Hose aus, allein bei dem Gedanken, dass ihr nackter Körper an meiner Kleidung reiben würde. Diese Shorts saßen sehr locker an ihr. Es wäre mir ein Leichtes gewesen, mir Zugang zu ihrem intimsten Punkt zu verschaffen. Gott, ich wollte mir unbedingt Zugang dazu verschaffen.

Um auf andere Gedanken zu kommen, lenkte ich meine Aufmerksamkeit zurück zum Hier und Jetzt. Lilly schien nervös zu sein, ihr Kopf fuhr nervös herum, um die Leute auf der Straße zu beobachten und jede Gefahr direkt zu erkennen. Aber es war alles ruhig.

„Sieh mich an", befahl ich, und sie drehte ihren Kopf zu mir hin. Ich konnte mein eigenes Spiegelbild in den Gläsern ihrer Sonnenbrille sehen, die ihre atemberaubenden grauen Augen verbargen. „Es wird dir guttun. Ich werde die ganze Zeit bei dir bleiben."

„Du glaubst, du könntest mich beschützen? Was, wenn die Polizei auftaucht, um mich zu verhaften?"

„Das ist unwahrscheinlich. Alle anderen Kunden in diesem Laden werden zu sehr mit sich selbst beschäftigt sein, um uns überhaupt zu bemerken. Wir sollten hier sowieso nicht viele Leute sehen, aber ich werde unsere Umgebung im Auge behalten. Wir werden gehen, sobald dir jemand unangemessen viel Aufmerksamkeit schenkt. Du musst mir einfach vertrauen", sagte ich ernst. Ich war vielleicht nicht glücklich über unsere Wohnsituation, aber ich würde sie beschützen, wenn es nötig war. Immerhin war ich doch kein Monster.

Ich beobachtete, wie sich ihr Körper versteifte und ihr Kiefer sich verkrampfte. Ich konnte förmlich sehen, wie die Entschlossenheit ihren Körper ergriff, und war nicht überrascht, als sie mir plötzlich knapp zunickte und den Griff der Autotür umklammerte. „Okay. Ich vertraue dir", sagte sie, bevor sie die Tür aufstieß und in den Sonnenschein hinaustrat.

Ein mir bisher fremdes Gefühl schwoll bei ihren Worten in meiner Brust an. Sie vertraute mir und das erfüllte mich mit Stolz.

Ich musste sie dafür bewundern, dass sie ihre Ängste so beiseiteschieben konnte und mit Entschiedenheit weitermachte. Als ich so hinter ihr herging, war das nicht das Einzige, was ich bewunderte. Die schwarze Hose, die sie trug, betonte ihren knackigen Hintern auf eine subtile Art und Weise.

Wieder schoss mir pure Lust in die Adern und ich ballte meine Fäuste. Ich kannte diese Frau noch keine vierundzwanzig Stunden, doch sie war mir bereits zugleich ein Dorn im Auge wie auch eine verlockende Verführerin. Ich musste etwas Abstand zu ihr halten.

Mich etwas in Selbstbeherrschung zu üben, wäre vielleicht eine gute Idee.

Die Boutique war ein niedriges Gebäude mit großen Glasfenstern, die nach vorne hinaus gingen und in denen bekleidete Schaufensterpuppen standen. Von dieser Boutique aus gelangte man in andere Läden, zum einen in eine Bäckerei für Hundeleckerli und zum anderen in ein Geschäft für Wohnaccessoires. Die gesamte Straße war auf altmodische, aber charmante Weise angelegt, mit freiliegenden Ziegeln, die den Gebäuden und Geschäften ein historisches Flair verliehen.

In dieser Gegend gab es viele ausgefallene Geschäfte und Kunstgalerien, Bars und Restaurants. Allerdings war alles sehr gehoben, für die Oberschicht Chicagos, was sich nicht zuletzt an den Preisen bemerkbar machte, die sich der Durchschnittsbürger niemals leisten könnte. Daher sahen wir nur wenige Menschen auf der Straße, als wir zu unserem Ziel fuhren.

Eine Glocke über der Tür läutete, als wir den kleinen Laden betraten. Es befanden sich nur zwei andere Kunden im Laden, die beiden Frauen plauderten angeregt miteinander, während sie ihre Arme mit Blusen und Kleidern beluden.

Die Frau hinter dem Tresen grüßte uns freundlich, versuchte aber nicht, auf uns zuzugehen. Das war gut. Ich war kein Fan von aufdringlichen Verkäufern und Lilly war schon nervös genug.

Lilly zögerte kurz vor der Tür, warf einen Blick auf die verstreut umherstehenden Kleiderständer und knabberte an ihrer Unterlippe. Ich ging direkt aufs nächstgelegene Regal zu und winkte sie herbei. Sie besaß nichts außer den Kleidern, die sie im Moment am Körper trug, also würde ich sie heute komplett neu einkleiden.

Doch eigentlich bin ich nicht der größte Fan vom Shopping. Ich wollte es so schnell wie möglich hinter mich bringen.

Ich sah mir die Kleider, deren seidiger Stoff sich weich gegen meine rauen Handflächen anfühlte, durch, als mir klar wurde, dass ich keine Ahnung hatte, was ich da tat. Ich kannte weder ihre Größe noch wusste ich, was sie gerne anziehen würde. Ich vermutete, dass das

bedeutete, dass ich gelangweilt herumstehen würde, wahrscheinlich mit dem im Arm, was sie kaufen wollte.

Shopping war das Schlimmste.

Für einen kurzen Moment spürte ich, wie ich mich über Lilly aufregte. Ich saß hier fest, weil sie mir aufgedrückt worden war. Und dies war erst der erste Tag mit ihr und schon wurde ich zu einer lästigen Beschäftigung wie dem Einkaufen genötigt.

„Oh mein Gott, sieh dir diesen Preis an!", rief Lilly aus und hielt mir ein gelbes Wickelkleid mit tiefem Ausschnitt entgegen, das ihre Brüste bestimmt umwerfend aussehen lassen würde. Das würden wir auf jeden Fall kaufen. Ich warf einen Blick auf das Preisschild.

„Mache dir diesbezüglich keine Sorgen", sagte ich.

„Grant, das kann ich mir nicht leisten", zischte sie und blickte in Richtung der Verkäuferin, um sich zu vergewissern, dass sie sie nicht gehört hatte. „Dieses eine Kleid kostet fast soviel wie meine Miete. Das ist doch verrückt."

„Du kannst das Zeug gar nicht bezahlen."

„Genau das sage ich doch!", sagte sie verärgert.

„Nein, ich meine, dass die Polizei deine Kredit- und Debitkarten verfolgen wird. Du darfst sie nicht verwenden."

„Oh", sagte sie und ihre Wangen färbten sich hinreißend rot. „Natürlich, daran hätte ich denken sollen."

„Also, mache dir keine Sorgen wegen des Preises."

„Warum willst du denn so teure Kleidung für mich bezahlen? Das ergibt keinen Sinn."

„Geld spielt keine Rolle für mich. Ich bin Milliardär", sagte ich. Es war mir unangenehm, diese Worte laut auszusprechen. Die meisten Leute, mit denen ich Zeit verbrachte, wussten über mein Geld Bescheid.

„Was?" Lillys Augen weiteten sich, als sie mich ansah.

„Ja. Ich hätte gedacht, dass das bei dem Haus und allem drumherum offensichtlich gewesen ist."

„Nun, ja, schon irgendwie. Ich meine, das Haus ist schön, aber das eines Milliardärs? Ich kann mir diese Summe an Geld nicht einmal vorstellen.“

Sie sah mich nachdenklich an, und ich machte mir Sorgen, dass sie mich jetzt, da sie von dem Geld wusste, in einem anderen Licht sah. Nicht, dass es mich interessieren würde, was sie dachte.

Ganz und gar nicht.

„Also, mache dir keine Gedanken wegen des Preises. Ich könnte alles in diesem Laden kaufen, wenn ich es wollte. Es ist keine große Sache.“

„Ich will aber keine Almosen. Nur einen sicheren Platz, an dem ich bleiben kann.“

„Du brauchst mehr als nur einen Outfit“, sagte ich in vernünftigem Ton zu ihr, „und wir sind bereits hier. Bringen wir es einfach hinter uns.“

„Gut, aber ich will die Quittung. Ich zahle es dir zurück.“ Sie schaute auf das Preisschild eines anderen Kleides und zog eine Grimasse.

„Vielleicht muss ich es dir für den Rest meines Lebens zurückzahlen.“

„Mache dir deswegen keine Gedanken. Im Ernst“, ich ergriff ihren Arm und drückte sanft zu. „Ich werde keinen Cent annehmen.“

Lilly erstarrte für einen Moment, ihr Blick wanderte hinunter zu der Stelle, an der meine Hand sie berührte. Ein kribbelndes Gefühl breitete sich bei der Berührung in meinem Körper aus. Die Luft zwischen uns schien elektrisch aufgeladen zu sein, und ich unterbrach schnell den Moment und trat einen kleinen Schritt zurück, damit ich ihr nicht mehr so nahe war.

„Also, äh, ja", ich räusperte mich, „bringen wir es einfach hinter uns. Und ohne auf den Preis zu achten."

„Wie auch immer", murmelte sie, aber ich sah, dass sie mich nicht mehr anschaute.

Sie sah die Kleiderständer schnell durch und zog Kleider heraus,

Blusen und sogar Jeans. Als sie die Hände voll hatte, nahm ich ihr die Kleidungsstücke ab und folgte ihr wie ein verlorenes Hündchen durch den Laden. Es lief gut, vielleicht ein bisschen langweilig, aber gut, bis wir den hinteren Teil des Ladens erreichten. Dies war die Dessous-Abteilung.

Ich versuchte mir nichts anmerken zu lassen und zu ignorieren, wie mein Blut in Wallung geriet, als sie einen roten Spitzen-BH und ein Höschenset in die Hand nahm, aber das war unmöglich. Ich versuchte mich an meine Überzeugung zu klammern, dass diese Frau eine Last war, die mir aufgebürdet worden war, aber mein Körper verriet mich.

„Ich glaube, ich bringe diese Sachen zur Kasse, damit sie dort für dich aufbewahrt werden.", sagte ich, meine Stimme war heiser. Sie nahm ein seidiges Nachthemd ins Visier, das aussah, als würde es durchsichtig sein. Diese Frau machte mich fertig.

„Okay, ich treffe dich da drüben", rief sie achtlos über ihre Schulter, aber ich hätte schwören können, dass ich die Andeutung eines Lächelns auf ihrem Gesicht gesehen hatte. Wusste sie, was sie mir da antat?

***

„Wirklich? Du isst bei McDonald's?", fragte Lilly, als ich auf den Parkplatz einbog und mich in die lange Schlange vor dem Drive-in einreihte. Wir hatten gerade die Boutique verlassen und ich war hungrig.

„Klar. Warum denn nicht?", fragte ich und drehte mich um, um sie anzuschauen.

„Ich weiß nicht. Ich hätte nur nie gedacht, dass jemand, der so reich ist, Fast Food isst, wie der Rest von uns."

„Ich bin immer noch ein Mensch", sagte ich mit einem Augenrollen.

„Ich weiß. Ich schätze, es ist albern, ich stelle mir nur vor, dass Leute mit so viel Geld für Steak und Hummer in ein feines Restaurant gehen."

„Steak ist gut, aber manchmal will ein Mann einfach nur einen anständigen Burger." Mein Magen knurrte in diesem Moment, als wolle er mir meinen Standpunkt verdeutlichen. Lilly lachte leise.

„Wurdest du damit geboren?", fragte sie nachdenklich.

„Womit geboren?"

„Mit dem Reichtum. Bist du das Kind von Eltern mit Treuhandfonds?"

„Ganz und gar nicht. Ich bin im Süden der Stadt aufgewachsen, als der jüngere von zwei Jungen von einer alleinerziehenden Mutter aufgezogen. Sie arbeitete jahrelang als Krankenschwester im South Shore Krankenhaus", lächelte ich und dachte an meine Mutter. „Wir waren definitiv nicht reich, aber es ging uns immer gut. Ich lernte, einen guten alten Mickey D's Burger für einen Dollar zu schätzen."

„Wow. Lebt deine Mutter noch in Chicago?"

„Nein", sagte ich knapp, und ich merkte, wie sich mein Selbstschutz einstellte. Familie war ein wunder Punkt bei mir.

„Nun, sie muss stolz auf deinen Erfolg sein. Was ist mit deinem Bruder? Wohnt er in der Nähe?"

Ich griff das Lenkrad fester, bis meine Knöchel weiß wurden. Warum musste sie ihn erwähnen?

„Erfolg ist noch milde ausgedrückt", sagte ich und klammerte mich an das einzige Thema, das nichts mit meiner Familie zu tun hatte.

Ich versuchte lässig zu klingen, aber meine Stimme war angestrengt.

„Ich habe D- Tech gestartet. Hast du schon mal davon gehört?"

„Ich glaube nicht", sagte Lilly.

„Das ist eine Internet- und Technologiefirma. Zwischen D-Tech und unseren Tochterunternehmen machen wir alles, von E-Commerce über KI bis hin zu sozialen Netzwerken. Ich bin einer der jüngsten Selfmade-Milliardäre, die es gibt. Also ja, ich bin nicht nur ein Erfolg, ich bin die Personifizierung des amerikanischen Traums", grinste ich.

Ich wusste, dass ich wie ein arroganter Idiot rüberkam, aber ich musste sie dazu bringen, dass sie aufhörte, Fragen über meine Familie zu stellen. Es war schon schlimm genug, dass ich mich zu ihr hingezogen fühlte, das Letzte, was ich brauchte, war, ihr von meinen persönlichen Problemen zu erzählen und das Mitleid in ihren Augen zu sehen. Das könnte ich nicht ertragen.

„Okay, dann. Schön für dich, schätze ich", antwortete Lilly. Sie stützte sich mit dem Ellbogen auf die Beifahrertür und starrte aus dem Fenster, den Blick von mir abgewandt.

Sie war völlig verschlossen, und ich spürte einen Kloß im Hals, weil ich wusste, dass ich dafür verantwortlich war. Warum musste ich so ein Arschloch sein?

Ich redete mir ein, dass es so besser sei, mit Abstand zwischen uns. Ich musste mich sowieso auf meine Rache an Burke konzentrieren. Lilly Monroe war eine Ablenkung, die ich nicht brauchen konnte.

KAPITEL 5

Lilly

Es war fünf Tage her, dass Grant mich zum Einkaufen mitgenommen hatte, und ich hatte für mich inzwischen eine Routine etabliert hier bei Chez Donovan. Grant wachte jeden Tag früh auf und trainierte. Normalerweise ging er etwa zu der Zeit zur Arbeit, wenn ich aus dem Bett kroch und die Treppe hinunterstolperte. Ich war es gewohnt, nachts im Club zu arbeiten und schreckliche Träume plagten mich in der Nacht, also tendierte ich dazu, weniger zu schlafen.

Anschließend hatte ich in dieser prächtigen Villa den ganzen Tag für mich allein. Es gab fünf Schlafzimmer - und ein Hauptschlafzimmer, das Grant immer abschloss, wenn er nicht zu Hause war, vier Bäder, ein Arbeitszimmer, ein Wohnzimmer, einen großen Wohnraum, eine große Küche, ein Esszimmer für besondere Anlässe, das aussah, als wäre es nie benutzt worden und einen Außenwohnbereich mit beheiztem Pool, Feuerstelle und Grill.

Es war ein wunderschönes Haus.

Ich war bereits jetzt gelangweilt.

Ich hatte mir im Fernsehen bereits alles angesehen, was es anzuschauen gab und so viele Bücher gelesen, wie ich konnte. Grant hatte eine Putzfrau, die zweimal pro Woche kam, also gab es nichts sauber zu machen. Ich war noch keine Woche hier und hatte bereits das Gefühl, als würde mir die Decke auf den Kopf fallen.

Ich wusste, dass ein Teil des Problems die Einsamkeit war. Ich besaß keine Familie, der ich nahe stand, also gab es entsprechend auch niemanden zu vermissen, und in den letzten Jahren hatte ich einen Großteil meiner Zeit erst der Schule und dann der Arbeit gewidmet, dementsprechend hatte ich nicht viele Freunde. Aber ich war es trotzdem gewohnt, regelmäßig mit Menschen zu interagieren; mit Kollegen, Kunden, dem Barista in meinem Lieblingscafé.

Ich fragte mich, ob Andre bemerkt hatte, dass ich seit einiger Zeit nicht mehr dagewesen war, um meine übliche Kaffeebestellung abzuholen. Obwohl es ihn vielleicht nicht überraschen würde, falls er sich die Nachrichten angesehen hat.

Inzwischen war die einzige Person, mit der ich zu tun hatte, Grant, und das war kaum besser als allein zu sein. Ich hatte gedacht, dass wir am Sonntag Fortschritte gemacht hatten, als wir über einen Neuanfang sprachen und einkaufen gingen. Dann hatte er dicht gemacht und ging mir seither so gut wie möglich aus dem Weg.

Ich wollte, dass es mir egal war, ob er um mich herum war, aber der Mann war meine einzige Gesellschaft zu diesem Zeitpunkt. Er war meine Verbindung zur Außenwelt.

Manchmal war es auch angenehm mit ihm.

In letzter Zeit kam er oft vom Büro nach Hause, aß mit mir zu Abend, und verschwand dann für die Nacht im Obergeschoss. Die Unterhaltung beim Abendessen war jedoch bestenfalls gestelzt. Ich versuchte, das Gespräch mit ihm zu suchen, aber sein Knurren und seine einsilbigen Antworten machten es unmöglich. Immerhin hatte ich inzwischen herausgefunden, welches Thema ich meiden sollte: seinen Bruder. Nichts brachte Grant so schnell dazu, zu mauern oder gar um sich zu schlagen, wie wenn ich seinen Bruder zur Sprache brachte.

Ich wurde frustriert und rührselig.

Ein Teil der Frustration war sexueller Natur. Verdammt sei dieser Mann und sein gestählter Körper. Ich hatte heute Morgen einen Blick auf seine Trainingsroutine erhascht, als er die Tür zum Fitnessstudio offenließ. Er lag flach auf einer Trainingsbank und benutzte eine Stange mit mehreren großen Gewichten an jedem Ende. Seine Atmung ging gleichmäßig, als er als er die Stange von seinem Körper wegdrückte und sie mit kontrollierter Gleichmäßigkeit wieder in Richtung seines Oberkörpers führte. Die dicken Muskelstränge in seinen Armen wölbten sich, und ich hatte den absurden Impuls, mich auf seine Hüften zu spreizen. Ich wollte all diese Kraft unter mir spüren, am liebsten, während wir beide nackt waren. Ich wollte ihn schmecken. In all seiner Gänze.

Es war verrückt. Denn in dieser Hinsicht hatte ich keine Erfahrung. Zwischen meinen problematischen Teenagerjahren und den letzten vier Jahren, in denen ich mich in der Schule verbesserte und auf die Arbeit konzentrierte, hatte ich keine Zeit gefunden, mich mit jemandem ernsthaft zu verabreden. Ein paar Fummeleien hinten im Kino oder in einem Auto waren alles, was ich je mit einem Mann erreicht hatte.

Dennoch fiel es mir nicht schwer, mir Bilder und Sehnsüchte vorzustellen, die mein Inneres vor Verlangen pochen ließen. Es war fast grausam, diesem Mann, diesem Adonis so nahe zu sein und nicht einmal von ihm beachtet zu werden. Wem wollte ich eigentlich etwas vormachen? Der Mann war ein unglaublich sexy Milliardär. Er konnte jede Frau haben, die er wollte. Auf keinen Fall würde er die Jungfrau, die sein Leben so durcheinandergebracht hatte, ein zweites Mal ansehen.

Das Einzige, was mich bei Laune hielt, war das Kochen. Ich hatte es auf mich genommen, jeden Abend das Abendessen zuzubereiten. Es war nicht etwas, worum Grant mich gebeten hatte; er schien sogar schockiert zu sein, als ich das erste Mal für uns kochte. Ich glaubte auch, einen warmen Ausdruck in seinem Gesicht aufblitzen zu sehen. Dann war er verschwunden.

Ich wusste nicht, ob dieser kurzzeitig auftauchende weiche Gesichtsausdruck echt war, aber ich kochte trotzdem weiterhin jeden Abend. Ich redete mir ein, dass ich es der Beschäftigung halber tat, aber es ist schwer, sich auf Dauer selbst zu belügen. Ich jagte dieser Wärme in Grants Gesicht hinterher, in der Hoffnung die harte Schale zu durchbrechen, die Grant um sich hatte und um zu sehen, was darunter war, um die Freundlichkeit zu finden, von der ich mir selbst einredete, dass sie da war. Bis jetzt war nichts dergleichen geschehen und das verschlechterte meine Stimmung zusehends.

Was tat ich hier eigentlich? Wie lange konnte ich noch so weitermachen?

Ich fühlte mich zu einem Mann hingezogen, der kein Interesse zeigte, die Polizei wollte mich wegen Mordes verhaften, und mein Boss - nun ja, Ex-Boss - wollte mich wahrscheinlich tot sehen. Hier spielte ich Hausfrau, ohne Plan für meine Zukunft, ohne einen Ausweg aus diesem Schlamassel.

Wie konnte mein ganzes Leben nur so schnell aus den Fugen geraten? Mir war vorher nicht klar gewesen, dass eine einzige schlechte Nacht alles verändern konnte. Ein Gefühl der Hoffnungslosigkeit überkam mich. Es fühlte sich so an, als ob ich darauf wartete, dass etwas passieren würde. Wie lange konnte ich hier noch sitzen und warten? Hatte ich überhaupt eine andere Möglichkeit?

Diese Gedanken schwirrten mir durch den Kopf, als ich auf dem Barhocker an der riesigen Kücheninsel saß und allein zu Abend aß. Ich hatte Hähnchen-Alfredo gekocht, eines meiner Lieblingsgerichte und das einzige Gericht, das mir meine Mutter beigebracht hatte, bevor sie starb. Grant war spät dran. Jeden Abend war er um sechs Uhr nach Hause gekommen. Dann war das Essen immer frisch und genießbar.

Jetzt war es fast zwei Stunden später, und ich hatte es aufgegeben auf ihn zu warten. Ich stellte mein eigenes Essen in die Mikrowelle und ließ seine Portion draußen stehen, während sich eine Wut in meinem Bauch entwickelte, die immer größer wurde, je länger ich dasaß und sein Essen ansah.

Als ich endlich mit meinem Abendessen fertig war, hörte ich, wie sich das Garagentor öffnete. Eine Minute später schlenderte er ins Haus, sein Handy in der Hand und schien meine Aufregung nicht zu bemerken.

Er schlenderte zum Kühlschrank, ohne mich eines Blickes zu würdigen, und griff sich ein Bier, bevor er endlich von dem Bildschirm in seiner Hand aufblickte. Er musste mir meine Aufregung in meinem Gesicht angesehen haben, denn er stand wie angewurzelt da, und starrte mich an.

„Hey, was gibt's?", fragte er, was meine Wut noch mehr in Wallung brachte. Das war mehr, als er seit Tagen mit mir gesprochen hatte.

„Was ist los? Wo hast du gesteckt?", fragte ich und stemmte meine Hände in die Hüften.

„Was?"

„Ich habe gefragt, wo du warst. Warum du mich hier zwei Stunden lang hast warten lassen. „

„Ich war bei der Arbeit“, schnauzte er, einen verwirrten Ausdruck im Gesicht.

„Warum warst du erst so spät da? Ich habe dich um sechs erwartet. Ich hatte das Abendessen fertig und alles.“

„Ich habe dich nie darum gebeten, mir etwas zu kochen.“

„Es geht nicht ums Essen.“

„Was ist dann dein Problem? Du verhältst dich irrational.“

Tat ich das? Ich konnte mich nicht dazu durchringen, mich jetzt damit auseinanderzusetzen.

„Mein Problem bist du. Und Mr. Burke. Und die ganze verdammte Polizeitruppe. Mein Problem ist, dass der einzige Mensch, den ich tagein, tagaus sehe, sich nicht einmal genug für mich interessiert, um mir zu sagen, dass er nicht hier sein wird“, und ich fühlte mich so schwach, während ich zugab, dass mich seine Gleichgültigkeit ärgerte.

„Mein Leben dreht sich nicht um dich, Lilly. Ich bin nicht hier, um dich zu unterhalten. Ich biete dir nur einen Unterschlupf an.“

„Ich bitte nicht um Unterhaltung. Können wir nicht einfach freundlich zueinander sein?“

„Wir sind keine Freunde. Und wenn ich schon dabei bin, wir sind auch kein Liebespaar, also schulde ich dir keine Erklärung über meinen Aufenthaltsort. Ich bin für dich verantwortlich. Das ist alles.“

Mit diesen verletzenden Worten drehte er sich auf dem Absatz um und marschierte aus der Küche. Ich hörte, wie er die Treppe hinaufstapfte, bis er seine Schlafzimmertür zuschlug wie ein Teenager, der einen Wutanfall hatte. Ich wollte ihm folgen und den Streit fortsetzen, so ungesund

und sinnlos das auch sein würde. Dann wäre ich wenigstens nicht allein.

Stattdessen warf ich seinen unberührten Teller in die Spüle und schlenderte in den großen Wohnraum. Ich bereute es bereits, einen Streit mit Grant angefangen zu haben. Ich schlug um mich, weil ich unglücklich und unsicher war.

Er hatte recht, es war nicht seine Aufgabe, mich zu unterhalten, und es war nicht seine Schuld, dass ich in dieser Situation war. Diese Schuld lag allein bei Mr. Burke.

Ich schritt durch den großen Raum und drehte ein paar Runden, bevor der Anblick des Pools meine Aufmerksamkeit erregte. Ich besaß tonnenweise nervöse Energie, vielleicht könnte ein kurzes Bad im Pool helfen.

Ich hatte keinen Badeanzug dabei, aber mein BH und mein Höschen waren schwarz und passten gut. Damit würde ich wahrscheinlich gut zurechtkommen. Ich trat durch die Balkontür und zog mir mein kurzes marineblaues Kleid über den Kopf und warf es auf einen Terrassenstuhl, bevor ich meine Sandalen abstreifte.

Es war belebend, draußen in meiner Unterwäsche zu sein. Sie war nicht freizügiger als ein Stringbikini, vielleicht sogar weniger, aber ein Kribbeln lief mir über meine Wirbelsäule und ich fühlte mich so, als ob ich etwas Verbotenes tun würde. Ich blickte mich um, auch wenn Grant einen acht Fuß hohen Zaun hatte und mich niemand sehen konnte.

Ich ging zum Rand des Pools und schaute in das klare Wasser hinunter. An den Seiten des Pools waren blaue Lichter angebracht, die ihn von unten beleuchteten. Ich holte tief Luft und tauchte kopfüber in das warme Wasser ein. Ich fing an, zum äußersten Rand des Beckens zu schwimmen und glitt mit Leichtigkeit durch das Wasser.

Dieses Becken war erstaunlich, groß und rechteckig, am flachen Ende war es vier Fuß tief und wurde allmählich tiefer und tiefer, bis die Tiefe zwölf Fuß maß. Der Pool besaß sogar ein Sprungbrett auf dieser Seite. Dies war die Art von Pool, wie man ihn in einem erstklassigen Fitnessstudio oder vielleicht in einer gut ausgestatteten High School finden würde. Ich schwamm gewöhnlich in einem öffentlichen Schwimmbad, da ich nicht annähernd finanziell so abgesichert war, um ein Haus mit einem Pool kaufen zu können, aber das Schwimmbad, in das ich ging, war nichts im Vergleich zu diesem hier. Der Pool dort war wahrscheinlich nur halb so groß und normalerweise voll von Teenagern, die herumtollten. Das hier hingegen war ein verdammt luxuriöses Schwimmbad. Wenn ich Glück hatte, würde mich das Schwimmen so erschöpfen, dass ich heute Nacht vielleicht tatsächlich etwas friedlichen Schlaf finden würde.

KAPITEL 6

Grant

Das funktionierte so nicht. Lilly zu meiden war zu diesem Zeitpunkt sinnlos. Sie war überall in diesem Haus; wenn nicht physisch, dann deutete doch alles auf ihre Anwesenheit hin. Die einzige Ausnahme bildete dieses Zimmer, mein Hauptschlafzimmer. Dabei war es der einzige Raum, in dem ich sie eigentlich haben wollte. Wenn sie nur durch diese Tür gekommen wäre, hätte ich sie vielleicht nie wieder rausgelassen. Ich wollte sie unbedingt in meinem Bett haben, unter mir spüren.

Aber je mehr wir miteinander zu tun hatten, desto weiter rückte jene Fantasie von mir in die Ferne. Ich konnte nicht verhindern, dass ich um mich schlug und sie wegstieß. Was den Streit angeht, den wir gerade hatten, hätte ich kommen sehen müssen.

Ich bin ihr die ganze Woche über so gut wie möglich aus dem Weg gegangen, und es kam mir nicht in den Sinn, dass sie niemanden hatte, mit dem sie reden konnte, keinen anderen Partner, mit dem sie Dinge teilen konnte. Ich war ein egoistisches Arschloch gewesen und hatte mich dann noch verteidigt, als sie mich darauf ansprach.

Es war beeindruckend, wie sie mich jederzeit auf meine Scheiße aufmerksam machen konnte. Niemand sonst in meinem Leben tat das. Vielleicht war es das Geld, das sie nervös machte, aber fast alle, mit denen ich zu tun hatte, krochen mir ständig in den Arsch.

Nur nicht Lilly.

Nicht meine temperamentvolle Verführerin.

Sie war überhaupt nicht von mir eingeschüchtert. Verdammt, das war so heiß. Jedes Mal, wenn sie sich mir entgegenstellte, bereit für einen Streit, wollte ich sie auf den nächsten Boden werfen und ihren süßen Körper verwüsten. Ich wollte sie meinen Namen vor Vergnügen schreien hören, anstatt vor Wut.

Fuck, das war hoffnungslos. Es fühlte sich langsam unausweichlich an. Aber ich hatte noch eine Aufgabe zu erledigen. Burke war immer noch ein freier Mann und ich hatte es mir zur Aufgabe gemacht, ihn zur Strecke zu bringen. Ich konnte mich nicht so sehr ablenken lassen von dieser grauäugigen Schönheit mit der scharfen Zunge.

Apropos Ablenkung: Ein Schatten wanderte über die Decke des Bettes, auf dem ich lag, als ich an die Decke starrte und gegen eine Erektion ankämpfte, während ich an Lilly dachte. Die Lichtquelle kam vom Pool unten im Hinterhof. Ich besaß gläserne Doppeltüren in meinem Schlafzimmer, die auf einen Balkon führten, von wo ich einen Blick auf den Hinterhof hatte. Woher stammte also dieser Schatten?

Ich stand auf, ging zu den Türen und schaute hinunter. Da war sie, die Frau, die mich in den Wahnsinn getrieben hatte. Lillys Körper hob sich als Silhouette von den hellen Lichtern des Pools ab, so dass ich nur die Umrisse ihrer schlanken Gestalt ausmachen konnte, als sie durch das Wasser glitt. Sie besaß eine Anmut, die ich nicht erwartet hätte. Sie glitt sanft dahin, als wäre sie selbst ein Teil des Wassers.

Sofort verspürte ich den Drang, hinunterzugehen.

Aber nein. Das würde nicht passieren. Konnte nicht passieren. Es war eine schlechte Idee.

Diesen inneren Dialog führte ich den ganzen Weg die Treppe hinunter fort, während ich durch die Küche und den großen Wohnraum ging, und auch noch, als ich am Rande des Pools zum Stehen kam, dachte ich es mir. Und das war auch sehr gut so. Offensichtlich besaß mein Verstand nicht länger die Kontrolle über meinen Körper, der sich zu Lilly hingezogen fühlte, als hätte sie eine Anziehungskraft, derer ich mich nicht entziehen konnte.

Wollte ich das denn überhaupt?

Als Lilly mich erblickte, schwamm sie zur Treppe hinüber und kletterte hinaus. Als ich einen guten Blick auf ihren triefenden Körper erhaschte, wurde mein Mund trocken. Mein Schwanz zuckte schmerzhaft in meiner Hose, als mein Blick ihren Rücken hinunter wanderte und ihren kleinen Hintern erblickte, der aus ihrer Unterwäsche herausquoll.

Dann drehte sie sich um. Ihr kastanienbraunes Haar sah noch dunkler aus, wenn es nass war. Es fiel ihr über die Schultern und die Spitzen klebten an ihren Brüsten. Darauf war ich neidisch.

Die beiden Erhebungen wurden von ihrem nassen BH kaum verdeckt und ich konnte gerade noch die Umrisse ihrer verhärteten Brustwarzen durch den Stoff sehen. Ein animalisches Verlangen überkam mich, und mein ganzer Körper wurde sich ihrer Anwesenheit bewusst, so dass meine Haut übermäßig empfindlich wurde.

Ihre glatte, blasse Haut stand in scharfem Kontrast zu dem dunklen Stoff ihrer Unterwäsche und der Anblick erregte mich wahnsinnig. Es war ein schmerzhafter Kampf, mich zu beherrschen, als sie näherkam und ihre Wangen sich rosa verfärbten. Sie verschränkte die Arme vor der Brust, und ich wollte ein ungehaltenes Knurren von mir geben, als sie mir den Blick auf ihre großen Brüste verwehrte.

„Hey, ich hoffe, es ist okay, dass ich den Pool benutzt habe...“

Ich nickte nur. Ich traute mir selbst nicht zu, zu sprechen.

„Ich habe das Handtuch vergessen. Lass mich eins holen und dann können wir reden, okay?“ Sie klang zaghaft, fast ängstlich. Das ließ meine Erregung blitzschnell abklingen.

„Ja“, sagte ich, meine Stimme tiefer als sonst. Ich räusperte mich. „Ich warte hier auf dich.“

Ich nahm auf einem der Terrassenstühle Platz, während sie sich auf den Weg ins Haus machte, und ich richtete mich vorsichtig auf, so dass meine pochende Erektion weniger auffiel. In wenigen Minuten war sie wieder draußen, das dicke Handtuch um ihre Brust gewickelt und ihren Körper bedeckend. Ein Verbrechen.

Sie schob einen Stuhl vor mich, setzte sich und schlug ihre langen Beine übereinander. Ich bemerkte, dass ihre Zehennägel leuchtend rot lackiert waren. Süß.

„Hör zu, ich glaube, ich schulde dir eine Entschuldigung. Ich weiß, ich bin dir vorhin an die Gurgel gesprungen“, begann sie.

„Ach, verdammt. Lilly. Es ist ja nicht so, dass ich es nicht verdient hätte. Wir wissen beide, dass die Dinge hier in letzter Zeit sehr angespannt sind. Das ist Gift für uns beide.“

„Ich glaube, ich fühle mich nur einsam. Das ist nicht dein Problem, aber du bist die einzige Person, mit der ich im Moment kommunizieren kann. Ich habe nicht einmal ein Handy“, sie klang so niedergeschlagen, ganz und gar nicht wie die temperamentvolle Verführerin, die ich sonst gewohnt war. Es gefiel mir gar nicht, dass sie sich so sehr bemühte mir gefallen zu wollen, indem sie die ganze Schuld auf sich nahm, weil es mir noch einmal mehr vor Augen führte, dass ich sie wie Scheiße behandelt hatte.

„Nein, ich habe dir schon gesagt, dass ich ein mürrischer Bastard bin. Aber ich werde daran arbeiten."

„Du kannst wohl nicht gut mit anderen umgehen, was?"

„Ist das so offensichtlich?", fragte ich mit einem kleinen Grinsen.

„Ich glaube, ich bin eher das Gegenteil. Ich blühe unter Menschen auf. Deshalb habe ich auch in einem Nachtclub gearbeitet. Ich habe erst vor ein paar Monaten meinen Abschluss in Wirtschaft gemacht, aber ich hatte die Wahl. Ich entschied mich, dort zu bleiben, wo ich schon seit Jahren gearbeitet hatte, weil ich die Leute mochte. Ich kenne meine Mitarbeiter und vertraue ihnen. Die Kunden können manchmal flegelhaft werden, aber da ist eine gewisse Energie in ihnen und in dem ganzen Laden. Damit fühle ich mich verbunden."

„Hast du jemanden in deinem Leben, der dich gerade vermisst?

Familie, Freunde, Freund?" Ich konnte hören, wie mein Blut durch meine Adern rauschte. Ein ursprüngliches, besitzergreifendes Verlangen drohte mich zu übermannen. Ich begann mich wieder zu fragen, ob mein Verstand überhaupt noch die Kontrolle über meinen Körper hatte.

„Nein. Keine engen Freunde oder einen Freund, ich habe in den letzten Jahren andere Prioritäten gehabt. Ich besitze auch keine enge Familie. Meine Eltern starben bei einem Autounfall, als ich fünfzehn war. Ich habe bei meiner Tante gelebt, bis ich erwachsen war, dann hat sie mich rausgeworfen, als ich achtzehn wurde. Ich glaube, sie wollte mich gar nicht erst bei sich aufnehmen. Aber sie war die

Einzige, die damals da war und dachte, dass sie keine andere Wahl hätte."

„Sie klingt wie eine Hexe."

„Vielleicht", sagte Lilly, ihr Mund verzog sich kurz, aber ihren Augen merkte ich an, dass sie weit weg war. „Aber ich war damals auch eine Zicke."

„Du?" Ich konnte es mir nicht vorstellen.

„Ja. Ich habe den Tod meiner Eltern schwer nur schwer verkraftet und mich mit schlechten Leuten eingelassen, als ich auf eine neue Schule in dem Viertel wechselte, in dem meine Tante lebte. Wir haben meistens nur getrunken und feierten viel. Eine meiner Freundinnen war eine außergewöhnliche Künstlerin, aber sie ist auf die schiefe Bahn geraten. Also hat sie Gebäude, Brücken und sogar angehaltene Züge mit Graffiti

besprüht. Was auch immer in der Nähe war. Einmal brachen wir alle in ein leeres Haus ein, das zum Verkauf stand und feierten dort eine Party. Wir haben das Haus total verwüstet. Die Bullen kamen und verhafteten so viele von uns, wie sie konnten. Ich war unter ihnen."

„Ohje".

„Ich weiß. Es fühlt sich an wie ein anderes Leben. Ich habe gemeinnützige Arbeit nach dieser Aktion geleistet. Ich musste auch mit der ständigen Enttäuschung meiner Tante leben, aber nach der Highschool wurde alles anders. Ich habe mein Leben auf die Reihe bekommen und jetzt bin ich in der Villa eines Milliardärs sozusagen im Zeugenschutzprogramm und werde wegen Mordes gesucht", sagte sie sardonisch.

Ich gluckste. „Schön zu sehen, dass du darüber scherzen kannst."

„Manchmal muss man lachen, um nicht zu weinen.“ Sie sah mich

einen Moment lang nachdenklich an. „Hör zu“, begann sie. Ich zuckte innerlich zusammen, weil ich mir sicher war, dass sie mich über meine Familie ausfragen würde, da ich nach ihrer gefragt hatte. Ich hatte wohl diese Tür geöffnet, aber ich wollte trotzdem nicht darüber reden. „Wir müssen hier eine gemeinsame Basis finden, um das Zusammenleben erträglicher zu machen.“

„Nun, wir sind beide kein Fan von Henry Burke, also gibt es immerhin diese Gemeinsamkeit“, sagte ich leichthin.

„Was hat es damit auf sich? Was hat er dir getan?“

„Ehrlich gesagt, möchte ich heute Abend nicht darauf eingehen. Sagen wir einfach, er hat sich unbeliebt gemacht, und seitdem wollte ich ihn schon immer hinter Gittern sehen.“ Wenn ich ehrlich bin, würde ich ihn gerne in einem Sarg sehen, aber vorher musste ich erst noch ein paar Informationen aus ihm herausholen.

„Weißt du, ich hatte nie etwas für ihn übrig. Er sah mich immer an, als wäre ich ein Stück Fleisch. Nein, es war mehr als das. Er sah mich an, als wäre ich etwas, das ihm gehörte, weil er meinen Gehaltsscheck unterschrieb.“

„Der Mann denkt, er sei der König der Welt, dass er alles tun und haben kann, was er will. Er ist ein kompletter Narzisst.“

„Das kann ich jetzt auch sehen“, sagte sie und nickte. Sie sah mich nachdenklich an. „Was ich wissen möchte, ist, woher kennst du Jim? Da du so ein Einzelgänger bist, muss ich mich über den einen Typen wundern, von dem ich weiss, dass du mit ihm befreundet bist.“

„Jim gehört zu den Menschen, die man schon so lange kennt, dass man sich kaum noch an die Zeit erinnern kann, in der er noch nicht da war. Ich habe keine Geschichte, wie wir uns kennengelernt haben, weil er einfach immer ein Teil meines Lebens war. Ich weiß, dass unsere Mütter befreundet waren und wir während der ganzen Grundschulzeit in dieselbe Klasse gingen. Er ist einfach immer ein Freund gewesen. Ich erinnere mich noch, als wir jünger waren, trug seine Mutter einen schrecklichen Bürstenhaarschnitt", kicherte ich und ich erschrak über den unerwarteten Klang meines eigenen Lachens in der stillen Nacht.

Ein paar lange Momente herrschte Schweigen zwischen uns, aber es war nicht unangenehm. Ich schaute über das ruhige Wasser des Pools und ließ meine Gedanken schweifen.

„Weißt du, sein Name war Mark." Lillys sanfte Stimme durchbrach unerwartet die Stille. Ich hatte das Gefühl, dass sie ihre Gedanken einfach laut aussprach. Der Mann, den Mr. Burke umgebracht hat. Ich habe es neulich nachgeschlagen." Sie starrte zu den Sternen hinauf, während sie sprach.

„Warum hast du das nachgeschlagen?"

„Ich weiß es nicht. Ich glaube, ich war es ihm schuldig oder so. Ich sah den Mann sterben. Ich habe ihn in seinen letzten Momenten gesehen. Ich sollte zumindest versuchen zu erfahren, wer er war". Ihre Stimme klang gequält.

„Und wer war er?"

„Mark Lewis. Laut der Zeitung hatte er eine Ex-Frau und einen Eintrag im Vorstrafenregister. Ich schätze, er besaß eine Vergangenheit im Drogenhandel."

„Das ist wahrscheinlich seine Verbindung zu Burke", sagte ich und merkte dann, dass das nicht sehr einfühlsam war. „Du musst darüber ziemlich verstört sein."

„Ich durchlebe es immer wieder in meinen Träumen. Zu hören, wie er um sein Leben bettelte, den Knall der Pistole, ich glaube, sie muss einen Schalldämpfer gehabt haben, weil sie nicht sehr laut war, dann

fiel er einfach um. Er war so schnell tot. Alles, was er je war, war in einem Augenblick wie ausgelöscht", sagte sie mit brüchiger Stimme.

Ohne darüber nachzudenken, streckte ich meine Hand aus und ergriff die ihre. Sie war so klein im Vergleich zu meiner eigenen, und ihre Haut war außerordentlich weich. Ich strich mit dem Daumen über ihren Handrücken, um ihr ohne Worte meinen Trost anzubieten.

Ihr Blick kehrte zu meinem Gesicht zurück und starrte mich an, als könne sie direkt bis tief in meine Seele sehen. Ich spürte, wie mein Herz flatterte. Das war mehr als nur Lust, ich fühlte mich zu ihr hingezogen, weil sie so war, wie sie war, wegen der Stärke, die ich so deutlich sehen konnte. Es jagte mir Angst ein.

Dann beugte sie sich ganz nah zu mir und berührte mit ihren Lippen die meinen. Der Kuss war sanft, aber nachdrücklich genug, um mich zu erschrecken. Jeder einzelne Nerv in meinem Körper erwachte zum Leben und meine Haut fühlte sich empfindlicher an als sonst. Meine Muskeln spannten sich an und ich sehnte mich danach, die Kontrolle über den Kuss zu übernehmen, ihn auf die nächste Stufe zu bringen, aber ich wollte die Süße des Augenblicks nicht zerstören.

Als Lilly sich zurückzog, starrte ich sie an und war zum ersten Mal in meinem Leben sprachlos. Damit hatte ich nicht gerechnet, nicht nach dem Streit, den wir erst ein paar Stunden zuvor gehabt hatten. Es fühlte sich an, als ob die Chemie zwischen uns jetzt anders wäre, ein nonverbales

Eingeständnis der Anziehung, die wir teilten. Aber wir hatten diese Grenze noch nicht vollends überschritten.

„Ich, äh, ich glaube, ich gehe jetzt ins Bett", sagte Lilly und stand auf. „Gute Nacht, Grant."

Damit war sie weg und flüchtete praktisch ins Haus. Ich fragte mich, ob sie den Kuss bereute, aber ich glaube nicht, dass es das war. Sie schien fast peinlich berührt. Ich hatte einen Hauch von etwas in ihrem Blick gesehen ... war es Unschuld?

Der Gedanke erregte mich, aber ich wusste, dass das ein gefährlicher Gedanke war. Ein Kuss machte uns nicht zu Liebenden. Aber das hinderte meine Fantasie nicht daran, meine Träume mit ihr zu füllen, wie sie sich unter mir wand und vor Lust stöhnte. Ich wachte auf und brauchte eine Dusche und hoffte gleichzeitig, dass manche Träume wirklich wahr werden.

KAPITEL 7

Lilly

Was hatte ich mir nur dabei gedacht?

Ich habe ihn geküsst. Ich war gefangen in diesem Moment, in der Behaglichkeit, die er ausstrahlte und der intimen Umgebung, dem Mondlicht und meinem entblößten Körper unter dem Handtuch, das ich trug. Ich wusste, dass es dumm gewesen war; die unüberlegte Handlung eines Mädchens, das sich an jede Freundlichkeit klammerte, nach dem traumatischen Ereignis vor so kurzer Zeit. Das war alles, was es war.

Warum also setzte mein Herz einen Schlag aus, wenn ich an ihn dachte?

Es war nicht mehr nur sexuell. Der Kuss war wunderbar gewesen und erweckte meinen Körper auf eine Weise zum Leben, wie ich es nie zuvor erlebt hatte, aber ich fühlte mich auch zu Grant auf einer tieferen Ebene hingezogen. Es gab eine Verbindung zwischen uns, ein unsichtbares Band, das mich immer wieder dazu brachte, ihm näher zu kommen, diesem Mann, der sich hinter all den schnippischen Kommentaren und dem distanzierten Verhalten verbarg, mit dem er mich auf Abstand hielt. Ich wusste, ich konnte es spüren, dass mehr in ihm steckte. Tief in ihm war Schmerz und, wie ich vermutete, auch ein Gefühl von Einsamkeit. Ich hatte in der letzten Woche einen flüchtigen Einblick darauf erhascht, während er sein Bestes tat, um mir aus dem Weg zu gehen. Das machte mich noch neugieriger ihn besser kennenzulernen.

Ich hatte kurz überlegt, mich heute Morgen in meinem Zimmer zu verstecken, aus Scham darüber, dass ich den Kuss initiiert hatte. Er hatte ihn erwidert, seine überraschend weichen Lippen hatten sich mit Selbstverständlichkeit an meine geschmiegt, aber ich hatte das Gefühl, eine Grenze überschritten zu haben. Wie peinlich würde es jetzt werden? Oder, noch schlimmer, würde er mich wieder so viel wie möglich meiden?

Es war ein Samstag, also wusste ich, dass er nicht zur Arbeit gehen musste. Ich schätze, ich werde es dann gleich herausfinden.

Als ich mein Schlafzimmer verließ – Moment, seit wann betrachte ich es als mein Zimmer und nicht mehr als ein Gästezimmer? - hörte ich die Türklingel läuten. In der Zeit, die ich hier verbracht hatte, war nur eine Person ins Haus gekommen, die Haushälterin Anna. Sie war eine

streng anmutende Frau in den Fünfzigern, mit blondem Haar, das sie

im Nacken zu einem festen Dutt gebunden hatte. Ich schloss mich in meinem Zimmer ein, wenn sie in der Nähe war, um nicht erkannt zu werden, trotz Grants Beteuerungen, dass ich mir keine Sorgen machen müsse. Anna würde wahrscheinlich nicht einmal auffallen, dass ich jemand war, den die Polizei Chicagos momentan Tag und Nacht suchte, da er mich ihr als seine Freundin vorgestellt hatte, die von weiter her zu Besuch kam. Wenn sie es seltsam fand, dass ich in einem Gästezimmer übernachtete, behielt sie es für sich.

Heute war nicht einer von Annas normalen Putztagen, und sie hatte einen Schlüssel, also war sie es sicher nicht, die an der Tür stand. Ich verweilte auf dem Treppenabsatz, gerade außer Sichtweite, als ich hörte, wie Grant sich der Tür näherte.

„Keine Sorge, es ist Jim", rief er mir zu, bevor er die Tür öffnete. Ich hatte keine Ahnung, woher er wusste, dass ich da war, aber ich war froh, seine beruhigende Stimme zu hören. Ich atmete die Luft aus, die ich die ganze Zeit angehalten hatte und ärgerte mich, dass ich die ganze Zeit so nervös und besorgt gewesen war.

Ich verließ gerade die unterste Treppenstufe, als Jim über die Schwelle trat. Er und Grant reichten sich die Hände und klopften sich gegenseitig auf den Rücken, auf die Art und Weise, wie Männer einander begrüßten, wenn sie alte Freunde waren, als wollten sie sich umarmen, aber sich zu männlich dafür fühlten. Ich wollte kichern, beherrschte mich aber.

Ich folgte ihnen ins Wohnzimmer und stellte fest, dass die Atmosphäre zwischen uns dreien viel entspannter war als beim letzten Mal, als wir hier waren. Grant war weniger aggressiv und wirkte stoisch und zurückhaltend, als er sich in einem Stuhl mit gerader Rückenlehne am Kamin niederließ.

Ich ließ einen Moment lang meinen Blick über ihn schweifen, als ich an der Tür stand, unsicher, ob ich willkommen war, mich zu ihnen zu gesellen. Grant trug ein enges schwarzes T-Shirt, das die harten Muskeln seines Körpers zur Geltung brachte und seine Tätowierung unter dem Ärmel hervorblitzen ließ. Die abgenutzte Jeans umspielte seine Hüften

und kräftigen Oberschenkel, und ich genoss den Anblick.

Er hatte die ganze Woche über Anzüge im Büro getragen und obwohl der Mann einen Anzug gut tragen konnte, gefiel er mir so noch besser. Er war so entspannt in seiner legeren

Kleidung, er wirkte viel zugänglicher, oder vielleicht empfand ich das auch nur so, weil ich daran denken musste, wie sich unsere Münder aneinander pressten.

Ich riss meinen Blick von Grant los, um Jim zu begrüßen, und stellte fest, dass er mich bereits mit einem wissenden Blick beobachtete. Oh, Mist. Mein Glotzen muss offensichtlich gewesen sein.

„Hey, Lilly. Wie geht's dir?" Die Belustigung war deutlich in seiner Stimme zu hören.

„Ich, äh..." Ich räusperte mich, weil ich mich nervös fühlte. „Mir geht's gut."

War es wirklich so offensichtlich, dass ich mich zu Grant hingezogen fühlte? Er hat nie angedeutet, dass er wusste, welche Wirkung er auf mich hatte, aber wenn Jim es so leicht bemerkt hatte ...

Gott, da ist wieder dieses Gefühl der Demütigung.

„Warum setzt du dich nicht?", schlug Jim vor und deutete auf den Stuhl neben Grant. Ich setzte mich stattdessen absichtlich auf die Couch.

„Gibt es etwas Neues von Burke?", fragte Grant.

„Kann man so sagen. Wir haben den Autopsiebericht unseres Opfers", sagte Jim, jede Spur von Humor war verschwunden. Ich spürte, wie mir das Blut in den Adern gefror. Grant warf mir einen Blick zu.

„Willst du ins andere Zimmer gehen?", fragte er mit einer untypischen Sanftheit in seiner Stimme. Ich wünschte mir plötzlich, ich hätte den Platz neben ihm eingenommen. Warum hatte ich überhaupt das Gefühl, Jim etwas beweisen zu müssen?

„Ich bleibe besser", sagte ich. Ich musste wissen, was vor sich ging, sonst würde ich mich nur verrückt machen.

„Ich möchte, dass du dir dieses Bild ansiehst", sagte Jim und zog ein Foto aus einer Mappe in seiner Hand. Als er es mir überreichte, erkannte ich die Frau sofort, die zu mir hochstarrte. „Kennst du sie?"

„Sie war an jenem Abend im Club, zusmmen mit Mr. Burke. Sie und ein anderes Mädchen."

„Nun, sie hat sich als Zeugin gemeldet. Sie sagt, sie war dort mit einer Freundin, ohne Burke zu erwähnen, und sah dich mit dem Opfer intim werden früher am Abend."

„Was?"

„Verstehst du nicht? Sie wollen es wie einen Streit zwischen Liebhabern aussehen lassen. Laut Mindy hier", er nahm mir das Bild wieder ab, „sah sie euch beide, wie ihr beide euch am frühen Abend gegenseitig die Zunge in den Hals gesteckt habt. Dann, nur wenige Stunden später, sah jemand anderes, wie ihr beide euch gestritten habt und anschließend hast du ihn erschossen. Man geht davon aus, dass es sich um ein Verbrechen aus Leidenschaft handelt."

„Aber das ist nicht passiert, nichts davon ist passiert! Ich kannte nicht einmal den Namen des Mannes, bis er in den Nachrichten berichtet wurde", rief ich. Grants Gesicht war wie eingefroren und zeigte keinen Ausdruck, aber ich sah, dass er sich fest an die Armlehnen seines Stuhls klammerte.

„Ich weiß. Ich will damit sagen, dass Burke seine Spuren verwischt. Du bist der Sündenbock", sagte Jim feierlich.

„Kann das noch schlimmer werden?", fragte ich verzweifelt.

„Nun, die gute Nachricht ist, dass er nicht weiß, wo du bist. Er kennt Grant nur als einen ihm ähnlichen Milliardärsunternehmer, mit dem er sich auf schicken Wohltätigkeitsveranstaltungen und so weiter trifft. Er würde nie vermuten, dass Grant dich vor ihm verstecken würde."

Meine Neugier auf Grants Verbindung zu Mr. Burke - oder Burke, wie Jim sagte - war geweckt, - aber jetzt schien nicht der richtige Zeitpunkt zu sein, ihn danach zu fragen.

„Was ist mit der Autopsie?", fragte Grant mit kalter Stimme.

„Da gibt es nicht viel", sagte Jim und öffnete wieder seine Mappe, seine Augen überflogen ein Stück Papier. „Der Name des Opfers war Mark Lewis. Er hatte eine einzelne Schusswunde in der Brust, die Herz und Lunge perforierte. Wurde natürlich als Mord eingestuft. Die einzige Überraschung war das Kokain in seinem Körper. Lewis besaß eine Vergangenheit als Dealer mit ein paar früheren Verhaftungen, aber wir haben ihn nicht als Konsumenten eingestuft. Das hat sich wohl geändert."

„Das ergibt Sinn", sagte ich, während mein Verstand eine Erinnerung an jene Nacht heraufbeschwor.

„Wirklich?", Jim sah leicht überrascht aus.

„Nun, vielleicht. Bevor sie ... ihn getötet haben", schluckte ich schwer. „Burke sagte etwas über gestohlene Produkte und dass es respektlos sei. Der Mann, Mark, sagte, er würde es ihm zurückzahlen. Ich wette, die Ware waren die Drogen!" Ich fühlte mich wie eine richtige Ermittlerin.

„Könnte sein", sagte Jim, nachdenklich.

„Ich wusste, dass der Wichser im Drogengeschäft war. Ich sage dir, er schmuggelt es irgendwie rein", sagte Grant zu Jim.

„Du hast wahrscheinlich recht, aber wir können es noch nicht beweisen. Zum Teufel, schau dir diese Situation an", nickte er mir zu. „Der Mann hat jemanden in der Öffentlichkeit ermordet, vor einem belebten Nachtclub, und es sieht so aus, als käme er damit durch. Er weiß, wie er seine Spuren verwischen kann."

„Er wird nicht damit durchkommen. Wir müssen uns nur überlegen, wie wir an ihn herankommen", antwortete Grant, aber er sah mich an.

Ich wollte ihm glauben, aber ich konnte mir nicht vorstellen, wie wir jemals in der Lage sein würden, meinen Namen wieder reinzuwaschen. Es stand nicht mehr nur mein Wort gegen das von Burke. Jetzt hatte er mindestens einen Zeugen gegen mich, und wahrscheinlich noch mehr, wenn er wollte. Meine Gedanken waren meilenweit weg, als Jim und Grant weiterredeten. Ich hörte vage mit, wie sie den Plan fassten, dass Jim an diesem Abend zum Essen kommen sollte. Er sollte seine Tochter mitbringen, für die er seit seiner Scheidung letztes Jahr das gemeinsame Sorgerecht besaß, aber sonst war nicht viel zu hören. Ich war damit beschäftigt, nicht in Verzweiflung zu versinken.

Es sah langsam so aus, als würde ich nie wieder eine freie Frau sein.

***

Als Jim das Haus verließ, war ich bereits entmutigt. Ich hatte mich hier eingelebt, aber das konnte nicht ewig so bleiben. Ich hatte doch ein Leben außerhalb dieses Dramas. Ja, es drehte sich hauptsächlich um die Arbeit - zu der ich natürlich nie wieder zurückkehren konnte, selbst wenn ich einen Weg fände, meinen Namen reinzuwaschen - aber es war immer noch mein Leben.

Ich gehörte nicht hierher.

„Ich werde zum Mittagessen ein paar Steaks auf den Grill werfen. Wenn du, äh, mit rauskommen willst oder so ... ich meine, es macht mir nichts aus ..." Grant rieb sich unbehaglich den Nacken.

Süß.

Ich unterdrückte ein Kichern, erstaunt darüber, wie leicht er mich mit ein paar gestammelten Worten zum Lachen gebracht hatte.

„Das wäre großartig. Ich könnte sowieso etwas frische Luft gebrauchen."

Grant fing an, in der Küche Vorräte zusammenzusuchen, und winkte ab, als ich ihm anbot zu helfen. Also schnappte ich mir ein paar Biere und ging nach draußen auf die Terrasse aus Beton. Hier draußen zu sein, weckte Erinnerungen an den Abend zuvor und den Kuss, an den ich nicht denken wollte. Am besten tat ich so, als wäre es nie passiert, beschloss ich, und nahm Platz.

Der Tag war bewölkt, graue Wolken verdunkelten den blauen Himmel. Es war ein kühler Sommertag mit einer leichten Brise, die mir eine Gänsehaut auf meinen entblößten Armen verursachte. Das Tank-Top, welches ich trug, war für dieses Wetter nicht gemacht.

Ich hatte mich gerade aufgerichtet und wollte mir eine Jacke holen, als Grant durch die Terrassentür kam. Seine Hände waren voll mit Tellern, Essen und Kochzangen. Außerdem hatte er zwei Kapuzenpullis über einen Arm gehängt. Mir wurde ganz warm ums Herz, als er alles vorsichtig auf dem Terrassentisch abstellte, bevor er mir einen der Kapuzenpullover überreichte.

Ich konnte mir ein breites Grinsen nicht verkneifen, als ich ihm den Kapuzenpulli aus der Hand nahm. Er schwankte einen Moment und starrte mich mit einem erhitzten Blick an, bevor er langsam blinzelte und sich abwandte. Ich zog mir den Kapuzenpulli über den Kopf und bemerkte, dass er nach Grants Körperseife roch. Er muss ihn kürzlich getragen haben.

Meine Mundwinkel blieben hochgezogen, als ich mich wieder auf meinen Platz setzte und beobachtete, wie Grant den Grill anheizte und die Steaks würzte. Er hatte auch ein paar Maiskolben in ihren Schalen dabei. Ich beobachtete, wie er alles sorgfältig auf dem Grill drapierte, bevor er den Deckel schloss.

„Grillst du oft?", fragte ich, drehte den Deckel von meiner Bierflasche ab und nahm einen Schluck.

„Eigentlich immer. Ich habe dieses Haus gebaut, weißt du", sagte er. Dabei prahlte er nicht und war auch nicht so unausstehlich wie in der Vergangenheit. Er redete einfach mit mir und ich wollte mehr erfahren, wollte alles wissen. „Ich habe dieses Grundstück ausgewählt, weil ich mir diesen Außenbereich vorstellen konnte. Ich habe diese Betonmauern

um den Garten herum gebaut, aber ich besitze drei Hektar Land. Ich habe also keine direkten Nachbarn und absolute Privatsphäre."

Die Vorstellung, mit Grant völlig ungestört zu sein, führte mir sofort Bilder von uns beiden, nackt, vielleicht im Pool, vor Augen. Oder gegen eine Wand, wobei er seine Muskeln benutzt, um mein Gewicht zu stützen. Oder sogar umschlungen auf genau diesem Stuhl.

Aufhören, befahl ich mir.

„Als ich aufwuchs, lebten wir in einem Wohnhaus mit den dünnsten Wänden der Welt. Man konnte nicht die Toilette spülen, ohne dass die Nachbarn es hörten. Es machte mich wahnsinnig, dass wir alle so eng beieinander wohnten. Ich habe mir immer geschworen, dass ich eines

Tages mitten im Wald leben würde. Kein einziger Nachbar im Umkreis von Meilen", fuhr er fort.

Ich schaute mich nach den Bäumen um, die jenseits der Grundstücksgrenze des Hinterhofs zu sehen waren. Ich erinnerte mich an die Nacht, in der ich hierhergebracht wurde; die lange Auffahrt von einer viel befahrenen Straße auf einen von einem dichtem Blätterdach überragten Weg, bevor sein großes Haus in Sichtweite kam.

„Ich würde sagen, du bist ziemlich nah drangekommen", sagte ich lächelnd.

„Nicht ganz, aber ich bin glücklich mit diesem Haus. Wir hatten natürlich keinen eigenen Garten in der Wohnung. Geschweige denn eine Veranda oder einen Pool. Das hier", er breitete die Arme aus, das Bier immer noch in der Hand, „ist mein Lieblingsort in meinem Zuhause."

„Meiner auch, soweit ich das sagen kann. Ich habe das Hauptschlafzimmer noch nie gesehen, daher bin ich mir nicht

ganz sicher", sagte ich. Ich hatte nicht beabsichtigt, dass das so anzüglich klang. Es war mir herausgerutscht, bevor ich überhaupt darüber nachdachte, wie es klingen würde.

Als diese Worte meinen Mund verließen, fühlte sich die Luft zwischen uns mit einer Energie an, die mir fast Angst bereitete. Auf Grants Gesicht lag eine Intensität, die meine Beine zum Zittern brachte. In diesem Moment wusste ich ohne Zweifel, dass die Anziehung nicht nur einseitig war. Er wollte mich auch.

Bevor einer von uns entscheiden konnte, ob wir diesen Gefühlen nachgehen würden, durchbrach das schrille Klingeln eines Handys die Stille.

Grant brach den Blickkontakt ab, fischte sein Handy aus der Tasche und hielt es an sein Ohr, während er den

Grilldeckel anhob und unsere Steaks umdrehte. Ich wusste nicht, ob ich erleichtert oder enttäuscht über die Unterbrechung war. Ich trank meinen Drink aus und Grants war fast leer, also ging ich rein und holte noch zwei weitere Biere, während er am Telefon sprach.

„Gut. Treffen Sie die Vorbereitungen. Ich fahre gleich morgen früh los", sagte Grant ins Telefon, als ich wieder zur Tür hinaus trat. Er klang nicht glücklich.

„Alles in Ordnung?", fragte ich, als er den Anruf abrupt beendete.

„Nein, ich muss geschäftlich nach Oklahoma fliegen", sagte er und runzelte die Stirn.

„Am Wochenende?"

„Ja, morgen früh. Es gibt ein ernsthaftes Buchhaltungsproblem bei

einer meiner Tochterfirmen. Unser Finanzchef glaubt, dass der Typ, der die Firma für uns leitet, die Zahlen fälscht und mehr Einnahmen verbucht, als das Unternehmen tatsächlich erwirtschaftet."

„Wow. Das klingt ernst", sagte ich. Grant könnte ein echtes Schlamassel am Hals haben.

„Ja. Wenn er Betrug begangen hat, kann das auf D-Tech zurückfallen und großen Ärger für uns bedeuten. Ich muss morgen los, damit ich die Gelegenheit habe, mir die Dinge vor Ort anzusehen, während er nicht da ist. Wenn ich Beweise für den Betrug finde, kann ich mich gleich am Montag darum kümmern."

„Du wirst also tagelang weg sein?" Ich konnte die Unzufriedenheit in meiner Stimme nicht verbergen.

„Wahrscheinlich. Es sei denn, ich habe Glück und es ist alles ein großer Fehler. Wenn ich nichts finde, werde ich morgen Abend zurück sein." Er klang nicht sehr zuversichtlich.

„Das hoffe ich", sagte ich. Dann, als ich merkte, dass ich bedürftig klang, fügte ich hinzu, „natürlich deiner Firma D-Tech zuliebe."

In Wahrheit hasste ich es, ihn gehen zu sehen. Wir hatten endlich angefangen, uns wie Freunde zu verhalten und ich hatte Angst, dass er wieder zu seiner unnahbaren Art zurückkehren würde, wenn er jetzt ging.

***

„Kannst du eine Flasche Wein öffnen?", fragte Grant, während er vier marinierte Hühnerbrüste auf einem Tablett verteilte.

„Klar. Ist rot okay?"

„Weiß passt besser zu diesem Essen. Wenn es dunkles Fleisch ist, ist rot hingegen passender."

„Rot ist immer besser, Punkt. Ich hasse Weißwein", sagte ich und rümpfte meine Nase

„Bist du verrückt? Was trinkst du zu Fisch?"

„Ich weiß nicht. Wasser?"

Grant rollte mit den Augen und wandte sich wieder seinen Essensvorbereitungen zu, aber ich hätte schwören können, dass er die Worte „verrückte Frau" vor sich hinmurmelte.

„Wie auch immer, Arschgesicht", sagte ich und öffnete mit dem Korkenzieher eine Flasche Rotwein.

Er lachte nur. Ich erstarrte einen Moment lang, erschrocken über die Reaktion meines Körpers auf den Klang seines Lachens. Ich hatte das Gefühl, dass sich ein Kribbeln in meinem ganzen Körper ausbreitete.

Was machte dieser Mann nur mit mir?

Ich ging ins Esszimmer und deckte den Tisch. Es war das erste Mal, dass ich diesen Raum überhaupt in Verwendung sah, und ich war sicher, dass alles hier Staub angesetzt hätte, wenn Grant nicht zweimal pro Woche ein Hausmädchen kommen ließ. Jim brachte seine Tochter zum Essen mit. Grant sagte, sie sei ein fünfjähriger Knallfrosch.

Ich schenkte ihr Wasser ein und goss Wein in die anderen drei

Gläser. Ich hörte, wie sich die Terrassentür öffnete und wieder schloss. Grant musste nach draußen gegangen sein, um nach dem Fleisch zu sehen. Ich ging zurück in die Küche und bereitete einen Salat zu und wunderte mich, wie wohl ich mich hier fühlte. Dieser Ort war nicht,

was ich vom Haus eines Milliardärs erwartet hätte.

Ich war davon ausgegangen, solch ein Haus würde dreißig Zimmer und separate Hausflügel besitzen sowie mehrere Stockwerke und Hausangestellte. Vielleicht habe ich zu viel Fernsehen gesehen, sodass ich mir das Haus von Daddy Warbucks vorgestellt hatte.

Grants Haus war so viel gemütlicher. Es fühlte sich bewohnt an. Die Räume besaßen alle einen Zweck, auch wenn sie nicht oft benutzt wurden, wie etwa das Esszimmer. Es war so groß, dass es sich darin immer kalt anfühlte, egal bei welcher Temperatur. Doch es war persönlicher.

Ich mochte das Haus, und ich begann, Grant zu mögen - ein bisschen zu sehr.

Als es an der Tür klingelte, wurde ich in meinen Gedanken unterbrochen, und ich war dankbar dafür. Ich beeilte mich, die Tür zu öffnen, als Grant mit vier gebratenen Hühnerbrüsten zurückkam, die himmlisch dufteten.

Ein kurzer Blick durch den Türspion zeigte mir, dass Jim vor der Tür stand, also öffnete ich die Tür mit einem Lächeln. Er trug eine Jeans und ein Poloshirt. Neben ihm stand ein kleines Mädchen mit großen braunen Locken und blauen Augen, das seine Hand fest umklammerte.

Sie sah zu mir auf und mein Herz schmolz dahin. Ihre Wimpern waren sehr lang, und als sie lächelte, sah ich, dass ihr ein Vorderzahn fehlte. Sie trug ein rotes Kleid und weiße Sandalen.

„Willkommen Jim", sagte ich und ging in die Knie, bis ich mich auf ihrer Höhe befand.

„Und wie heißt du, kleine Dame?"

„Macy", murmelte sie schüchtern.

„Willkommen Macy, ich heiße Lilly."

Ich hielt ihr meine Hand hin, und sie schüttelte sie fest. „Schön, dich kennenzulernen", sagte sie, wobei ihre Worte wegen des fehlenden Zahns leicht gelispelt klangen.

So süß.

„Nun, kommt rein, ihr zwei", sagte ich und trat zur Seite, damit sie an mir vorbei hereintreten konnten. Ich schloss die Tür hinter ihnen und folgte Jim ins Esszimmer.

„Es riecht köstlich", sagte Jim, als er Macy auf ihren Stuhl half.

„Es gibt Hühnchen", sagte Grant und betrat den Raum. „Ah, Miss Macy. Wunderbar, Sie wiederzusehen", sagte er, nahm einen vornehmen Akzent an und verbeugte sich tief vor ihr, als wäre sie eine Königin. Macy kicherte erfreut.

Ich traute meinen Augen kaum, als ich sah, wie Grant spielerisch mit ihr interagierte, ihre Hand schüttelte und dramatisch so tat, als hätte sie seine Finger mit ihrem starken Griff zerquetscht. Das war eine Seite von Grant, von der ich nie gedacht hätte, dass sie existieren würde und die ich nie vermutet hätte. Grant hob sie aus dem Stuhl, in den Jim ihr geholfen hatte und verlangte, dass sie ihm in der Küche half, wobei er sie führte, als wäre er der Anführer eines Spielmannszuges.

„Er kann gut mit ihr umgehen, nicht wahr?“, fragte Jim, als hätte er meine Gedanken gelesen.

„Äh, ja. Es schockiert mich, ehrlich gesagt.“

„Ich weiß, dass er ruppig sein kann, aber das ist hier der Junge, den ich kannte, als ich jünger war. Der Junge, mit dem ich aufgewachsen bin.“

„Warum ist er dann-“

Ich unterbrach mich, als Grant und Macy wieder in den Raum kamen.

Grant trug die große Schüssel mit Salat, während Macy zwei Zangen in den Händen hielt.

„Danke, Mylady“, sagte Grant, als sie sie ihm reichte und er eine Zange in die Schüssel und die andere zu dem Fleisch legte.

„Ich habe ein paar Bratkartoffeln im Ofen gelassen, damit sie warm bleiben“, sagte ich. „Ich hole sie und dann können wir essen.“

Ich beeilte mich mit den Kartoffeln, legte sie auf einen Teller

und schnappte mir auch etwas Butter und saure Sahne. Ich hatte alle Hände voll zu tun, als ich ins Esszimmer zurückkam, aber vor Schreck fiel mir fast alles aus den Händen, als ich Macy fragen hörte: „Onkel Grant, ist Lilly deine Freundin?“

Einen Moment lang standen wir da und sahen uns gegenseitig an.

Dann antwortete Jim.

„Lilly ist eine Freundin von uns.“

Ich ging weiter zum Tisch und setzte mich hin, wobei ich mit mir selbst schimpfte, dass ich so heftig auf die unschuldige Frage eines Kindes reagierte. Warum war ich so nervös?

„Aber findest du nicht, dass sie hübsch ist?", fragte Macy Grant.

Ich spürte, wie mein Gesicht heiß wurde, und machte mich daran, das überflüssige Silberbesteck zu richten und faltete Servietten zusammen, nur um sie wieder erneut zu falten. Was auch immer ich finden konnte, um mich abzulenken.

„Ja, das finde ich", sagte Grant mit fester Stimme. Der lustige Akzent war verschwunden. Als er die Veränderung der Atmosphäre im Raum spürte, stürzte Jim herbei und ergriff Macy unter den Armen, nahm sie hoch und setzte sie zurück auf ihren Platz.

„Bist du hungrig, kleines Äffchen?", fragte er und kitzelte sie an den Seiten. Sie schrie und kicherte, was wieder die ausgelassene Stimmung von vorhin herstellte. Gott sei Dank.

Wir setzten uns alle zum Essen hin, Jim schnitt Macys Essen in kleine Häppchen und warnte sie streng, vorsichtig mit der heißen Kartoffel zu sein. Ich hatte ein schlechtes Gewissen, weil ich ihre nicht hatte abkühlen lassen.

Jim und Grant unterhielten sich angeregt, während ich zuhörte und gelegentlich etwas beisteuerte. Gegen Ende des Essens bemerkte ich plötzlich, dass es sich anfühlte, als würden Grant und ich als Paar die Gastgeber spielten.

Ich konnte mir das auch einfach vorstellen. Ich konnte mir eine Zukunft vorstellen, in der wir Jim und Macy zu Gast hatten, vielleicht zusammen mit einer Frau, mit der er irgendwann zusammenkommen würde und die wir in unserem Haus willkommen heißen würden. Wir würden alle zusammen eine Mahlzeit essen, die Grant und ich gemeinsam zubereitet hatten. Dann würden alle gehen, und wir beschlossen, das Aufräumen auf Morgen zu verschieben, weil wir es kaum erwarten konnten, ins Schlafzimmer zu kommen...

Die Fantasie war beängstigend, weil sie so real und greifbar schien. Mein Gott, ich hatte den Kerl nur einmal geküsst. War ich verrückt?

„- er schlug nach mir," ich schaltete mich wieder in das Gespräch ein, als Jim mitten in einer Geschichte steckte. „Ich konnte ihm leicht ausweichen, aber die Frechheit, die dieser Typ an den Tag legte, war verrückt. Und er war auch ein richtiger Versager von Vater, nie..."

„Mami sagt, du bist ein Versager-Vater. Was soll das heißen?"

Macys Worte brachten alles zum Stillstand. Jim erstarrte für eine

Sekunde, dann schien sich sein Gesicht vor Wut fast aufzublähen. Sein Gesicht lief rot an und er umklammerte seine Gabel so fest, dass ich Angst hatte, er würde sie verbiegen.

„Was?", fragte Jim, und seine Stimme war so sanft, dass sich eine

Gänsehaut auf meine Arme legte. Es war, als wäre es die Ruhe vor dem Sturm. Macy sah verwirrt aus, denn sie hatte die Spannung eindeutig bemerkt, aber nicht verstanden, woher sie kam.

„Hey, Macy, lackierst du gerne deine Fingernägel?", fragte ich und ging damit der Gefahr aus dem Weg, dass Jim etwas sagen könnte, dass er später bereuen würde.

„Ich weiß es nicht. Ich habe es noch nie gemacht."

„Nun, willst du es versuchen? Ich habe nämlich eine hübsche rosa Farbe, die ich schon lange auftragen will", sagte ich und wackelte mit meinen unlackierten Nägeln in der Luft. „Ich wette, sie würde dir großartig stehen."

„Darf ich?", fragte sie Jim aufgeregt, ihre Augen leuchteten und die Lücke zwischen ihren Zähnen trat zum Vorschein, als sie lächelte.

Ich warf Jim einen bedeutungsvollen Blick zu, während Grant eine Hand auf seinen Arm legte und ihm leise zuflüsterte.

„Sicher, Prinzessin. Nur zu", sagte Jim mit einem Lächeln, das aber gezwungen wirkte.

Ich nahm Lilly an der Hand und führte sie in das Gästezimmer, in dem ich übernachtet hatte. Kaum hatte ich die Tür geschlossen, hörte ich unterdrückte Schreie aus der unteren Etage. Ich war sicher, dass Jim dort unten gegen seine Ex-Frau wütete und obwohl wir nichts verstehen konnten, wollte ich nicht, dass Macy mitbekam, dass etwas nicht stimmte.

„Sag mal, Macy, hast du den Film Frozen gesehen?"

Ich wusste, dass ich einen Volltreffer gelandet hatte, als sich ihr Gesicht in einen Ausdruck der Freude verwandelte.

„Das ist mein absoluter Lieblingsfilm!", sagte sie auf diese dramatische Art, die Kinder an sich haben. „Magst du ihn?"

„Eigentlich habe ich ihn noch nie gesehen, aber ich habe einige der Lieder gehört. Möchtest du sie mit mir singen, während du mir die Nägel lackierst?"

„Ja, ja, ja!"

Also reichte ich den Nagellack weiter und sah zu, wie Macy sowohl Finger als auch Nägel lackierte, während wir „Let It Go" immer wieder sangen, bis sie mir den ganzen

Text beigebracht hatte. Dann gingen wir zu meinen Zehennägeln über.

In der Zeit, in der wir oben zusammen waren, ließ ich Macy meine

Fingernägel und Zehennägel lackieren, während wir uns durch eine ganze Sammlung von Disney-Klassikern hörten und sangen. Dann lackierte ich ihre Fingernägel, während sie mir endlose Geschichten über ihre Klassenkameraden im Kindergarten erzählte. Zu diesem Zeitpunkt hatte das Geschrei längst aufgehört, sodass ich mir keine Sorgen darüber machte, dass sie etwas hören könnte. Ich hörte ihr einfach zu.

Es war die beste Zeit, die ich seit Wochen gehabt hatte. Macy war ein Bündel voller Energie und Leben. Sie erlebte alles in vollen Zügen und erlebte alles sehr intensiv.

Wirklich alles. Es war bewundernswert.

So fanden Jim und Grant uns. Wir saßen Seite an Seite auf dem Boden mit dem Rücken an das Bett gelehnt, während sie redete und wir auf unsere Nägel pusteten, damit sie schneller trockneten.

„Zeit, nach Hause zu gehen, Prinzessin", sagte Jim, als er ins Zimmer trat und ihr auf die Beine half. Er murmelte ein „Danke" zu mir, als sie mir den Rücken zuwandte und ich lächelte nur.

Ich lief hinterher, als Grant sie zur Haustür brachte. Wir verabschiedeten uns und Macy sagte mir noch, dass sie es mögen würde, Nägel zu lackieren. Als wir die Tür hinter ihnen schlossen, kam mir meine Fantasie von vorhin wieder in den Sinn.

An diesem Punkt würden wir ins Schlafzimmer gehen und miteinander schlafen.

„Du warst fantastisch mit ihr“, sagte Grant, und in seinen Augen leuchtete eine Emotion auf, die ich bei ihm noch nie gesehen hatte.

„Sie ist ein großartiges Kind“, sagte ich und versuchte, nicht zu atemlos zu klingen, da meine Gedanken noch in meiner Fantasie festhingen.

„Ich gehe besser ins Bett. Ich muss morgen früh los“, sagte Grant. Es fühlte sich an, wie mit kaltem Wasser übergossen zu werden. Nicht nur, dass wir definitiv kein Paar waren und auch nicht zusammen ins Bett gingen, sondern dass er morgen früh auch abreisen wollte und ich tagelang allein in diesem Haus gefangen sein würde.

„Okay. Also, gute Nacht“, sagte ich.

Dann trat Grant vor, und bevor ich überhaupt wusste, was er vorhatte, drückte er seine Lippen auf die meinen. Es war nur eine sanfte Berührung, bevor er sich zurückzog, aber es brachte mein Blut in Wallung. Die Berührung seiner weichen Lippen durchschoss mich wie ein elektrischer Schock und weckte in mir das Verlangen nach so viel mehr.

„Gute Nacht, Lilly“, sagte er und sah mir in die Augen. Ich schluckte, als er sich umdrehte und die Treppe hinaufging. Dieser Mann würde mein Verderben sein.

KAPITEL 8

Grant

Es waren drei lange Tage in Oklahoma. Wir hatten letztes Jahr JumpStart Media erworben, ein kleines Startup-Unternehmen, das Spiele-Apps als Drittanbieter entwickelte und sehr gut zurecht kam, zumindest dachten wir das. Es stellte sich heraus, dass der Mann, dem wir die Leitung übertragen hatten, ein Mann namens Steve, der gut qualifiziert schien, uns in die Irre geführt hatte. Das Unternehmen steckte in Schwierigkeiten, und wir haben es nicht gewusst.

Steve wurde verhaftet, und ich verbrachte die nächsten zwei Tage mit dem darauffolgenden Shitstorm. Ich musste mich mit wütenden Aktionären auseinandersetzen, die Antworten wollten, und dann über die Zukunft von Jumpstart Media entscheiden würden. Die Umsätze waren im Keller, weil die schlechte Leistung nicht bereits vorher aufgefallen und angegangen worden war. Inzwischen brachte das Unternehmen mehr Einbußen als Gewinn, sodass es mehr Sinn ergab, es zu schließen.

Aber ich zögerte, das zu tun. Einige hart arbeitende Menschen würden ihren Arbeitsplatz verlieren, wenn ich jetzt aufgab. Außerdem hatte ich das Unternehmen gekauft, weil ich Potenzial darin sah. D-Tech lief gut, aber mir gefiel die Idee, mit Spiele-Apps ins Business einzusteigen.

Mein Erfolg im Geschäftsleben beruhte darauf, dass ich meinem Instinkt folgte, also beschloss ich, einen neuen Geschäftsführer für das Unternehmen zu finden und die Dinge eine Zeit lang genau im Auge zu behalten. Das war keine leichte Aufgabe und wurde durch den Widerstand des Vorstands von D-Tech noch erschwert.

Nun war es Mittwochmorgen und ich war endlich wieder in Chicago. Meine Gedanken beschäftigten sich ausschließlich mit den Annehmlichkeiten, die zu Hause auf mich warteten, als ich vom Flughafen heimwärts fuhr: mein eigenes Bett... ein selbstgekochtes Essen... Lilly...

Wenn ich ehrlich zu mir selbst war, freute ich mich am meisten darauf, sie zu sehen. Wie konnte mir diese Frau nur so ans Herz gewachsen sein?

Sie hatte einfach etwas an sich, eine Liebenswürdigkeit, die sich darin widerspiegelte, wie sie versuchte, mich kennen zu lernen, auch wenn ich es ihr schwer machte und im Schmerz, den sie wegen des Mordes, den sie miterlebt hatte, in sich trug. Ich war erstaunt zu erfahren, dass sich ihre Alpträume und dunklen Gedanken fast ausschließlich um diesen Moment drehten, als sie den Mann hatte sterben sehen. Sie war in ernsthafter Gefahr gewesen - verdammt, sie war von einem Mann verfolgt worden, der auf sie geschossen hatte - aber das Schlimmste an dieser Situation war für sie weder das gewesen noch die Tatsache, dass ihr Leben und ihr Ruf ruiniert waren. Das Schlimmste war für sie der Tod eines Fremden.

Ich konnte so leicht ihr Herz sehen, denn sie trug es auf der Zunge,

und das zog mich zu ihr, obwohl ich mich darum bemühte, Distanz zwischen uns zu schaffen. Ich konnte auch sehen, wie sehr sie mich wollte, und das brachte mein Blut in Wallung.

Die Bäume zu meiner Linken lichteten sich, als meine Einfahrt in Sicht kam. Ich bog ab und fuhr die kurvenreiche Auffahrt hinauf, bis das große weiße Haus endlich zu sehen war. Ich spürte, wie mir das Herz bis zum Hals schlug, als ich mit dem Auto in die Einfahrt fuhr und dort einen silbernern Aston Martin sah, der mir ein wenig zu bekannt vorkam. Aber das konnte nicht sein...

Ich beschleunigte, sodass Kieselsteine in das Gras am Rande der Einfahrt flogen, aber das war mir egal. Ich musste zum Haus, und zwar sofort. Ich verstand nicht, wie es möglich war, aber das war Burkes Auto. War er gekommen, um Lilly zu holen?

Ich verfluchte mich dafür, sie allein gelassen zu haben, und sprang aus dem Auto, sobald es vor der Garage zum Stehen kam. Ich nahm die Verandastufen zwei auf einmal und trat ohne Zögern ins Haus ein, nur um festzustellen, dass die Tür unverschlossen war.

Das Foyer war wie leergefegt, und ich wollte nach Lilly rufen, um sie sofort zu finden, aber ein kleiner Teil meines Verstandes hielt sich an die Vernunft und verlangte, dass ich mit Vorsicht vorging. Ich ging ins Wohnzimmer, das Adrenalin schoss durch meinen Körper und bereitete mich auf einen Kampf vor, falls nötig. Wehe, er hatte sie verletzt.

Das Wohnzimmer war leer, und in meiner Magengrube sammelte sich das Gefühl reinen Grauens, als ich weiter in die Küche ging. Auch dieser Raum war leer, aber es stand eine offene Flasche Wein auf dem Tresen, ein Prieur Montrachet. Ich wusste, dass Lilly keinen Weißwein mochte, also war es unwahrscheinlich, dass sie ihn geöffnet hatte. Heiße Wut erfüllte mich bei dem Gedanken, dass Burke in meinem Haus war, sich an meinem Wein ergötzte und möglicherweise mein Mädchen verletzte.

Mein Mädchen? Wie kam ich denn darauf?

Jetzt war nicht der richtige Zeitpunkt. Ich schob den Gedanken für später beiseite, umrundete die Kücheninsel und kam im großen Zimmer zum Stehen. Da saß er auf dem Sofa mit einem Weinglas in der Hand und den Füßen auf der Ottomane. Er hatte es sich wirklich gemütlich gemacht.

Lilly war nirgends zu sehen, und ich hoffte, dass das bedeutete, dass sie sich versteckte, vielleicht im Obergeschoss. Ich richtete meine Aufmerksamkeit auf den Mann vor mir. Burke beäugte mich mit einem kalkulierten Blick und ich konnte die Selbstgefälligkeit in seinem Gesichtsausdruck erkennen. Er wollte mich verunsichern. Die Frage war nur: Warum?

„Was tun Sie hier?“, fragte ich, mit einer Stimme so kalt, dass sie Wasser gefrieren ließ.

„Willkommen zu Hause, Mr. Donovan“, sagte er, als wäre er ein willkommener Gast. Ich runzelte die Stirn.

„Wie sind Sie in mein Haus gekommen?“

„Die Tür war nicht verschlossen, und das Sicherheitssystem war nicht eingestellt. Ich muss sagen, das ist ziemlich unverantwortlich. Wie lange sind Sie nicht mehr in der Stadt gewesen, drei Tage?“

Wenn er dachte, sein Wissen über meinen Aufenthaltsort würde mich beeindrucken oder verunsichern, hatte er sich geirrt. Es war eine Geschäftsreise, kein großes Geheimnis. Ich war viel besorgter darüber, dass er wusste, wo Lilly sich aufhielt. Ich war so angespannt wie ein Flitzbogen.

„Sie haben Recht, das war unverantwortlich von mir. Jeder Gauner könnte hier einfach hereinkommen“, sagte ich, verschränkte die Arme, um meine zitternden Hände zu verbergen und lehnte mich gegen den Türrahmen. „Also, ich frage noch einmal, was machen Sie hier?“

„Ich dachte, dass wüssten Sie“, sagte Burke und erhob sich. Ich richtete mich auf und stellte meine Füße auf. Burke war mir ein paar Jahrzehnte voraus und eher schlaksiger als muskulös, sodass er in einem Kampf nicht mithalten könnte, wenn es dazu käme. Wenn er eine Waffe hätte, würde das die Sache verkomplizieren. „Sie scheinen doch so viel über mich zu wissen.“

Okay, das überraschte mich. Es musste mir ins Gesicht geschrieben stehen, denn er gluckste.

„Was? Dachten Sie, ich würde nicht herausfinden, dass Sie bei mir herumgeschnüffelt haben, um ihre Nase in meine Angelegenheiten zu stecken?“ Ihn verließ die ruhige und beherrschte Art und sein Gesicht verzerrte sich vor Wut. „Ich bin Henry Burke, Sie kleiner Wurm. Sie können mich nicht übers Ohr hauen.“

Okay, ich musste schnell nachdenken.

Keine Erwähnung von Lilly, also ist er nicht deswegen hier. Auch kein Wort über meinen Bruder. Also kennt er wahrscheinlich meine Geschichte nicht. Ist er nur hier, weil er herausgefunden hat, dass ich ihn ausforschte? Könnte das wirklich alles sein?

„Ich weiß nicht, wovon Sie sprechen“, sagte ich sanft. Ich hatte sicherlich nicht vor irgendetwas zuzugeben.

„Bitte“, sagte er spöttisch und rollte mit den Augen. „Lassen Sie uns keine Spielchen spielen. Ich weiß, dass Sie meine speziellen Geschäfte verfolgt haben. Zuerst konnte ich nicht herausfinden, warum ein Kind wie Sie, das ich kaum kenne, seine Nase in Dinge steckt, die es nichts angehen, aber dann wurde mir klar, dass Sie denken, Sie könnten mich ausstechen!“

Ich hatte keine Ahnung, wovon er sprach, also blieb ich still. Es schien keine Rolle zu spielen, er war gerade in Fahrt.

„Ich bin schon lange in diesem Geschäft und kann mit ein ein bisschen Konkurrenz umgehen. Sie werden mich nicht mehr loswerden. Ich habe keine Angst zu tun, was getan werden muss.“ Die Drohung in seiner Stimme war unüberhörbar. „Können Sie das auch sagen? Sie haben keine Ahnung, was es bedeutete, ein Top-Lieferant zu werden.“

Ich bemühte mich, meinen Gesichtsausdruck unter Kontrolle zu halten, denn ich wusste immer noch nicht, wovon der Mann sprach, aber ich wollte nicht, dass er das wusste. Inwiefern war ich eine geschäftliche

Konkurrenz? Ich arbeitete ausschließlich in der Technologiebranche. Während Burke diese Tage einer Vielzahl von Geschäften nachging, überschnitt sich nichts mit D-Tech's Interessen. Was meinte er also...

Die Erkenntnis traf mich wie ein Blitz, und plötzlich ergab alles einen Sinn. Er dachte, ich würde versuchen, seine kriminellen Machenschaften zu vereiteln. Was hatte er gesagt? Er war ein Top-Lieferant? Es muss sich also um Drogen handeln, wie ich bereits gedacht hatte, und er vermutete, dass auch ich ein Schmuggler war.

Das machte die Sache interessant. Vielleicht könnte ich einige

Informationen aus ihm herausholen, wenn ich mitspielen würde. Außerdem war es besser, dass er mich für so zwielichtig wie sich selbst hielt, anstatt für einen Polizisten.

„Top-Lieferant, was? Vielleicht im Moment, aber vielleicht sollten Sie langsam Platz für frisches Blut machen“, grinste ich. Meine Abneigung gegen diesen Mann machte das Mitspielen schwierig, aber ich hoffte, dass es sich am Ende auszahlen würde.

„Ihre überhebliche Haltung wird Sie eines Tages in Schwierigkeiten bringen."

„Ist das eine Drohung?", fragte ich.

„Es ist eine Warnung. Die Welt besitzt eine dunklere Seite, als Sie wissen, Mr. Donavan. Aber Sie werden Sie schneller kennenlernen als Ihnen lieb ist, wenn Sie sich nicht heraushalten."

Mit diesen Worten leerte er sein Weinglas und stellte es auf dem Couchtisch ab, bevor er auf mich zuging. Ich spannte mich an, aber er blieb einen halben Meter entfernt stehen. Sein überlegenes Grinsen war zurückgekehrt.

„Das klingt, als könnte ich von Ihnen lernen", sagte ich und zuckte fast zusammen. Ich versuchte, mir diese Gelegenheit nicht entgehen zu lassen.

„Das glaube ich nicht, Junge", antwortete er herablassend. „Sie sollten sich an Roboter und Internet-Spiele halten. Das ist der einzige Rat, den ich für Sie habe. Ich werde mich selbst zur Tür bringen." Er schlüpfte an mir vorbei, bevor ich antworten konnte.

Augenblicke später hörte ich, wie die Haustür geöffnet und wieder geschlossen wurde. Ich trat ins Wohnzimmer, spähte durch die Vorhänge und sah wie Burkes teures Auto wendete. Ein unreifer Teil in mir wünschte sich, ich hätte mir die Zeit genommen, um die Eingangstore zu verriegeln. Das würde ihm recht geschehen, wenn er in mein Haus kam und in meine Intimsphäre eindrang.

Ich tippte den Sicherheitscode ein, um das System zu aktivieren, und spähte wieder hinaus, gerade noch rechtzeitig, um zu sehen, wie das Auto um die Kurve der Einfahrt verschwand. Dann lockerte sich meine angespannte Muskulatur, was fast schmerzhaft war. Es war beängstigend, dass der Mann, den ich als meinen größten

Feind betrachtete, in meinen persönlichen Raum eingedrungen war. Jetzt, da der Schock abgeklungen war, war ich wütend.

Aber das Wichtigste zuerst: „Lilly?" Ich rief ihren Namen, in der Hoffnung, sie sei versteckt und sicher.

Es kam nicht sofort eine Antwort. Ich ging auf die Treppe zu und rief: „Lilly, er ist weg. Wir sind allein."

Ich wurde mit noch mehr Stille begrüßt. Panik begann mich zu übermannen. „Lilly!"

„Ich bin hier", sagte eine schüchterne Stimme hinter mir. Ich drehte mich um und sah Lilly mit blassem Gesicht dastehen.

Ich eilte nach vorne und schloss sie in meine Arme. Sie fühlte sich so klein an, als ich ihren Körper so umschlang. Zu klein, zu verletzlich.

Sie zitterte wie Espenlaub, aber sie klammerte sich an mich wie an einen Rettungsring, ihr Griff an meinem Rücken war fast schmerzhaft. Ihre Atmung war unregelmäßig, aber es gab keine Tränen, wie ich erwartet hatte. Stattdessen strahlte sie ein verzweifeltes Bedürfnis nach Trost aus, als ob sie mich brauchte, um sie zusammenzuhalten, und ich war froh, genau das zu tun.

Ehrlich gesagt, mir war auch danach zumute. Ich musste sie halten und spüren, dass sie in Ordnung war, dass es ihr gut ging. Die Angst, die ich gespürt hatte, als ich nach Hause kam, hallte wie ein nachklingendes Echo in meinen Ohren, das mir bewusst machte, dass ich zuvor recht hatte. Sie war mein Mädchen.

KAPITEL 9

Lilly

Ich war einer Panikattacke nahe, als Grant nach Hause kam. Heute Morgen war ich die Treppe hinuntergegangen, als ich das Geräusch eines Automotors gehört hatte. In der Annahme, dass er es war, schlenderte ich zur Haustür, ohne mir Gedanken darüber zu machen, dass ich mich wie ein Hündchen benahm, das sein Herrchen begrüßen wollte.

Ich tippte den Sicherheitscode ein, entriegelte die Tür und legte meine Hand auf den Türknauf, um sie zu öffnen, als der Klang einer Männerstimme mich aufhielt. Das war nicht Grant.

Ich eilte zum Fenster ohne Vorhänge neben der Tür und warf einen Blick hinaus. Entsetzen durchschoss mich, als ich den Mann erkannte, der auf die Veranda zuging und in ein an sein Ohr gepresstes Handy sprach, es war niemand anderes als Henry Burke. Meine Kehle schnürte sich zusammen, als ich rückwärts stolperte, vom Fenster weg. Jetzt war er so nah, dass ich seine sicheren Schritte auf der hölzernen Veranda hören konnte.

Mein Blick huschte zu dem Riegel, den ich gerade entriegelt hatte. Wie dumm, dumm, dumm.

Wenn ich die Tür jetzt abschloss, würde er es hören und wissen, dass jemand hier war. Verdammt, ich musste mich verstecken. Kalter Schweiß brach mir auf der Stirn aus, als ich durch das Haus eilte, vorbei am Wohnzimmer und der Küche. Im großen Wohnraum zögerte ich. Ich hatte von hier aus nur zwei Möglichkeiten: draußen oder Grants Fitnessstudio.

Draußen fühlte ich mich zu ungeschützt, zu verletzlich. Also rannte ich instinktiv ins Fitnessstudio und schloss die Tür leise hinter mir, als ich Burke das Haus betreten hörte. Ich konnte ihn telefonieren hören, aber er befand sich immer noch am anderen Ende des Hauses, sodass ich seine Worte nicht verstehen konnte.

Ich lehnte mich gegen die Wand, aber meine Beine fühlten sich schwach an. Ich rutschte langsam hinunter, bis ich auf dem Boden kauerte, die Beine angewinkelt und den Kopf auf die Knie gestützt. Da ich mich nicht traute, das Licht anzumachen, saß ich in der Dunkelheit. Die einzige Beleuchtung kam vom dünnen Lichtstreifen, der unter der Tür durchschien.

Ich konnte nicht sagen, wie lange ich dort saß. Es könnten Minuten gewesen sein, aber es fühlte sich an wie Tage.

Verdammt, es fühlte sich wie Jahre an.

Meine Ohren bemühten sich zu hören, was Burke trieb, aber ich konnte nur das Pochen meines eigenen Herzens hören, das sich anfühlte, als würde es gleich aus der Enge meiner Brust springen, so sehr arbeitete es. Ob es an der Dunkelheit, dem Adrenalin und der Angst lag, die meine Sinne schärften, weiß ich nicht. Ich war mir meiner Präsenz auf der Welt auf eine schmerzhafte Weise nie bewusster gewesen. Als Burke den großen Wohnraum betrat, merkte ich es in derselben Sekunde. Seine Schritte waren leicht, fast lautlos, aber ich konnte seine Anwesenheit spüren. Er war so nah.

Warum bin ich hier reingerannt? Es gab kein Schloss an der Tür, nichts, was ihn daran hinderte, einfach hineinzukommen und mich hier schutzlos zu finden. Jeder Moment, in dem ich darauf wartete, dass er mich entdeckte, zog meine Brust enger zusammen. Ich hatte das Gefühl, dass ich nicht mehr atmen konnte.

Es war das Geräusch der sich öffnenden Haustür, das mich dazu brachte, meinen Kopf zu heben. Hoffnung erfüllte mich, als ich Grant sprechen hörte. In meinen Gedanken stellte ich mir Grants kraftvollen Körper vor. Statt der Lust, die ich gewohnt war, erfüllte mich Stolz. Er war so stark, und er war mein Beschützer. Ob widerwillig oder nicht, er hatte zugestimmt mich zu beschützen.

Das Gespräch zwischen den beiden Männern war kurz, aber intensiv. Ich konnte die Drohungen hören, die Burke an Grant richtete, aber er schien sich davon nicht beirren zu lassen.

Ich bewunderte seine Fähigkeit ruhig zu bleiben.

Ich hörte Schritte, die wegführten, und stieß einen Seufzer der Erleichterung aus, aber ich wagte nicht mich zu bewegen, bis ich Grant nach mir rufen hörte. Selbst dann dauerte es einen Moment, bis mein Körper reagierte.

Grant schloss mich in seine Arme, als er mich erblickte, und ich ließ mich in seine kraftvollen Arme fallen, die mich umschlossen. Seine Wärme umgab mich und ich atmete tief ein und nahm den anhaltenden Duft seines Duschgels in mich auf.

Ich hatte ihm so viele Fragen zu stellen, Fragen über seine Vergangenheit mit Burke. Aber in diesem Moment schien ich die Worte nicht herauszubekommen. Also vergrub ich mein Gesicht weiter an seiner Brust und genoss die Tatsache, dass er diese Position genauso zu genießen schien wie ich.

***

„Ich kann nicht glauben, dass du das isst", sagte Grant und rümpfte angewidert die Nase.

„Was? Das ist die beste Pizza, die es gibt!"

„Bist du verrückt? Schwarze Oliven und Wurst? Das ist eklig."

„Wenigstens ist sie nicht langweilig. Einfacher Käse ist so lahm", sagte ich zu ihm und ahmte eine Mädchenstimme aus dem High Valley nach.

„Du bist lahm", grummelte er und nahm einen großen Bissen Pizza, während ich über seine Antwort kicherte.

Wir saßen an der Kücheninsel und aßen die Pizza, die Grant

zum Abendessen hatte liefern lassen. Es war ein ruhiger Tag für uns gewesen, an dem wir ferngesehen und über alles Mögliche gesprochen hatten, nur nicht über Henry Burke. Keiner von uns wollte ihn erwähnen.

Ich für meinen Teil war nach seinem überraschenden Besuch im Haus emotional zu labil und hatte den größten Teil des Tages damit verbracht, mich zu zwingen, nicht über ihn nachzudenken. Aber es war an der Zeit, den Stier bei den Hörnern zu packen.

„Hör zu", begann ich, „wir müssen über Burke reden."

Grant wurde sofort wieder ernst und legte seine ungegessene Pizzakruste zurück in die offene Schachtel neben ihm. „Ich hatte keine Ahnung, dass er hier so einfach auftauchen würde."

„Das weiß ich", beruhigte ich ihn. „Aber ich muss wissen, warum du ihn hasst? Er scheint dich doch kaum zu kennen."

„Er kennt mich nicht, das stimmt. Seiner Meinung nach haben wir uns vor fast drei Jahren kennengelernt, gleich nachdem D-Tech steil hochging und ich anfing, mich zu den

Wohlhabenden zu zählen. Ich wurde zu einer Spendengala für die Neugeborenenstation im Northwestern Memorial eingeladen. Es war eine Party in gehobenen Kreisen mit schwarzer Krawatte und so. Dort wurde ich Burke vorgestellt und er glaubt, dass wir uns dort zum ersten Mal begegnet sind.“

„Aber das stimmt nicht?“

„Nein, wir haben uns vor dreizehn Jahren kennengelernt, als ich fünfzehn Jahre alt war“, sagte Grant, seine Augen wurden glasig, als ob er mich oder die Küche um uns herum nicht mehr sehen würde. Er stellte sich die Vergangenheit vor. „Mein Nachname war damals anders, er lautete Foster, und das Treffen war nichts Besonderes, nur eine kurze Vorstellung beim damaligen Chef meines Bruders. Es war unbedeutend, und ich bin sicher, dass er sich nicht einmal erinnert.“

Ich nickte, denn ich hatte das Gefühl, dass ich irgendwie darauf reagieren sollte, aber ich wusste nicht, was ich sagen sollte.

„Zwei Wochen später wurde mein Bruder vermisst. Leigh war erst neunzehn und sein erster Job war es, für Burke als Fahrer zu arbeiten.“

„Als Fahrer?“

„Ja, er fuhr Burke zur Arbeit und zurück, zu gesellschaftlichen Veranstaltungen, was immer anstand. Und der Mann hat natürlich gut bezahlt.“

„Du denkst, dass Burke etwas mit dem Verschwinden deines Bruders zu tun hat?“, fragte ich, obwohl ich mir sicher war, dass ich die Antwort bereits kannte.

„Ich weiß, dass er es war“, antwortete Grant, dessen Augen nun vor Intensität glühten. „Kurz bevor Leigh verschwand, nur wenige Tage zuvor, sagte er mir, dass sein neuer Chef kein guter Mann sei, dass er kündigen wolle, aber nicht glaube, dass er das könne. Er war verängstigt.

Ich war damals erst fünfzehn, nur ein dummes Kind, also sagte ihm nur, er solle 'seinen Mann stehen' und kündigen, wenn er das wolle." Sagte Grant, während er Anführungszeichen mit seinen Fingern nachahmte und sein Gesicht verzog sich über sich selbst.

„Glaubst du, er ist ..." Ich konnte mich nicht dazu durchringen, das Wort „tot" auszusprechen. Es war zu furchtbar.

„Ja", sagte Grant und ließ die Schultern sinken, während er auf die Granitplatte der Kücheninsel starrte.

„Aber, warum? Warum sollte Burke ihn umgebracht haben?"

„Ich denke", Grant sah mir in die Augen und ich sah, wie sich die Emotionen in den Tiefen seines Blickes widerspiegelten.

„Er muss etwas gesehen haben, was er nicht hätte sehen sollen.

Eine Art Verbrechen, vielleicht einen Mord."

Ich verstand die Bedeutung von Grants Worten. Das war der Grund, warum er mich aufgenommen hatte, obwohl er es nur widerwillig tat. Er sah eine Verbindung zwischen meiner Situation und Leighs Verschwinden. Das war auch der Grund, warum Jim mich hierhergebracht hatte.

„Jahre später fand ich heraus, dass ein anderer Mann zur selben Zeit verschwand. Der genaue Tag ist nicht bekannt, weil er keine enge Familie in seinem Leben hatte. Bis jemand bemerkte, dass er vermisst wurde, und dies meldete, war Leigh bereits seit drei Tagen verschwunden. Aber ich glaube, dass sie etwa zur gleichen Zeit verschwunden sind."

„Wer war der Mann?"

„Victor Costa, ein Kleinkrimineller, ähnlich wie Mark Lewis. Er hatte einen Eintrag wegen Gewaltverbrechens, nichts mit Drogen, aber ich habe nachgeforscht und fand heraus, dass er als Handlanger für Verbrecherbosse arbeitete. Er hatte auch einen Monat lang vor seinem Verschwinden jede Woche eine große Summe Geld auf sein Girokonto eingezahlt."

„Wow. Wie hast du das herausgefunden?"

„Geld regiert die Welt. Ehrlich gesagt, es gibt nur wenige Türen, die mir verschlossen sind. Leider ist Burke auch reich. Er hat die Mittel, seine Spuren besser zu verwischen als Costa."

„Burke erkennt dich wirklich nicht? Machst du dir keine Sorgen, dass er sich an deinen Namen erinnert?"

„Ich habe meinen Nachnamen vor Jahren geändert. Wenn er tief genug gräbt, könnte er den Papierkram finden und die Verbindung herstellen. Aber ich hoffe, dass das nicht passieren wird."

„Das ist alles so verrückt. Ist Burke nicht reich, weil er ein legales Geschäft hat? Ich verstehe nicht, warum er sich auf diesen ganzen dubiosen Scheiß eingelassen hat. Das scheint mir ein zu viel hohes Risiko zu sein."

„Vielleicht macht ihm das Risiko Spaß", sagte Grant achselzuckend. „Ich weiß es nicht, aber ich muss beweisen, dass er diesen ganzen illegalen Scheiß macht. Ich muss", seine Stimme war fast flehend, und ich konnte zum ersten Mal erkennen, wie sehr er auf diese Sache fixiert war. Ich dachte, Burkes Verleumdung meiner Person sei persönlich, aber das war nichts im Vergleich zu Grants Kampf mit ihm.

„Das wirst du", versicherte ich ihm. „Du wirst den Bastard kriegen. Für Leigh", und ich legte meine Hand auf seine, drückte sie sanft.

„Für Leigh", wiederholte er. „Und ... für meine Mutter."

„Deine Mutter?"

Er nickte.

„Sie starb vor sechs Jahren, als ich im letzten Jahr meines Studiums war. Brustkrebs. Es war schrecklich, sie auf diese Weise zu verlieren, aber das Schlimmste war, dass sie nie erfahren hatte, was mit Leigh passiert ist. Sie bekam nie die Antworten und das quälte sie bis zu ihrem letzten Atemzug", sagte Grant mit einem Schaudern. „Es hat mich lange Zeit fertig gemacht, sie auf diese Weise zu verlieren. Ihr Verstand war von den Drogen benebelt und sie fragte immer wieder nach Leigh, flehte mich an, ihr zu sagen, wo er war."

Grants Stimme war leise, und ich konnte deutlich den Schmerz in seinem Gesicht sehen. Er hatte noch nie so verletzlich ausgesehen und ich wollte ihn beschützen, so albern das auch klingen mag. Ich wollte ihn vor seinen eigenen Dämonen beschützen, wenn ich nur wüsste, wie.

„Es tut mir so leid", sagte ich.

In Wahrheit konnte „es tut mir leid" nicht einmal ansatzweise beschreiben, was ich fühlte. Ich war am Boden zerstört für ihn, aber ich wusste nicht, wie ich es in Worte fassen sollte. Also hielt ich weiter seine Hand und versuchte, ihm all die unausgesprochenen Dinge mit meinen Augen und meiner Berührung zu sagen.

Ich war mir nicht sicher, ob er das verstand, aber er drehte seine Hand um und unsere Finger verschränkten sich. Wir saßen lange Zeit so da, unsere Pizza war vergessen.

***

Nach dem Essen ließ Grant einen Film im großen Wohnraum laufen. Nachdem er mir das Leben schwer gemacht hatte, weil ich viele seiner Lieblingskomödien nicht gesehen hatte, die er stolz als Klassiker bezeichnete, verlangte er, dass ich mich zu ihm setzte und „Ghostbusters" mit ihm ansah.

Ich mochte den Film, aber ich konnte nicht aufhören, heimliche Blicke auf Grant zu werfen. Vielleicht lag es daran, dass er einen seiner Lieblingsfilme sah oder vielleicht war es, weil er sich geöffnet und mir seine schmerzhafte Familiengeschichte erzählt hatte -was auch immer der Grund war, er schien sich so viel wohler zu fühlen, als ich ihn jemals zuvor gesehen hatte. Er lachte befreit über den Film, zitierte sogar gelegentlich ein paar Zeilen und forderte mich auf, bei einer guten Stelle aufzupassen, auch wenn ich bereits meine volle Aufmerksamkeit der Leinwand zollte.

Er hatte sich an das Ende der Couch geschmiegt, die Füße auf dem

Ottomanen und eine Schüssel Popcorn auf dem Schoß. Ich musste mich direkt neben ihn setzen, um aus der Schüssel zu essen, und unsere Finger berührten sich ständig, wenn wir gleichzeitig hineingriffen und das verursachte ein Kribbeln, das sich in meinem Körper ausbreitete. Es fühlte sich an wie ein Date, was ein gefährlicher Gedanke war.

„Willst du eine Limonade?", fragte er mich, als der Abspann des Films lief und er aufzustehen begann.

„Nein, danke", sagte ich und rutschte rüber, um ihm Platz zu machen.

Ich beobachtete ihn, wie er in die Küche ging und eine Dose Cola aus dem Kühlschrank holte, und als mein Blick viel zu lange auf ihm verweilte, wusste ich, dass ich Abstand zwischen uns bringen sollte. Diese Hitze in meinem Körper, die sich von meinem pochenden Herzen aus ausbreitete, würde nur noch schlimmer werden, wenn ich mich weiter so an ihn kuschelte. Es war bereits zu gemütlich miteinander.

Ich glaubte nicht, dass ich meine Hände noch lange bei mir behalten konnte.

„Was hältst du von einer Partie Billard?", fragte er, als er wieder ins Zimmer kam. Er nahm einen Schluck von seinem Getränk, und meine Augen verfolgten die Bewegung seiner Kehle, als er einen Schluck nahm. Wie schaffte er es, dass absolut alles sexy erschien?

„Ich habe noch nie Billard gespielt", sagte ich ihm, und mein Mund war plötzlich trocken. Vielleicht hätte ich doch einen Schluck zu trinken nehmen sollen.

„Dann bringe ich es dir bei", sagte er, ging zu den Billardstöcken, die an der Wand befestigt waren und zog zwei herunter.

„Musst du nicht schlafen?", fragte ich. Es war kurz vor Mitternacht.

„Nö. Ich nehme mir den Rest der Woche frei."

„Ist das eine gute Idee, bei all den Jumpstart-Problemen, die du beaufsichtigen musst?" Ich wusste nicht, warum ich mit ihm eine Diskussion anfing. Ihn für die nächsten paar Tage hier zu haben klang doch großartig.

„Das kann ich auch von zu Hause aus machen. Kannst du etwa auf meine Gesellschaft verzichten?", fragte er mit einem spielerischen Lächeln. Ich grinste und rollte mit den Augen, während er anfing, die Spitzen der Billardstöcke mit Kreide einzureiben.

„Wenn du schon mal hier bist, erwarte ich auch etwas Unterhaltung. Es wird langsam langweilig hier."

„Das ist okay, wir haben viele Filme vor uns, die ich dir noch zeigen muss. Hast du 'Young Frankenstein' gesehen?"

„Nö."

„Hast du die ganze Zeit unter einem Stein gelebt?", fragte er und fasste sich dramatisch an die Brust.

„Gib mir einfach den Stock und zeig mir, was ich damit machen soll", sagte ich und streckte meine Hand aus. Grants Lächeln wurde anzüglich, und mir wurde klar, was ich gesagt hatte.

Meine Augen weiteten sich. „Billardstock. Gib mir den Billardstock."

„Klar doch", sagte er, seine Stimme tiefer als sonst. Er reichte ihn mir und fing an, die Billardkugeln aufzusammeln. „Ich werde anstoßen", sagte er.

Ich wusste nicht, was das bedeutete, also nickte ich nur. Er legte die weiße Kugel gegenüber den anderen Kugeln ab, beugte sich tief vor

und richtete seinen Schläger sorgfältig aus. Die langen Gliedmaßen seines Körpers lagen anmutig über dem Ende des Tisches. Dann traf er die weiße Kugel und sie schoss zum anderen Ende, kollidierte mit den dortigen Kugeln und verteilte sie. Zwei Kugeln landeten in den Löchern.

„Okay, ich habe getroffen. Das heißt, du musst versuchen, die einfarbigen Kugeln in die Löcher zu bekommen. Stoße nicht die schwarze Kugel hinein, das ist die achte Kugel und sie muss die letzte sein, die du versenkst. Wenn du sie in ein Loch stößt, bevor der Rest der Kugeln drin ist, hast du verloren. Verstanden?"

„Ja", nickte ich. Das klang eigentlich ganz einfach.

„Du darfst nur die weiße Kugel direkt treffen. Benutze sie, um die anderen anzustoßen. Aber wenn sie ins Loch geht, ist dein Zug zu Ende und ich darf zwei Stöße machen. Ansonsten bist du so lange am Zug, bis du keine Kugeln mehr reinbekommst, dann ist der andere Spieler dran. Schau mir zu, wie ich es mache."

Er beugte sich wieder tief über den Tisch, diesmal in einem etwas ungünstigeren Winkel, weil die weiße Kugel ungünstig lag. Er traf sie mit dem Stock und zielte eindeutig auf den gestreiften orangenen Ball, aber sein Stoß ging daneben.

„Verdammt", murmelte er und richtete sich auf.

„Bin ich dran?", fragte ich eifrig.

„Ja. Zuerst musst du eine Kugel auswählen und versuchen, sie in einem Loch zu versenken. An welche denkst du?"

„Die Blaue", sagte ich und zeigte auf die Kugel, die dem Loch in der Ecke am nächsten war.

„Okay, beug dich vor, damit du erkennen kannst, wie die Kugeln ausgerichtet sind."

Ich tat es und versuchte, den besten Winkel für den Billardstock zu finden. Wie hatte er seinen gehalten? Er schien leicht durch seine Hände zu gleiten, aber ich war zu sehr mit dem Betrachten seiner Figur beschäftigt gewesen, um mitzubekommen, wie er vorgegangen war. Grant sah, wie ich herumfuchtelte und stellte sich hinter mich.

Ich spürte, wie sich mein Körper versteifte, als er seinen an mich presste, um mir zu helfen, den Schuss auf die Kugel auszurichten. „Du musst dich ein bisschen nach links lehnen", sagte er, sein Mund an meinem Ohr. Sein Atem strich über meinen Nacken und ließ mir einen angenehmen Schauer über den Rücken laufen.

Er legte seine großen Hände auf meine Hüften und korrigierte meine Haltung ein wenig. Ich ging etwas nach links, was mich noch fester an ihn presste. Ich biss mir auf die Lippe.

„Und deine Hände sollten so sein", sagte er und streckte seine Hand aus, um die Art und Weise zu korrigieren, wie meine Hände den Stock hielten. Das brachte seinen Unterleib in eine Linie mit meinem Hintern und ich spürte, wie sich die unverkennbare Beule in seiner Hose gegen mich drückte. Ich keuchte auf.

Zum Teufel mit dem Billard. Ich konnte diese sexuelle Spannung nicht mehr ertragen. Ich beschloss, dass einer von uns beiden den ersten Schritt machen musste, also wölbte ich mutig meinen Rücken und rieb meinen Hintern an seiner Erektion, wobei ich mich umsah, um ihm ins Gesicht zu blicken.

Grants Augen weiteten sich, bevor er ein leises Stöhnen ausstieß und seine Hände auf die Kante des Billardtisches abstützte, als ob er sich aufrecht halten müsste. Er schaute mich fragend an, beugte sich vor und erneut trafen sich unsere Lippen.

Dieser Kuss war nicht so sanft und süß wie der letzte. Dieser war voller Feuer und Leidenschaft. Ich drehte mich ganz herum, bis unsere Oberkörper aneinandergedrückt waren. Ich war in einem schwierigen Winkel über die Tischkante gebeugt, aber das machte mir nichts aus. Grant bahnte sich mit seiner Zunge den Weg in meinen Mund und ich umklammerte seine Schultern fest, als seine Zunge über meine eigene fuhr.

Er griff mir von hinten unter die Oberschenkel und hob mich hoch, bis meine Beine um seine Taille geschlungen waren. Unsere Lippen waren immer noch aneinandergeschmiegt, als er anfing zu laufen, mich zur Couch brachte und mich unsanft absetzte, sodass ich rittlings auf ihm saß.

Ich zog leicht an seinen Haaren und brach den Kuss ab, nur um mit meinen Lippen über seine Wange und seinen Hals hinunterzustreichen, wobei ich ihm leicht in die Haut biss. Mein Kleid war um meine Oberschenkel hochgerutscht, so dass ich den rauen Stoff seiner Jeans am dünnen Stoff meines Höschens reiben spürte, und das machte mich verrückt. Ich brauchte mehr. Ich drückte mich gegen ihn und bekam als Reaktion darauf ein weiteres tiefes Stöhnen, sodass ich mich sehr mächtig fühlte.

„Scheiße, Lilly. Ich will dich so verdammt sehr", sagte er, fast keuchend.

„Dann tu es, Grant. Bitte", ich zog mich zurück und sah in sein Gesicht. Ich wollte, dass er sah, wie ernst es mir war. „Nimm mich."

Ich war mehr als bereit für ihn.

KAPITEL 10

Grant

Sie so betteln zu hören, hätte mir fast den Rest gegeben. Nur mit Mühe und Not hielt ich mich noch zurück. Lillys Stimme war heiser vor Verlangen und ließ jeden einzelnen Nerv in meinem Körper zum Erbeben bringen.

Ich verlagerte unsere Positionen, legte sie auf die Couch und brachte meinen Körper über sie, wobei ich darauf achtete, dass mein Gewicht nicht auf ihr lastete, während sie ihre Beine spreizte, damit ich mich zwischen ihnen niederlassen konnte. Ihr langes Haar war um ihren Kopf herum ausgebreitet, als sie durch ihre Wimpern zu mir aufsah. Ich konnte nicht anders, als zu denken, dass sie wie ein Engel aussah. Viel zu gut für einen Mann wie mich.

Aber ich wollte mich davon nicht abhalten lassen.

„Ich will dich ansehen, alles an dir", sagte ich ihr. Verdammt, ich war mir nicht sicher, ob ich noch eine Minute aushalten konnte, ohne ihr die Kleider vom Leib zu reißen.

Sie kam mir sofort entgegen, griff nach dem Saum ihres Kleides und wölbte ihren Rücken und zog es sich mit einer schnellen Bewegung über den Kopf. Sie ließ es zu Boden fallen und schaute noch einmal zu mir auf, dieses Mal mit einem Hauch von Schüchternheit.

„Gott, sieh dich an", murmelte ich, als mein Blick auf den weißen Spitzen-BH und das Höschen, das sie trug, fiel. Die Schwellungen ihrer Brüste waren kaum verhüllt und ich konnte die dunklen Umrisse ihrer Brustwarzen durch den dünnen Stoff sehen. Heilige Hölle.

Sie hatte einen langen, flachen Bauch und Hüften, die sich gerade so weit ausdehnten, dass sie eine köstliche Kurve an ihrer Seite bildeten. Ich wollte jede Stelle ihres Körpers berühren und schmecken.

Ich drückte sanfte Küsse auf ihr Schlüsselbein, hob eine Hand und fuhr mit dem Finger an den Körbchen ihres BHs entlang und ließ sie erschaudern. Angespornt zog ich dieselbe Linie mit meiner Zunge nach. In diesem Moment wurde mir bewusst, dass vorne an ihrem BH ein Verschluss war. Oh ja.

Ich schnippte mit meinen Fingern an dem Verschluss und der BH öffnete sich und entblößte ihre perfekt geformten Brüste. Ich griff nach einer ihrer Brustwarzen und saugte leicht an ihr, bis sie hart wurde. Ich blies leicht darüber, so dass sich Lillys Rücken krümmte, bevor ich die gleiche Behandlung an ihrer anderen Knospe vornahm. Ihre Haut war so unglaublich weich, wie ich es noch nie zuvor gespürt hatte.

Ich strich mit meiner Hand über ihre Seite, entlang der sexy Kurve, und ließ meine Finger zum Rand ihres kleinen weißen Höschens gleiten. Ihr lautes Stöhnen bestätigte mir, dass sie es wollte, also fuhr ich mit meiner Hand weiter nach unten und berührte ihr Geschlecht.

Lilly richtete sich bei der Berührung auf und fiel fast von der Couch, aber mein Gesicht war immer noch an ihre Brust gepresst, um ihre Brüste zu liebkosen, und das half dabei, sie zu beruhigen. Ich spürte, wie meine Erektion gegen meine Hose drückte, als ich ihre rasierte Muschi rieb und feststellte, dass sie tropfnass war. Sie brachte mich um.

Ich musste sie schmecken.

Widerwillig löste ich mich von ihrer Brust und zog ihr Höschen an ihren langen Beinen hinunter und ließ meine

Hände wieder nach oben gleiten, bis sie ihre Innenschenkel erreichten, und spreizte diese weit. Sie zappelte etwas, und ich schaute ihr ins Gesicht, um zu sehen, dass sie nervös aussah.

„Was ist los, mein Schatz?", fragte ich. Ich war so hungrig nach ihr, dass das Einzige, was mich jetzt noch aufhalten konnte, ihre Bitte danach war. Ich betete, dass sie das nicht von mir verlangte.

„Ich habe noch nie... ich meine, ich bin eine..." Ihre Wangen erröteten, und sie sah verlegen weg.

„Du bist eine Jungfrau?", fragte ich. Mein Körper triumphierte bei dem Gedanken, ihr erstes Mal zu sein. Noch nie war ich von einer Frau so verzehrt worden oder so weit von Vernunft entfernt gewesen.

„Ja", murmelte sie und sah mich immer noch nicht an. Ich umfasste ihr Kinn mit meiner Hand und drehte ihr Gesicht wieder zu meinem. Ich wartete, bis sie mich wieder ansah, bevor ich sprach.

„Willst du aufhören?"

„Nein!", rief sie aus und ihre Augen weiteten sich. „Ich bin nur unerfahren und dachte, du solltest es wissen. Nur für den Fall, dass ich nicht sehr ... gut bin."

Ich wollte darüber lachen, wie süß sie war, aber ich dachte, dass sie sich dadurch verhöhnt fühlen könnte, also unterdrückte ich es.

„Lilly, meine feurige kleine Verführerin, du brauchst dir keine Sorgen zu machen", sagte ich und griff erneut nach ihrem Zentrum und tauchte langsam einen Finger hinein.

„Grant!", schrie sie und wand sich unter mir.

„Siehst du, dein Körper weiß, was er will", sagte ich, zog meinen Finger, der mit ihrem Saft bedeckt war, und hielt ihn hoch. „Du brauchst keine Erfahrung, folge einfach deinen

Instinkten. Genau das habe ich auch vor." Ich sah ihr fest in die Augen und führte den Finger an meinen Mund und leckte ihn sauber. Lillys Mund öffnete sich, und ihre Augen weiteten sich. Ihre Süße explodierte in meinem Mund und ich musste mehr davon haben.

Ich positionierte mich neu und kniete mich vor sie. Ihre Beine waren weit gespreizt, und sie öffnete mir ihr tropfendes Inneres. Sie war so entblößt, ganz sanfte Haut und weibliche Kurven, und ich konnte kaum glauben, dass ich in den Genuss kam, der erste Mann zu sein, der sie so sah.

Der einzige Mann.

Dieser Gedanke war verrückt, aber ein besitzergreifendes Gefühl kam in meinen Körper auf und trieb mich vorwärts, bis ich mein Gesicht zwischen ihren Beinen vergraben hatte. Lilly stieß einen kehligen Schrei aus, als ich über ihre Mitte leckte und die Nässe dort erkundete.

Ihre Oberschenkelmuskeln verkrampften sich um mich und ich schlang meine Hände unter ihren Hintern und hob ihn leicht an, um ihre Hüften anzuwinkeln, damit mein Mund besseren Zugang in sie hatte. Ich fühlte mich wie ein Tier, als ich sie mit meiner Zunge verwüstete, meine Zunge in ihre Öffnung eintauchte, bevor ich mich nach oben bewegte, um ihre Klitoris zu umkreisen. Sie wimmerte und keuchte und gab unzusammenhängende Laute von sich, die mich nur noch weiter anheizten.

Dann begann sie, sich an meinem Gesicht zu reiben, ihre Hüften stießen vor und ich wusste, dass sie kurz vor dem Orgasmus war. Mein eigener Ständer war fast schmerzhaft, da das Bedürfnis, in sie einzudringen, zu groß wurde. Aber ich machte mit meinem Mund weiter, und knetete ihren Hintern, während ich meine Zunge tiefer in sie hineinstieß.

Schließlich brach Lilly zusammen. Sie packte mich an den Haaren und hielt meinen Kopf fest, während sich ihr ganzer Körper versteifte und mein Name über ihre Lippen kam. Ich vergrub meine Zunge in ihr und spürte, wie sie sich zusammenzog, während sie noch feuchter wurde.

Ein warmes Gefühl erfüllte meine Brust, als ich mich zurückzog, um sie mit einem benommenen Lächeln auf dem Gesicht vorzufinden. Aber wir waren noch nicht fertig. Ihr Geschlecht, jetzt triefend, war bereit für mich.

Ich zog mein Hemd über den Kopf und begann, meine Jeans aufzuknöpfen. Sie beobachtete mich genau, ihr Blick war so intensiv, dass er sich wie eine Liebkosung auf meiner Haut anfühlte. Als ich meine Jeans und Boxershorts über meine Hüften schob und meinen schmerzenden Schwanz freigab, weiteten sich ihre Augen.

„Er ist so groß ... wird er in mich passen?", fragte sie zaghaft.

So gibt man einem Mann ein verdammt gutes Gefühl.

„Wir werden es langsam angehen. Am Anfang könnte es ein wenig weh tun. Bist du sicher, dass du das tun willst? Wir können jederzeit aufhören, wenn du willst." Ich hatte plötzlich einen winzigen Hauch von Zweifel. Sollte ich das tun? Ihr die Unschuld zu nehmen, erschien mir falsch, ich war einer solchen Sache nicht würdig.

„Nein, ich will nicht aufhören. Bitte, Grant, ich brauche mehr. Mein Körper braucht dich."

Nun, so viel zu meinen Zweifeln. Ich dachte nicht, dass ich ihr etwas verweigern könnte jetzt, da ihr herrlicher Körper unter mir lag und ihr Geschmack noch auf meinen Lippen haftete. Ich griff in die Gesäßtasche meiner Jeans und holte mein Portemonnaie heraus. Leigh hatte mir einmal gesagt, ich solle darin immer ein Kondom aufbewahren, und ich war ich noch nie so dankbar dafür gewesen.

Ich kam wieder zwischen ihre Beine und positionierte mich an ihren Eingang. Die Hitze ihres Geschlechts ließ meinen ganzen Körper erbeben. Ich war keine Jungfrau, bei weitem nicht, aber mit Lilly fühlte sich alles neu, intensiver an. Es hatte sich noch nie so angefühlt, und als ich langsam in sie eindrang, wusste ich, dass sie mich für alle anderen ruinieren würde.

Sie war so eng und heiß. Ich biss die Zähne zusammen und kämpfte gegen den Drang an wild zu stoßen und sie mit all meiner Kraft in die Couch zu pressen. Das konnte ich nicht, also nahm ich all meine Willenskraft zusammen, um es langsam anzugehen, bis ich ganz in ihr war, jeder Zentimeter von mir in ihrem Körper steckte. Dann hielt ich an.

Lillys Augen waren fest geschlossen und ihre Atmung ging flach. Ich beugte mich hinunter und küsste ihre Augenlider, bevor ich meinen Mund zu ihrem Ohr senkte. „Es ist okay, mein Schatz. Entspann dich einfach. Ich verspreche dir, dass es besser wird, wenn du das tust", flüsterte ich.

Als ich mich zurückzog, öffneten sich ihre Augen, und der Blick, den sie mir zuwarf, raubte mir den Atem. Es war der aufrichtigste Ausdruck von Vertrauen, den ich je bei einem Menschen gesehen hatte. Die offene Verletzlichkeit, die sie zeigte, zerriss mich. Scheiße, ich hatte das nicht verdient. Sie hätte ihr Vertrauen in einen besseren Mann als mich setzen sollen.

Aber dann kam das verdammte besitzergreifende Monster in mir zum Vorschein. Sie gehörte mir.

Ich drückte meinen Mund noch einmal auf den ihren und versuchte, möglichst viele ungesagte Dinge in den Kuss zu legen. Dann schlang sie ihre Beine um meine Hüften und stieß ein leises Stöhnen aus und ihr Körper entspannte sich um mich herum.

„Ja", stöhnte ich in den Kuss hinein und begann, in sie hinein und wieder herauszustoßen. Ich fand schnell meinen Rhythmus und verlor mich in dem Gefühl ihrer Wärme um meinen Schwanz. Gott, es war so gut. Ich wusste nicht, wie lange ich es noch aushalten konnte.

Lillys Hände flogen über meinen ganzen Körper, zeichneten jede Vertiefung und Kurve meines Bauches, meines Rückens, meiner Oberschenkel nach. Ihre leichten Berührungen machten mich wahnsinnig und ich fühlte mich wie ein Sexgott, während sie lustvoll säuselte.

Ich würde es nicht mehr lange aushalten.

„Fuck, Lilly", knurrte ich und erhöhte das Tempo. Ich konnte spüren, wie sie sich mit mir bewegte und ihrem zweiten Orgasmus entgegenjagte, während sie wimmerte und stöhnte.

„Tu es, Baby. Komm mit mir. Tu es, jetzt!" Ich schrie, als ich hart kam, meine Hüften pumpten wild, als ich spürte, wie sie gleichzeitig ihre Erlösung erreichte. Sie schrie meinen Namen, während sie meine Arme mit überraschender Kraft umklammerte. Ihre Wände pulsierten um meinen zuckenden Schwanz und die Lust war ursprünglicher und mächtiger als alles, was ich je zuvor gefühlt hatte.

Dies war der beste Sex, den ich je gehabt hatte.

***

Der Sonnenaufgang, der durch die Terrassentür hereinströmte, weckte mich fünf Stunden später. Wir waren immer noch im großen Wohnraum, die Chaiselongue am Ende der Liege am Ende der Couchgarnitur bot Lilly genügend Platz, um sich an meine Brust zu schmiegen, nachdem wir uns gegenseitig erschöpft hatten. Mein morgendlicher Ständer zuckte bei der Erinnerung und dem Gefühl ihres Körpers, der sich immer noch an mich presste.

Ich schaute auf ihr schlafendes Gesicht. Ihre blasse Haut schien zu glühen, dort wo das Sonnenlicht sie berührte, was sie noch unwirklicher erscheinen ließ. Sie war ein Rätsel, diese Frau, die mir in den Schoß gefallen war, süß und stark zugleich.

Wenn ich es objektiv betrachtete, war es wahrscheinlich eine schlechte Idee gewesen. Sex mit einer Frau, die nur vorübergehend hier und auf der Flucht vor meinem schlimmsten Feind war, glich einem Spiel mit dem Feuer. Zu dumm, dass ich es zu sehr genoss, um mich um die Konsequenzen zu scheren.

Langsam verlagerte ich meinen Körper und zog meinen Arm unter Lillys Kopf weg und rutschte von der Couch, wobei ich darauf achtete, sie nicht mehr als nötig zu berühren.

In der Küche griff ich nach meinem Handy und suchte die Nummer einer Sicherheitsfirma heraus, die ich schon öfters benutzt hatte. Lilly würde nicht mehr allein in diesem Haus gelassen werden, auch nicht, wenn ich bei der Arbeit war.

Die Wut, die unter der Oberfläche brodelte, seitdem Burke am Tag zuvor gegangen war, überkam mich wieder, als ich mich an die Angst in Lillys Augen erinnerte. Dieser Bastard würde sich ihr nicht mehr nähern. Ich ging nach oben, um zu telefonieren, ohne Lilly beim Schlafen zu stören.

Beim dritten Klingeln wurde abgenommen: „Hallo?", die Stimme am anderen Ende der Leitung klang trotz der Tageszeit hellwach.

„Tyler? Hier ist Grant Donovan. Ich habe einen Job für dich."

„Mr. Donovan, schön, von Ihnen zu hören." Tyler war durch und durch Geschäftsmann und ich hörte das Geräusch von Papieren, die im Hintergrund geschoben wurden. „Was kann ich für Sie tun?"

„Ich brauche einen Leibwächter, der unter der Woche bei mir zu Hause ist, während ich arbeite."

„Wenn das Haus unbewohnt ist?"

„Nein, eine Frau wohnt bei mir, ich muss wissen, dass sie in Sicherheit ist, wenn ich nicht hier bin."

„Besteht Grund zur Beunruhigung?", fragte Tyler, und sein Tonfall war unerbittlich. Das war der Grund, warum ich den Kerl mochte. Er war streng, immer am Ball und nahm seinen Job sehr ernst. Genau die Qualifikationen, die der Besitzer einer Sicherheitsfirma benötigte.

„Ja, eine gut vernetzte Person. Ich brauche das inoffiziell, keine Aufzeichnung, dass sie überhaupt hier ist."

„Klingt ernst."

„Ist es auch. Ich brauche Diskretion in dieser Sache."

„Sind Sie sicher, dass Sie nicht rund um die Uhr jemanden haben wollen?"

„Nein, wenn es Probleme gibt, während ich hier bin, kann ich damit umgehen", sagte ich zuversichtlich. Sollte der Mistkerl wieder auftauchen, würde es diesmal keine angespannte Konversation oder verschleierte Drohungen geben. Ich konnte nicht garantieren, dass ich nicht die Kontrolle verlieren und den Mann ein für alle Mal erledigen würde.

„Wenn Sie meinen. Wann soll der Leibwächter da sein?"

„Ich nehme mir ein paar Tage frei. Er soll am Montag anfangen."

„Verstanden. Ich werde Dwight einsetzen. Er hat bei der Armee gearbeitet."

„Gut."

Ich beendete den Anruf und widerstand der Versuchung, Tyler zu sagen, dass Lilly tabu war. Das war verrückt und nicht nur, weil Tyler ein Profi war und es seinen Angestellten nie erlauben würde, mit Kunden herumzuvögeln. Aber eine tolle Runde Sex machte Lilly nicht zu meinem Besitz.

Ich ignorierte den Schmerz, welcher mir bei diesem Gedanken in meine Brust schoss. Ich zog meine Boxershorts aus und ging nackt ins Bad. Ich erhaschte einen Blick auf ein paar Kratzspuren an meinem Bizeps, wo Lilly mich gepackt hatte, als sie zum Orgasmus kam und musste lächeln. Ich hatte das Kratzen nicht einmal gefühlt.

Diese Erinnerungen lösten eine sofortige Reaktion in meinem Körper aus. Mein Schwanz stand stramm, bereit für eine weitere Runde. Verdammt, ich konnte nicht genug bekommen von ihr.

Ich trat in die Duschkabine, drehte das Wasser auf und zischte, als es kalt wurde. Ich hatte gehofft, dass der Schock des kalten Wassers mir dabei helfen würde, mich etwas abzukühlen, aber ich hatte kein Glück. Ich bekam das Bild von Lillys süßem Körper nicht aus meinem Kopf.

Als das Wasser warm wurde und ich mit einem Waschlappen über meinen Körper strich, erinnerte ich mich an das Gefühl ihrer Hände auf mir. Was zum Teufel? Ich benahm mich wie ein sexhungriger Teenager, nicht so, als hätte ich gerade den besten Sex meines Lebens gehabt.

Lilly war zu berauschend, wenn ich nicht aufpasste, würde ich süchtig nach ihr werden.

KAPITEL 11

Lilly

Ich war enttäuscht, alleine aufzuwachen. Es war früh, wenn man den Sonnenstand durch die Terrassentüren betrachtete. Doch Grant war nicht mehr neben mir.

Ich setzte mich auf und streckte mich, mein Körper tat köstlich weh. Ich schaute hinunter auf das Guns N' Roses-T-Shirt, das ich trug, und lächelte. Es war eines von Grant, nämlich dieses, welches er gestern selbst getragen hatte. Nach unserer körperlichen Lust war er nackt

durch das Haus geschlendert, hatte das Kondom im Bad entsorgt und mir ein Handtuch mitgebracht, mit dem ich mich sauber machen konnte. Ich fühlte mich unwohl, als ich mich vor ihm trocken rieb, aber das schien ihn nicht zu stören. Stattdessen zog er sich seine Boxershorts an und sah völlig erschöpft aus.

Ich hatte herumgesucht, bis ich schließlich meinen weggeworfenen Slip auf dem Boden fand. Nachdem ich ihn angezogen hatte, griff ich nach meinem Kleid, aber Grant hielt meine Hand fest.

„Hier", sagte er und hielt mir sein T-Shirt hin. „Schlaf darin."

Ich hatte es also angezogen und fühlte mich verdammt sexy, als er mit seinen Augen an meinem Körper auf- und abging und sich auf die Unterlippe biss. Dann hatten wir uns auf der Couch niedergelassen, mein Rücken an seine Brust gepresst, bis wir beide in sanften Schlaf fielen.

Als ich von der Couch aufstand, versuchte ich, nicht zu viel in den Sex hineinzuinterpretieren. So sehr ich auch wollte, dass er etwas bedeutete, war ich mir nicht sicher, ob Grant das genauso empfand. Ich fragte mich, wo er wohl war. Er hatte mir gesagt, dass er heute nicht arbeiten würde, aber vielleicht hat er seine Meinung geändert?

Als ich durch die Küche ging, blieb ich gerade lange genug stehen, um die Kaffeemaschine zu starten. Als der frische Kaffeeduft die Küche erfüllte und der Kaffee durch die Maschine tropfte, machte ich mich auf den Weg nach oben in den zweiten Stock. Ich dachte, ich sollte duschen und meine eigenen Sachen anziehen, auch wenn ich das Gefühl liebte, Grants T-Shirt zu tragen. Es gab mir das Gefühl, dass wir ein echtes Paar waren.

Oje. So viel dazu, dass ich nichts überstürzen wollte.

Apropos Duschen, war das nicht Wasser, was ich da rauschen hörte? Ich ging an meinem Zimmer vorbei und den Flur hinunter zu Grants Suite. Vor der Tür blieb ich stehen und drückte mein Ohr an sie.

Ja, er duschte gerade.

Ich konnte es nicht glauben, aber mein Inneres krampfte sich vor Verlangen zusammen. Trotz der weltbewegenden Orgasmen, die ich in der Nacht zuvor gehabt hatte, wollte ich ihn wieder. Das Bild seines nackten Körpers, nass und glitschig, während das Wasser aus dem Duschkopf auf ihn herabregnete, ging mir nicht aus dem Kopf und ich drehte an der Türklinke zu seinem Zimmer, bevor ich es mir überhaupt richtig überlegt hatte.

Als ich in seinen privaten Bereich trat, sah ich mich um. Das ganze Haus war männlich dekoriert, um zu zeigen, dass es eine Junggesellenbude war, aber hier war die Einrichtung am maskulinsten. Der Raum besaß denselben Hartholzboden wie der Rest des Hauses, aber hier nahm ein großer grauer Teppich den größten Teil des Raumes ein. Er war dick und ach, so weich an meinen nackten Füßen. Die Wände waren ebenfalls grau gehalten, allerdings in einem dunkleren Farbton.

Mein Blick wurde von dem Bett angezogen, das groß war - sicher ein Kingsize-Bett – es war ungemacht. Ich machte schwarze Satinlaken und eine weiße Bettdecke aus. Würde ich ab jetzt hier schlafen?

Ich schüttelte den Gedanken ab und ging hinüber zur Terrassentür. Sie war von schwarzen Vorhängen umrahmt, die das Licht von draußen fernhielten, wenn sie nicht zurückgebunden waren. Als ich sie beiseiteschob, sah ich, dass draußen ein Balkon mit Blick auf den Hinterhof angebracht war. Darauf standen ein kleiner Metalltisch und zwei gepolsterte Stühle neben dem Geländer. Ich konnte mir gut vorstellen, wie Grant dort draußen mit seinem Laptop saß, an etwas arbeitete oder eine Mahlzeit mit Blick auf seinen geliebten Außenbereich einnahm.

Als ich mich vom Fenster abwandte, erblickte ich einen Steinkamin an der gegenüberliegenden Wand. Daneben stand eine weiße Kommode mit einem an der Wand montierten Fernseher dahinter. Alles in allem wirkte der Raum warm und gemütlich. Es gab zwei Türen neben dem Bett. Ich nahm an, dass die eine in ein Ankleidezimmer führte, während ich hinter der anderen Tür die Dusche laufen hörte. Ich zögerte vor dieser Tür.

Hatte ich genug Selbstvertrauen, um das zu tun?

Ich stand da und spielte mit dem Saum meines T-Shirts - na ja, mit dem Saum von Grants T-Shirt. Meine Gedanken schweiften zu Grant, der über mir war, den glühenden Blick in seinen Augen, als er mir die Kleidung von meinem Körper streifte. Er schien den Anblick zu genießen...

Scheiß drauf. Ich riss mir das T-Shirt vom Leib und streifte mein Höschen von den Beinen.

In Grants Schlafzimmer zu stehen, erregte mich. Ich wollte einfach ins Bad schlendern und mich zu ihm gesellen. Was konnte schon Schlimmes passieren?

Als ich die Badezimmertür öffnete, stellte ich schockiert fest, dass seine Duschkabine aus klarem Glas bestand. Jetzt konnte ich mich nicht mehr an ihn heranschleichen. Was mich aber wirklich umhaute, war der Anblick, der sich meinen Augen bot.

Ich konnte jeden Zentimeter seines herrlichen Körpers sehen, von seinem feuchten Haar über die mit Schaum eingeseifte Brust bis hin zu der Erektion, die zuckte, als ich sie betrachtete. Als er sich umdrehte und mit dem Waschlappen über seine festen Bauchmuskeln strich, erstarrte Grant, als er mich erblickte. Ich beobachtete, wie sich seine Augen verengten und auch er das Bild meines nackten Körper aufnahm.

Dann fuhr er in einer schmerzhaft langsamen Bewegung mit hitzigem Blick weiter mit dem Waschlappen über seinen Bauch hinunter. Als er sein geschwollenes Glied erreichte, hielt er meinem Blick stand, während er sich selbst berührte und seine Hand langsam hinauf- und hinuntergleiten ließ, während ich wie gebannt auf ihn starrte. Seine andere Hand ruhte auf seinem unteren Bauch.

Es hatte etwas Ursprüngliches, ihm dabei zuzusehen, wie er sich selbst befriedigte, zu wissen, dass er an mich dachte, während sein Blick auf meinen Brüsten, meinen Hüften, meiner tropfenden Muschi lag. Wie in Trance schritt ich vorwärts und stieg zu ihm in die Duschkabine. Die Wärme des Wassers war nichts im Vergleich zu der Hitze, die sich in meinem Körper ausbreitete.

Wir sprachen kein Wort, als wir dort standen und unsere nackten

Körper begutachteten. Ich hatte mich noch nie so begehrenswert gefühlt, wie jetzt, da seine Augen auf mich gerichtet waren. Ich könnte süchtig nach diesem Gefühl werden.

Ich fühlte mich mutig und ging einen Schritt auf ihn zu, bevor ich auf die Knie sank. Ich zog seine Hand weg und schlang meine eigenen, um einiges schmaleren Finger um sein dickes Glied. Es war hart, aber dennoch weich. Als ich einen guten Blick darauf warf, war ich erstaunt über die Länge des Gliedes. Wie hatte es nur in mich hineingepasst? Es schien unmöglich. Doch ich sehnte ich mich danach, ihn wieder in mir zu spüren, seine dicke Spitze in die Falten meines Körpers zu schieben, bis ich das Vergnügen nicht mehr aushalten konnte.

Ich strich mit dem Daumen über die Eichel, schaute in sein Gesicht und sah, dass er mich intensiv anstarrte. Jetzt war nicht die Zeit, einen Rückzieher zu machen.

„Ich will dich schmecken, Grant. Darf ich? Ich möchte sehen, wie viel von deinem großen Schwanz in meinen Mund passen wird." Ich sprach leise und versuchte, verführerisch zu sein. Ich hatte noch nie so gesprochen, aber ich wollte ihn anmachen. Es muss funktioniert haben, oder vielleicht hat ihn meine Ausdrucksweise heiß gemacht, denn seine Hüften zuckten, und er stemmte sich mit einem langgezogenen „Fuuuuuck" gegen die Wand.

Ich nahm das als Erlaubnis. Ich verstärkte meinen Griff um seinen Schwanz und ließ meine Zunge an der Unterseite seines Schwanzes hinauf gleiten, bis ich die Spitze erreichte. Vorsichtig auf meine Zähne achtend, nahm ich ihn in den

Mund und senkte mich auf ihn, bis ich spürte, wie er hinten in meiner Kehle anstieß.

Ich bewegte meine Hand synchron mit meinem Mund und zog mich zurück, bis meine Lippen wieder seine Spitze umfassten. Dann nahm ich ihn noch einmal ganz in mir auf. Ich ließ mich auf diesen

Rhythmus ein und experimentierte damit, mit meiner Zunge an der Unterseite entlangzustreichen und meine Wangen beim Lutschen um ihn herum hohl zu machen.

Ich las die Reaktionen seines Körpers, hörte sein schweres Atmen durch das leichte Prasseln des Wassers auf den Kacheln und spürte, wie sich seine Oberschenkelmuskeln anspannten, wo ich gegen sie drückte. Ich erfuhr, was er mochte, als ich ihn mit meinem Mund liebkoste und fühlte mich dominant, als ich diese Reaktionen in ihm auslöste.

Als ich das Tempo steigerte, knurrte er auf und vergrub seine Hände in meinem nassen Haar. Er drückte meinen Kopf nicht nach unten, sondern hielt sich daran fest, als ich ihn näher und näher zu seinem Höhepunkt brachte. Ein Zittern durchlief seinen Körper, als ich ihn noch tiefer aufnahm und meine Kehle entspannte, um ihm dieses Vergnügen zu bereiten.

„Oh, Gott. Ich...ich komme", sagte er. Ich drehte meine Augen in Richtung seines Gesichts und ließ ein Stöhnen um seinen Schwanz herum vernehmen. „Lilly!" Er rief meinen Namen, während sich sein Gesicht zu einem Ausdruck absoluter Lust verzerrte.

Dann spürte ich, wie mehrere heiße Strahlen in meinen Rachen strömten und sein Schwanz pulsierte, als er sich entlud. Ich schluckte alles, während ich zu ihm aufsah und seinen Orgasmus beobachtete. Die Muskeln seines

Unterleibs schienen zu verkrampfen, als er seinen Kopf zurückwarf und ein Geräusch von sich gab, das ich nur als Aufheulen beschreiben konnte. Als ich ihn so sah, wie er sich in der Befriedigung verlor, die ich ihm beschert hatte, glaubte ich, dass ich niemals etwas so Schönes gesehen hatte.

Vielleicht war das nicht die maskulinste Art ihn zu beschreiben, aber sie passte am besten. Er war so verführerisch, und die harte Fassade, die er aufgebaut hatte, war nun gewichen. Ich spürte, wie mein Herz einen Sprung machte.

Scheiße, ich hatte mich wirklich in ihn verliebt.

Ich zog mich zurück, wobei ich darauf achtete, ihn mit meinen Lippen umschlossen zu halten, bis seine Spitze langsam aus meinem Mund glitt. Ich lächelte ihn an, als ich aufstand. Grant lehnte an der Wand und sah aus, als ob er eine Stütze brauchte, während er mich mit Ehrfurcht auf seinem Gesicht ansah.

„Du bist unglaublich. Ich kann dir gar nicht sagen, wie gut das war. Ich habe keine Worte", sagte er schwach und versuchte, zu Atem zu kommen.

Ich hatte das Gefühl, mein Gesicht würde in zwei Hälften reißen, so breit grinste ich.

***

Die nächsten Tage waren verschwommen, eine Mischung aus Sex, klassischen Komödien und Schlaf, umschlungen von Grants Armen. Er kam sogar dazu, mir beizubringen, wie man Billard spielt. Ich war eine Niete, aber es machte ihm Spaß, sich über mich lustig zu machen, wenn ich mal wieder kläglich daran scheiterte, eine einzige Kugel in ein Loch zu stoßen. Ich nahm es ihm nicht übel.

Wir hatten das unangenehme Gespräch über Verhütung. Ich besaß ein Armimplantat, das mich davor bewahrte, schwanger zu werden. Ich war zwar noch Jungfrau, aber meine Ärztin hatte für den Fall der Fälle darauf gedrängt. Jetzt war ich froh, dass sie es getan hatte. Grant versicherte mir, dass er keine Geschlechtskrankheiten hatte, also beschlossen wir, die Kondome wegzulassen. Ich bemerkte keinen großen Unterschied, aber ich konnte sehen, dass Grant es so lieber hatte auf diese Art und Weise. Es war auch erregend für mich zu wissen, dass wir Haut an Haut waren, auch wenn es sich für mich nicht anders anfühlte.

Ich hatte den Eindruck, wir lebten in einer Blase, einem sicheren Zufluchtsort, wo wir vor allem geschützt waren, was sich zwischen uns drängen könnte. Es spielte keine Rolle, dass er stinkreich war, während ich zu diesem Zeitpunkt nicht einmal einen Job besaß – nicht, dass ich

auch nur darüber nachdenken wollte. Das ganze Drama mit Burke und die Morduntersuchung, nichts davon konnte uns hier in dieser Blase berühren.

Aber ich wusste, dass es nicht wirklich war. Wir hatten uns jetzt ein paar Tage davongestohlen und ich konnte nicht genug von ihm bekommen, aber es konnte nicht so bleiben. Das wirkliche Leben holte uns schneller ein, als es uns lieb war. Grant ging zurück zur Arbeit, und ein Leibwächter würde tagsüber hier bei mir bleiben. Das nenne ich mal einen Schlag ins Gesicht, gepfeffert mit einer harschen Dosis Realität.

Ich saß auf dem Balkon, der an Grants Schlafzimmer grenzte und trank eine Tasse Kaffee, während er sich für den Tag fertig machte. Es war fast acht Uhr morgens, aber ich stellte fest, dass sich mein Schlafrhythmus in der letzten Woche auf einen gesetzteren Rhythmus verlagert hatte im

Vergleich zu den Wochen vorher. Ich schätzte, damit war es offiziell, kein Nachtclubleben mehr für mich.

Ein überraschend ungutes Gefühl überkam mich. Ich hatte das Gefühl, ich würde gar nichts mehr besitzen. Mein Job und mein Zuhause wurden mir entrissen. Verdammt, ich konnte nicht einmal mehr das Haus verlassen. Ein Haus, das mir nicht gehörte. Dann war da Grant. Der Mann erschütterte meine Welt, aber er gehörte ebenso nicht zu mir. Er hatte sorgfältig jedes Gespräch darüber vermieden, und ich war nicht so dumm, dass ich nicht verstanden hatte, was das bedeutete. Zur Zeit fühlte sich alles so flüchtig an.

Ich hörte, wie sich die Tür hinter mir öffnete, und drehte mich um, um Grant dort stehen zu sehen.

Er trug einen marineblauen Anzug mit weißem Hemd und blauer Krawatte und sah ganz wie ein Geschäftsmann aus.

„Dwight sollte jeden Moment hier sein. Willst du mit mir runterkommen und ihm Hallo sagen, bevor ich gehe?"

„Sicher", sagte ich und hielt meine Kaffeetasse in der Hand, während ich aufstand. Es war dieselbe Tasse, die ich benutzt hatte, als ich zum ersten Mal im Haus ankam, was mir inzwischen so lange her erschien. Waren es wirklich nur zwei Wochen gewesen? Ich hatte das Gefühl, als hätte ich mich in dieser Zeit so sehr verändert.

Ich folgte Grant die Treppe hinunter und versuchte, meine

melancholischen Stimmung abzuschütteln. Als ich die unterste Stufe nahm, läutete es an der Tür. Grant ging auf die Tür zu und schaute durch den Türspion, bevor sich seine Schultern entspannten und er den Sicherheitscode eintippte.

Als die Tür aufging, war ich überrascht, dass ein so junger Mann

hereinkam. Er sah fast so alt aus wie ich, hatte kurzgeschnittenes blondes Haar und klassisch attraktive Gesichtszüge. Er war kleiner als Grant, aber gebaut wie ein Boxer, stämmig mit breiter Brust. Er war ganz in Schwarz gekleidet, von seinen Stiefeln bis hin zu seiner Sonnenbrille, die er abnahm, als er das Haus betrat. Er hatte eine Pistole im Halfter seiner Hose stecken, die ebenfalls schwarz war. Er schien gerne Ton in Ton unterwegs zu sein.

„Hallo, Mr. Donovan", sagte er und streckte Grant die Hand zum Schütteln entgegen. Ich war überrascht, Grants Stirnrunzeln zu sehen, als er Dwight ansah, und den festen Griff, den er hatte, als er schließlich die Hand des Mannes nahm, dessen Bizeps so stark war, dass er sich sogar durch seinen Anzug abzeichnete.

„Das ist Lilly", sagte Grant, ging hinüber und legte seinen Arm um meine Taille.

„Schön, Sie kennenzulernen, Lilly", sagte Dwight und schenkte mir ein charmantes Lächeln. Ich nahm kurz seine Hand, als sich Grants Körper neben mir versteifte. War er eifersüchtig? Der Gedanke war so abwegig, dass ich auflachen wollte.

„Also, Dwight, ich muss jetzt zur Arbeit. Wenn Sie in Ihrem Auto bleiben und ein Auge auf das Haus werfen könnten-"

„Draußen? Grant, es ist Sommer. Er wird da draußen bei lebendigem Leibe verbrennen. Warum bleibt er nicht einfach hier drin?", fragte ich. Ich sah, wie ein Muskel in seinem Kiefer zuckte, bevor er mich lächelnd ansah.

„Ich dachte nur, du möchtest vielleicht deine Ruhe haben", sagte er mit einem starren Lächeln.

„Ehrlich gesagt würde ich Gesellschaft vorziehen.“

„Ist schon gut, Lilly. Ich kann draußen sitzen. Kein Problem“, unterbrach Dwight ihn und zuckte mit den Schultern.

„Grant, du bist albern“, sagte ich. Er runzelte die Stirn, eine Falte bildete sich zwischen seinen Augenbrauen.

„Gut“, sagte er nach einem Moment. „Halte einfach Ausschau nach irgendwelchen Besuchern“, sagte er zu Dwight mit einem Hauch von passiver Aggressivität in seiner Stimme. Dwight sah verwirrt aus, nickte aber.

„Ich muss gehen“, sagte Grant und drehte sich zu mir um. Er sah ziemlich unglücklich aus.

„Lass mich dich hinausbegleiten“, sagte ich und schritt voran, ohne eine Antwort abzuwarten. Grant folgte mir und ich wartete, bis wir allein auf der Veranda waren, nur um anzuhalten und mich nach ihm umzudrehen. „Was zum Teufel war das?“

„Was?“, fragte er mit einem Blick, der ein wenig zu unschuldig war, um glaubhaft zu wirken.

„Warum bist du so eifersüchtig?“

„Bin ich nicht“, beharrte er.

„Was war das dann? Warum warst du aggressiv gegenüber meinem neuen Leibwächter? Warum willst du nicht, dass wir zusammen im Haus sind?“

„Weil ich ihm nicht traue.“

„Aufgrund von was? Habt ihr euch nicht gerade erst kennengelernt?“

„Mir gefiel nicht, wie er dich ansah“, sagte er und seine Augen schauten überall hin, nur nicht zu mir. „Ich wusste nicht, dass er so jung sein würde. Also... ich weiß nicht. Es gefällt mir einfach nicht, dass du den ganzen Tag mit so jemandem zusammen bist.“

Ich dachte einen Moment lang über Grant nach. Als er „so jemand“ sagte, nahm ich an, dass er einen attraktiven Mann meinte. Es war also Eifersucht. Ich war mir nicht sicher, was ich davon halten sollte. Einerseits war es schön, dass er so besorgt war mich zu verlieren, und seine Besessenheit war verdammt sexy, um ehrlich zu sein.

Aber es war auch unangebracht. Dwight war ganz und gar nicht mein Typ. Außerdem war ich Grant gegenüber loyal, ob wir nun ein offizielles Paar waren oder nicht. Ich nahm an, dass er das nicht wusste.

„Du weißt, dass ich dich will, oder?“, fragte ich. In seinen Augen flackerte nun eine vertraute Hitze auf. „Nein, nicht so. Nun, okay, ja, so. So immer. Aber das habe ich jetzt nicht gemeint. Ich weiß, es ist gerade kompliziert, aber ich will mit dir zusammen sein. Nur mit dir.“

Grant blieb noch einen Moment lang stehen und starrte mich an. Ich begann zu glauben, ich hätte die Situation falsch eingeschätzt und mich zum Narren gemacht. Aber dann packte er mich an den Schultern, zog mich zu sich und nahm meinen Mund in einem heißen, prickelnden Kuss. Er drückte mich an sich, während er meinen Mund beanspruchte und mit seiner Zunge in mich eindrang. Ich fühlte mich so, als hätte er mich mit diesem Kuss und der Leidenschaft, die er in ihn gesteckt hatte, gebrandmarkt und mir wurde klar, dass Worte nicht immer nötig waren. Er zeigte mir, dass er mich auch wollte.

Und möglicherweise auch, um es Dwight zu zeigen, für den Fall, dass dieser gerade aus dem Fenster sah.

„Schön, das zu hören, Verführerin“, sagte er, als er den Kuss beendete, mich aber weiter fest an sich drückte. „Weil du mir gehörst.“

***

Dwight war ein netter Kerl; nicht ganz der reservierte, emotionslose Roboter, den ich von einem Leibwächter erwartet hatte. Am Anfang war die Situation ein wenig unangenehm, allein mit einem Fremden zu sein, aber mein natürlicher Charme brach schließlich das Eis.

Okay, mein „Charme" bestand also darin, Wiederholungen von 'Parks & Recreation' einzuschalten, um Smalltalk zu vermeiden. Es stellte sich heraus, dass es auch eine seiner Lieblingssendungen war. Da hatte ich ausnahmsweise mal den richtigen Riecher gehabt.

Es dauerte nicht lange, bis wir beide in ein lockeres Gespräch verwickelt waren, hauptsächlich über die Sendung, die wir gerade ansahen. Allerdings fand ich heraus, dass wir beide nur ein paar Blocks voneinander entfernt in der Innenstadt von Chicago aufgewachsen waren. Er war allerdings etwas jünger als ich, deshalb konnte ich mich nicht daran erinnern, ihn in der Schule gesehen zu haben.

Am frühen Nachmittag wurde ein Paket ins Haus geliefert. Dwight

schien davon nicht überrascht zu sein, aber ich hatte keine Ahnung, dass es kommen würde. Es war adressiert an Grant, aber Dwight bestand darauf, dass ich es öffnete und sagte, es sei für mich. Darin befand sich ein Mobiltelefon.

Ich war begeistert, dass er daran dachte, mir so etwas zu kaufen, und fing schnell an, es einzurichten und schickte ihm so schnell wie möglich eine Dankes-SMS. Er antwortete sofort: Du hast es verdient, Verführerin.

Gott, ich liebte diesen Spitznamen. Er gab mir das Gefühl, die begehrenswerteste Frau der Welt zu sein.

Außerdem zeigte er, wie intim unsere Beziehung geworden war.

Der Tag verging schnell, und wir saßen im großen Wohnraum und sahen fern, als wir hörten, wie die Haustür früher als sonst geöffnet wurde. Ich nahm an, dass Grant früher nach Hause gekommen sein musste, aber Dwight stand blitzschnell von der Couch auf und schritt mit gezogener Waffe in der Hand auf die Haustür zu.

Mein Magen drehte sich um und ich fragte mich, ob ich mich verstecken sollte. War es Burke? Angst durchflutete mich, und ich begann, mich aus dem Sessel zu erheben und wieder in die Turnhalle zu rennen, aber Grants Stimme ließ meine Ängste wieder schwinden. Er kam mit Dwight im Schlepptau in den Raum gelaufen und sah entspannt aus.

„Was zum Teufel?", fragte ich Dwight, „Du hast mich zu Tode erschreckt!"

„Er hat dich beschützt", sagte Grant und sein Gesicht zeigte seine Zustimmung. „Ich habe ihm gesagt, dass ich gegen fünf zu Hause sein würde, aber ich bin eine Stunde früher gekommen."

„Wow, drei Tage frei und dann gehst du an deinem ersten Tag früher. Du hast Glück, dass du den Laden leitest", scherzte ich und zwinkerte ihm zu, um sicherzugehen, dass er es mit Humor auffasste.

„Hey, die haben kein Problem damit, wenn ich manchmal etwas früher gehe. So ist das nun mal, wenn man ein erfolgreiches Unternehmen aufbaut. Da brauchen sie einen nicht so sehr." Ah, da war sie, die gute alte Grant Donovan-Arroganz. Obwohl ich nicht mehr so viel Anstoß an ihr nahm wie früher. Irgendwie schien sie weniger unausstehlich zu sein.

„Ich geh dann mal los. Wir sehen uns morgen“, sagte Dwight und verließ einen Moment später das Haus.

„Also, ich habe mir gedacht, dass du in letzter Zeit ein bisschen... eingesperrt wirkst. Macht dir diese Situation zu schaffen?“, fragte er und ich spürte, wie mir die Kinnlade herunterfiel. Ich hatte gerade heute Morgen darüber nachgedacht. Seine Fähigkeit, das zu bemerken, berührte mich mehr als alles andere zwischen uns. Er sah mich wirklich.

„Ja, es war ein bisschen hart“, sagte ich abwehrend, um nicht so zu klingen, als ob ich mich darüber beschweren würde, in dem schönen Haus, zu dem er mir Zutritt gewährt hatte, gefangen zu sein. Er hatte wirklich so viel für mich getan, das Haus, der Bodyguard, der Sex – nicht, dass ich das als Nebenleistung betrachtete. Ich wollte nur nicht, dass er dachte, ich sei undankbar für all das.

„Lass uns etwas dagegen tun“, sagte er und klatschte in die Hände.

„Was ist etwas, das du schon immer tun wolltest, aber nie tun konntest?“

„Was?“

„Du hast mich verstanden. Nenne es und ich lasse es geschehen. Etwas, das du dir nie leisten konntest oder keine Zeit dafür hattest oder so etwas in der Art. Lass uns etwas von deiner Bucket List streichen.“

„Ich sollte nirgendwo hingehen.“

„Nein, nicht irgendwohin, sondern an einen sorgfältig ausgewählten Ort. Ich war mit dir in der Boutique und nichts ist passiert. Wir müssen nur deine Umstände berücksichtigen. Wenn du dich damit wohler fühlst, ich habe einen Privatjet. Wir könnten verdammt viele Meilen zwischen uns und Burke legen, wenn es sein muss.“

„Du meinst das ernst?“, fragte ich, da ich schon etwas im Kopf hatte.

„So ernst wie einen Herzinfarkt.“

„Nun, etwas, das ich schon immer mal machen wollte...“ Ich

verschränkte meine Hände, da ich aus irgendeinem Grund nervös war, „...ist ein Tattoo.“

„Wirklich?“ Grants Augenbrauen zogen sich überrascht zusammen.

„Ja, ich wollte mir schon immer eines zum Andenken an meine Eltern stechen lassen.“

Grant begann zu lächeln. „Das ist perfekt“, er ergriff meine Hand

und begann, mich hinter sich herzuziehen. „Ich weiß genau, wo wir hingehen müssen.“

Ehe ich mich versah, saßen wir in seinem Auto und rasten die Straße hinunter. Die Sonne schien immer noch hell, und ich kurbelte mein Fenster herunter und streckte meine Hand aus und genoss das Gefühl des Windes, der über meine Haut strich. Ich war in den letzten Wochen viel draußen gewesen und hatte die Privatsphäre in Grants Haus genutzt, aber das hier war anders. Die Sonne fühlte sich wärmer an, die Luft roch süßer. Das war die Freiheit, die ich vermisst hatte. Ich spürte bereits eine Last von meinen Schultern fallen, und wir waren noch nicht einmal irgendwo hingefahren.

Um ehrlich zu sein, war es mir sogar egal, wohin wir fuhren. Ich brauchte einfach etwas jenseits dieser vier Wände und ich vertraute Grant, dass er mich an einen sicheren Ort bringen würde. Fast eine halbe Stunde später hielten wir vor einem kleinen Backsteingebäude mit einer Glasfront. Das Schild, das an der Fassade hing, zeigte, dass es sich um Billy Jean's Tattoo Parlour handelte. Ich folgte Grant hinein und betrachtete die Kunst, die in dem gekachelten Laden an den Wänden ausgestellt war. Es war erstaunlich, welche Kreativität und künstlerische Vision hier zu sehen war. Drei große gepolsterte Stühle standen herum, von denen einer von einem großen Mann besetzt war, der sich einen Totenkopf auf die Wade tätowieren ließ.

„Grant!" Eine Frau war gerade aus dem Hinterzimmer gekommen und rief freudig seinen Namen bei Grants Anblick. Sie war eine kleine Frau, die etwa Mitte vierzig zu sein schien, mit sichtbaren Tätowierungen an Armen, Beinen und Hals. Sie besaß ein Nasenpiercing und kurzes blondes Haar, das sie hochgesteckt trug.

„Billy Jean, schön, dich zu sehen", sagte Grant und trat vor, um sie

kurz zu umarmen. „Das ist meine Freundin Lilly", sagte er und legte seine Hand auf meinen unteren Rücken, was mir einen Schauer die Wirbelsäule hoch jagte.

„Schön, dich kennenzulernen", sagte sie und schüttelte mir schnell und fest die Hand.

„Was kann ich für euch tun?"

„Ich möchte, dass du alles für Lilly tust, was sie will."

„Schön! Nun, Lilly, was schwebt dir vor?", fragte sie, hakte meinen

Arm unter ihrem ein und führte mich zu einem der leeren Stühle.

„Ich habe mir immer ein Paar fliegende Vögel auf meinem Rücken vorgestellt, oben im Bereich meiner Schulterblätter. Das ist eine Erinnerung an meine Eltern. Ich habe mir immer gewünscht, dass sie im Jenseits so frei sind wie fliegende Vögel."

„Fantastisch, hast du eine Vorstellung davon, um welche Art von Vögeln es sich handelt?"

„Nein", gab ich zu.

„Kein Problem", sagte sie, holte ein iPad heraus und klickte ein paar Mal, bevor sie es mir reichte. „Schau mal, ob dir hiervon welche gefallen."

Ich blätterte durch die Fotos vor mir, ein Bild nach dem anderen mit handgezeichneten Vögeln waren auf dem Bildschirm zu sehen. So eine große Auswahl. Während ich mir die Auswahl ansah, unterhielten sich Grant und Billie Jean miteinander. Ich entnahm ihrem Gespräch, dass sie seinen halben Arm tätowiert hatte, also wusste ich, dass sie hervorragende Arbeit leistete.

Ich fand eine Vogelart, die mir gefiel, und zeigte sie Billie Jean.

„Ausgezeichnet. Das ist eine Schwalbe", sagte sie, holte einen Notizblock hervor und und begann zwei von ihnen fliegend zu skizzieren. „Sie stehen für die Liebe."

„Das passt perfekt", sagte ich mit einem Lächeln. Ich sah Grant an und erkannte die Sanftheit in seinen Augen. Ich dachte an seine Mutter und seinen Bruder. Wir waren so unterschiedliche Menschen, aber wir teilten dies: den Schmerz, allein auf der Welt zu sein, ohne jemanden, den man Familie nennen konnte.

Als ich mit dem handgezeichneten Bild zufrieden war, zog Billie Jean einen Vorhang um den Stuhl, wie man ihn in einem Krankenhaus findet, und ich zog meine Bluse aus. Grant biss sich auf die Lippe, als ich auch meinen BH öffnete und Billie Jean meinen nackten Rücken zuwandt. Der Stuhl kippte zurück und ich legte mich auf den Bauch, und fühlte mich so entblößt, aber auch erregt.

Ich konnte nicht glauben, dass ich das gerade tat, und Grant machte es möglich. Als Billie Jean mit ihrer Arbeit begann und ich vor Schmerz eine Grimasse zog, beugte sich Grant vor und ergriff meine Hand, hielt sie fest und gab mir das Gefühl, nicht alleine zu sein.

Billie Jean entging diese Geste nicht. Ich sah, wie sie grinste, als sie sich ihren Instrumenten zuwandte. Sie sah fast amüsiert aus.

„Also, Lilly, hat Grant dir erzählt, woher wir uns kennen?", fragte sie, während sie arbeitete.

„Nein." Ich wollte sagen, dass er nicht gerade ein offenes Buch war, aber das erschien mir unnötig gehässig, wo er doch für mein Tattoo bezahlt hatte.

„Ich war seine Nachbarin in dem Haus, in dem er aufgewachsen ist. Es war meine erste Wohnung und als ich einzog, muss dieser kleine Teufelskerl wie alt gewesen sein? Zehn? Elf?", fragte sie Grant.

„So ungefähr", antwortete er und beobachtete sie bei ihrer Arbeit auf meinem Rücken.

„Ja, also, dieser Kerl und sein älterer Bruder dachten, es wäre witzig, die neue Nachbarin zu ärgern. Also kauften sie eine riesige Spinnenattrappe und befestigten einen Haken an der Decke vor meiner Wohnungstür. Sie benutzten Angeldraht, um das Ende einer langen Schnur an meinen Türknauf und das andere Ende an die Spinne zu befestigen, die Mitte der Schnur wurde durch den Haken gezogen. Lange Rede kurzer Sinn, als ich am nächsten Morgen meine Tür öffnete, sah es aus, als würde eine riesige Spinne nur Zentimeter vor mir in die Luft springen."

Ich gluckste leicht und versuchte, meinen Rücken nicht zu bewegen. Grant lachte laut bei der Erinnerung an die Aktion.

„Du hättest hören sollen, wie sie geschrien hat“, sagte er.

„Und du verkehrst immer noch mit diesem Kerl?“, fragte ich sie und grinste ihn an.

„Nun, der Junge wächst einem ans Herz. Wie ein Pilz“, fügte sie höhnisch hinzu, woraufhin Grant seine Zunge wie ein Kind herausstreckte. „Ich bin sicher, du weißt, wie er ist.“

„Ja, das weiß ich.“ Als die Nadel über meine Wirbelsäule wanderte und ich den Griff um Grants Hand verstärkte, drückte er zurück.

„Ich weiß, es tut weh, aber es sieht toll aus“, beruhigte er mich.

Billie Jean hatte Recht, er war mir ans Herz gewachsen. In der Tat begann ich zu erkennen, was für ein Mann Grant war. Ein Beschützer. Ein Unterstützer.

Ein Mann, den ich zu lieben begann.

KAPITEL 12

Grant

Ich wusste nicht, was zum Teufel ich hier tat. Die Dinge eskalierten mit Lilly. Emotionen kamen ins Spiel, und das war gefährlich. Unsere Wohnsituation war als vorübergehend angedacht gewesen. Was würde passieren, wenn wir ihren Namen reingewaschen haben und sie in ihr altes Leben zurückkehren kann? Würden wir in der Lage sein, unsere Verbindung aufrechtzuerhalten?

Wollte ich das überhaupt?

Ich war mir nicht sicher, ob das ihr gegenüber fair wäre. Ich war in einer schlechten Verfassung, seitdem Leigh verschwunden war. Als meine Mutter starb, war es noch schlimmer. Der Hass und die Wut verschlangen mich. Zu diesem Zeitpunkt jetzt hatte ich fast mein halbes Leben damit verbracht, mich an diese Dunkelheit festzuklammern und ich hatte das Gefühl, diese Erfahrung hatte mich vergiftet. Meine Seele befleckt. War ich wirklich Bastard genug, um Lilly alldem auszusetzen, besonders wenn es sich dabei um noch unerledigte Aufgaben handelte?

Ich war mir nicht sicher. Hier, bei der Arbeit, konnte ich mir einreden, dass ich mich nicht zu sehr binden sollte, aber zu Hause, wenn sie mich mit ihren grauen Augen und ihrem strahlenden Lächeln ansah, war es nicht so einfach.

Verdammt noch mal, ich wusste nicht mehr, was ich tun sollte.

Ich schaute auf die digitale Uhr in der Ecke meines Computerbildschirms. Es war etwas früh, aber ich hatte sowieso nichts mehr zu tun. Lilly stellte die beste Ablenkung dar.

Ich beschloss, nach Hause zu gehen. Ich schaltete meinen Computer aus, schnappte mir meine Anzugsjacke von der Stuhllehne und warf sie über, während ich das Büro verließ. Ich ging auf meine Sekretärin zu, eine ältere Frau mit grauem Haar und einer unheimlichen Fähigkeit, mich direkt zu durchschauen.

„Ich gehe für heute nach Hause, Bonnie", sagte ich und ließ sie von ihrem Computerbildschirm aufblicken.

„Hast du ein heißes Date, Boss?", fragte sie mit einem wissenden Lächeln.

„Nein, ich bin nur fertig für heute", sagte ich achselzuckend.

„Ja, mir ist aufgefallen, dass du deine Arbeit in letzter Zeit immer früher verlässt. Früher warst du jeden Abend als Letzter hier, aber jetzt... Sieh, ich glaube, du bist nicht mal mehr bis fünf geblieben, seit du ein paar Tage frei hattest. Ja, das war auch seltsam. Ich arbeite hier schon fast drei Jahre und und du hast dir noch nie frei genommen."

„Dann war es wohl schon lange überfällig."

„Vielleicht", sagte sie und kaute auf dem Ende ihrer Stiftkappe, während sie mich nachdenklich ansah.

„Aber ich denke, du hast eine Frau."

„Denkst du das?", fragte ich und versuchte, mir meine Überraschung nicht anmerken zu lassen.

„Ja, und wenn ich das sagen darf, ich glaube, das ist auch etwas, das schon lange überfällig ist", fügte sie mit einem Augenzwinkern hinzu. Ich rollte mit den Augen und kicherte, bevor ich mich auf den Weg zum Aufzug machte. Vielleicht hatte Bonnie ja recht.

Ich hörte Lillys Lachen, als ich fast 20 Minuten später durch die Eingangstür meines Hause kam. Als ich dem Geräusch folgte, fand ich sie im Schneidersitz auf einem der Küchenhocker sitzen, während Dwight ihr gegenüber an der Kücheninsel saß. Beide hielten Spielkarten in den Händen, und das Deck auf der Kücheninsel vor ihnen sah aus, als würden sie Texas Hold'em spielen mit Pennies, Dimes und Nickel als Chips. Lilly sah auf, als ich den Raum betrat und strahlte.

„Willkommen zu Hause", sagte sie, und das hörte sich einfach zu gut an. Wer hätte gedacht, dass es so schön sein würde, jemanden zu haben, zu dem man nach Hause kommt? Ich ging zu ihr und drückte ihr einen Kuss auf die Lippen, der eine Sekunde länger dauerte, als ich es normalerweise tun würde.

Ich konnte nichts gegen meine Eifersucht tun, als ich sah, wie wohl sie sich mit Dwight fühlte. Es lag nicht nur daran, dass der Kerl eher in ihrem Alter war und gut aussah. Es war das Wissen, dass ich im Hinterkopf hatte, dass ich zu verkorkst war für das hier, für sie. Ich wurde den Gedanken nicht los, dass die Nähe zu Dwight ihr das klar machen würde. Ein Teil von mir dachte, dass sie mich nur gewählt hatte, weil ich zu diesem Zeitpunkt ihre einzige Option war.

„Poker?", fragte ich und deutete auf die Karten auf der Kücheninsel.

„Ja. Ich bringe Dwight hier etwas bei. Er hat noch nie gespielt."

„Trotzdem zeigst du mir keine Gnade", sagte Dwight. „Sie hat schon gewonnen -", er zählte die kleinen Münzstapel vor sich, „3,40 Dollar. Ich werde ins Armenhaus kommen, bevor ich es merke."

Lilly lächelte ihn an und schüttelte den Kopf. „Ich habe dich vorgewarnt. Mein Haus, meine Regeln. Und wir spielen hier immer gleich."

Meine Brust fühlte sich eng an, als sie dies als ihr Haus bezeichnete. Warum fühlte sich das so richtig an?

Das sollte es nicht, sagte ich mir. Es ging zu schnell, und sie wollte sich hier nur für eine Weile aufhalten. Ich konnte nicht zulassen, dass ich mich so sehr freute, dass es ihr hier gefallen könnte, dass ich ihr etwas bedeuten könnte. Ich konnte nicht wollen, dass sie blieb.

Ein prickelndes Gefühl des Unbehagens lief mir den Rücken hinauf. Ich begann sie zu brauchen und das war eine schlechte Nachricht. Diese Sache zwischen uns war zu zerbrechlich und Zuhause zu spielen, war nie Teil des Plans gewesen. Wenn die Dinge so weitergingen, wäre ich total am Ende, wenn sie vernünftig und mich plötzlich verlassen würde.

Lilly und Dwight unterhielten sich weiter, aber ich verlor den Gesprächsfaden. Ich war schockiert über meine eigenen Gefühle. Ich hatte im Laufe der Jahre viel herumgevögelt, aber das war das erste Mal, dass ich das Gefühl hatte, dass jemand mein Herz berührte, mich beanspruchte. Ich konnte nicht so auf sie fixiert sein. Ich konnte mir das einfach nicht leisten.

„Geht es dir gut?", fragte Lilly mich, und diese drei Worte trieben mir die Tränen in die Augen, weil sie so aufrichtig waren. Sie war einfach zu gut.

„Ja. Ich, äh, ich habe Kopfschmerzen, das ist alles. Ich denke, ich werde mich hinlegen."

Lilly legte ihre Karten weg und stand auf, das Spiel schien vergessen.

Sie ging hinüber und legte ihre Hand auf meinen Arm. Ich konnte die Wärme ihrer Berührung sogar durch meine Anzugjacke hindurch fühlen.

„Kann ich etwas für dich tun?"

„Nein. Ich sollte mich lieber entspannen. Wahrscheinlich ist es nur Arbeitsstress", sagte ich, trat zurück und brachte etwas Abstand zwischen uns. Ich hasste die Besorgnis in ihrem Gesicht, hasste es, dass ich sie anlog, weil ich plötzlich Abstand brauchte und nicht wusste, wie ich es erklären sollte, ohne sie damit zu verletzen.

„Ich gehe jetzt besser auch", sagte Dwight und nickte mir zu, als er aufstand. „Wir sehen uns morgen", fügte er noch zu Lilly hinzu, bevor er aus der Küche ging.

Ich folgte ihm und wandte mich der Treppe zu, als er durch die Haustür hinausging. Ich hörte, wie Lilly das Sicherheitssystem aktivierte, sobald sich die Tür hinter Dwight schloss. Sie blieb unten im ersten Stock, aber ich spürte, dass ihre Augen mich verfolgten, als ich die Treppe hinaufstieg, und ich schämte mich dafür, dass ich sie mit meinem Verschwinden überrumpelt hatte.

Aber ich ging weiter nach oben.

***

Erst Stunden später klopfte es an meiner Tür. Ich war nicht überrascht, dass sie kam. Seit einer Woche hatten wir jede Nacht in meinem Bett geschlafen.

In den letzten Stunden, die ich in meinem Schlafzimmer verbracht hatte, war ich zu einem Schluss über diese Beziehung gekommen. Der Sex war nicht von dieser Welt, und ich wollte die Beziehung nicht beenden. Verdammt, ich wusste nicht, ob ich einfach so ohne sie sein konnte. Allein das Wissen, dass sie auf der anderen Seite der Tür stand, ließ mein Blut in Wallung geraten und mein Körper verlangte nach Erlösung.

Aber ich konnte nicht zulassen, dass dies mehr als Sex war. Ich hatte etwas anderes zu tun. Burke lebte da draußen sein Leben, während mein Bruder weg war und mein Mädchen festsaß.

Nein. Nicht mein Mädchen.

Lilly saß hier fest, versteckte sich und verpasste ihr Leben.

Ich musste wieder klarkommen, mich auf das Wesentliche konzentrieren. Keine demonstrativen Küsse mehr vor dem Bodyguard oder abendliche Ausflüge in Tattoostudios, die sich viel zu sehr wie ein Date anfühlten. Dies sollte nur Sex zum Stressabbau sein, um die sexuelle Spannung zu brechen. Das bekam ich hin.

„Komm rein", rief ich und blieb auf dem Bett sitzen, mit einem Buch auf dem Schoß und meiner Lesebrille auf der Nase.

„Wie fühlst du dich?", fragte sie, als sie hereinkam und die Tür hinter sich schloss. Sie trug eine tiefsitzende, hüfthohe Jeans und ein tailliertes T-Shirt. Ein kleines Stück Haut lag an ihrer Taille frei, und ich starrte auf die blasse Haut, als sie auf mich zukam.

„Es geht mir besser", sagte ich ihr und sah ihr ins Gesicht, als sie neben mir stehen blieb. Ich konnte ihre Brustwarzen durch den dünnen Stoff ihres Shirts sehen, die Knospen spannten sich dunkel unterm Stoff. Sie trug keinen BH. Ich spürte, wie mein Schwanz pochte, als mir dies auffiel und ich leckte mir über die Lippen. Ich schob mein Buch auf den Nachttisch, ergriff ihre Hand und zog sie über meinen Schoß hinweg auf das Bett. Sie kicherte leicht, und ich war wie gebannt von der Bewegung ihrer freien Brüste.

„Dir scheint es viel besser zu gehen“, sagte sie mit Blick auf meine nackte Brust. „Aber vielleicht sollte ich dich gründlich untersuchen, nur für den Fall.“

„Wenn du darauf bestehst“, sagte ich, nahm meine Lesebrille ab und legte sie auf den Nachttisch, während Lilly sich neu positionierte, sodass sie neben mir kniete.

„Wollen wir uns das mal ansehen?“, fragte sie, bevor sie nach der Decke griff, die ich mir bis zur Hüfte hochgezogen hatte, und riss sie mir vom Leib. Diese leicht aggressive Sexiness war unglaublich heiß.

Lilly begann, mit ihrer Hand über meine Brust zu streichen und zeichnete die Linien meines Körpers mit einer leichten Berührung nach, die mir den Kopf verdrehte. „Wir sollten lieber gleich mit der physischen Untersuchung beginnen“, sagte sie mit verführerischer Stimme.

„Wie Sie meinen, Frau Doktor“, antwortete ich, lehnte meinen Kopf zurück gegen das Kissen und genoss die Empfindungen, die durch meinen Körper pulsierten. Es war kaum zu glauben, dass sie erst letzte Woche noch Jungfrau gewesen war; sie war so gut darin.

Sie ließ ihre Hand bis zum Bund meiner Boxershorts gleiten, weigerte sich aber tiefer zu gehen. Es war eine Qual, ihre Finger so nah zu fühlen, aber nicht zu spüren, wie sie mich umschlossen. Ich stieß ein frustriertes Stöhnen aus.

„Oh, nein. Hast du Schmerzen? Nun, dagegen sollte ich besser etwas tun“, sagte sie, bevor sie sich über mir spreizte. Sie rieb ihren mit Jeans bekleideten Schoß an meiner Erektion, was meine Frustration noch vergrößerte. Ihrem Lächeln nach zu urteilen, wusste sie das auch.

„Du bringst mich um“, sagte ich, aber es war so verdammt gut. Die Vorfreude war wie eine Droge, die mein

Verlangen nach ihr immer weiter ansteigen ließ. Sie gluckste.

„Ich glaube, es ist an der Zeit, deine Reflexe zu testen", sagte sie und tauchte nach vorne ab, um mit ihrer Zunge über meine Brustwarze zu fahren. Ich stieß meine Hüften gegen ihre, während ein elektrischer Schlag durch meinen Körper schoss.

„Sehr gut", sagte sie mit einem neckischen Grinsen. Sie richtete sich auf, bis sie aufrecht über mir stand, dann zog sie ihr Oberteil aus, sodass ihre Brüste freilagen. Die schweren Rundungen ließen ihre Taille noch schmaler erscheinen und ich fuhr mit meiner Hand an ihren Seiten entlang und war benommen von ihrer Figur, die wie eine Sanduhr geformt war.

So toll dieses Rollenspiel auch war, viel mehr davon konnte ich nicht ertragen. Ich musste endlich mit ihr verschmelzen. Ich wechselte unsere Positionen und verschwendete keine Zeit damit, sie aus ihren restlichen Kleidern zu befreien.

Ich konnte sehen, dass sie bereits feucht war, also bereit für mich. Ich weigerte mich, noch länger zu warten, ergriff mit einer Hand ihre Hüfte, während ich mit der anderen die Spitze meines Schwanzes gegen ihren Eingang drückte. Diesmal gab es keine sanfte Steigerung der Intensität, kein langes Necken. Ich nahm sie mit einem groben Ruck meiner Hüfte und schob mich bis zum Anschlag in sie hinein.

Lilly holte tief Luft, wich aber nicht zurück. Stattdessen kam sie meiner Rauheit mit einem harten Stoß entgegen, indem sie ihre Hüften von der Matratze abstieß und gegen meine drückte. Die süße Reibung um mein Glied war eine Wonne, die enge Hitze von ihr zog sich um mich zusammen.

Aber ich wollte mehr.

Ich zog mich aus ihr heraus, was einen mühsamen Protest ihrerseits hervorrief, dann drehte ich sie auf den Bauch. Mein Blick fiel auf die Tätowierung auf ihrem Schulterblatt, wunderschön und zart, und ich streckte meine Hand aus, darüber zu streichen, was Lilly dazu veranlasste, ihren Rücken zu krümmen. Ich nutzte dies als Gelegenheit, um wieder in sie einzudringen.

Ich stieß ein Zischen aus, als ihr Geschlecht mich umklammerte. Ich war noch nie so tief in ihr gewesen und ich spürte bereits, wie sich ein Orgasmus anbahnte. Ich biss die Zähne zusammen und verwendete all meine Konzentration darauf, um zu verhindern, dass es aus mir herausspritzte, die Anstrengung war fast schmerzhaft, aber auf die beste Art und Weise.

Meine Hände umklammerten Lillys Hüften, als ich sie von hinten ritt und sie dazu brachte, vor Lust aufzuschreien. Ich nahm meinen wilden Rhythmus wieder auf und ließ das ganze Bett unter uns wackeln, während ich ihren Körper beherrschte und den Klang ihrer Lust, die Art und Weise wie sich ihre süße Muschi um mich herum zusammenzog, liebte. Es war zu viel, ich konnte mich nicht länger zurückhalten.

„Komm für mich, meine Verführerin", sagte ich heiser. „Ich muss deinen Saft an meinen Schwanz spüren."

„Grant!", sie stieß einen markerschütternden Schrei aus, als ihr ganzer Körper zuckte. Getrieben von meinen Stößen erlebten wir zusammen den Höhepunkt. Ich knurrte, als ich sie mit meinem Samen füllte und mich an ihren Hüften festhielt, um mich zu stabilisieren. Es war so intensiv, dass ich Sterne vor meinen Augen sah.

Mein Orgasmus schien mehrere lange Minuten anzuhalten. Zeit spielte keine Rolle, wenn ich mich so befriedigt fühlte. Es zählte nur der Punkt, an dem sich unsere Körper vereinigt hatten, die Quelle so großer Leidenschaft und überwältigender Empfindung.

Lilly sackte unter mir zusammen, als ob ihre Arme sie nicht mehr halten könnten, aber ihre Hüften blieben in der Luft und hielten unsere Verbindung noch ein paar Sekunden, bevor ich begann, mich zurückzuziehen. Das tat ich langsam, es machte mich fast wehmütig aus ihr herauszugleiten, bevor mein erschöpfter Schwanz wieder der kühlen Luft des Raumes ausgesetzt wurde.

Ich ließ mich neben ihr auf den Rücken fallen und bemerkte, dass ich keuchte. Ich fühlte mich, als wäre ich gerade 10 Meilen auf dem Laufband gelaufen, aber das war nie so befriedigend gewesen, wie das hier. Tatsächlich war gar nichts das jemals gewesen.

Ich nahm Lilly in die Arme, zu erschöpft, um an Aufräumen oder Konversation zu denken. Mein letzter Gedanke, bevor mich der Schlaf einholte, war, dass ich sie nicht so halten sollte, wenn ich die Gefühle aus der Beziehung heraushalten wollte, aber ich konnte mich einfach nicht dazu durchringen, sie loszulassen.

***

Ich drehte die Dusche ab und hörte das unaufhörliche Klingeln meines Telefons. „Scheiße", murmelte ich. Ich war klatschnass. Ich schnappte mir ein Handtuch vom Handtuchhalter und trocknete mir damit die Hände ab, während ich durch das Bad ins Schlafzimmer rannte und dabei den ganzen Boden mit Wasser volltropfte. Gerade als ich meine halbtrockene Hand ausstreckte, um den Hörer abzunehmen, ging die Mailbox ran.

Ich seufzte, rief die Mailbox auf und sah in der Anrufliste nach. Es war Bonnie und sie hatte schon zweimal angerufen.

Mein Daumen bewegte sich, um die Taste für die Voicemail zu drücken, als der schrille Klingelton wieder ertönte. Sie war es.

„Hey, Bonnie, was ist los?", fragte ich. Es konnte nichts Positives sein, das drei Anrufe hintereinander erfordern würde, schon gar nicht, wenn ich in etwa einer Stunde im Büro erwartet wurde.

„Jemand ist in dein Büro eingebrochen", sagte sie ohne Einleitung.

„Was? Haben sie etwas mitgenommen?", fragte ich und stellte sie auf den Freisprecher damit ich mich schnell abtrocknen konnte.

„Nichts Offensichtliches, aber es ist schwer zu sagen. Sie haben das Zimmer durchwühlt."

„Nur mein Büro?", fragte ich, während sich in meinem Kopf ein leiser Verdacht formte. Ich hörte Schritte hinter mir und drehte mich um, um Lilly in den Raum kommen zu sehen, mit ihrer typischen Tasse Kaffee in der Hand. Sie schaute mich neugierig an.

„Es sieht so aus. Die Tür sieht aus, als wäre sie eingetreten worden. Ich habe es sofort bemerkt, als ich heute Morgen reinkam", sagte Bonnie.

„Der Sicherheitsdienst hat nichts gesehen oder gehört?" Ich zog mir schnell meine Sachen an, ohne mich um mein Aussehen zu kümmern. Was spielte das schon für eine Rolle? Das Wichtigste war, ins Büro zu kommen und sich den ganzen Schaden anzusehen.

„Nein, sie haben die ganze Nacht niemanden hineingehen sehen und dein Büro ist im obersten Stockwerk, während sie sich unten in der Lobby befinden. Sie haben nichts gehört."

„Scheiße“, sagte ich leise vor mich hin. „Ich werde bald da sein. Lass niemanden mehr in das Büro, bis ich da bin.“

„Willst du, dass ich die Polizei rufe?“, fragte Bonnie.

„Noch nicht. Ich möchte erst einen Blick darauf werfen. Ich rufe sie an, wenn ich dort bin.“ Ich knöpfte mein Hemd zu und beendete das Gespräch. Als ich mich umdrehte, stand Lilly immer noch da und sah besorgt aus. „Ich muss früher los. Kommst du zurecht, bis Dwight hier ist?“

Ich unterdrückte das Unbehagen, das ich empfand, als ich sie allein ließ. Es war für weniger als eine Stunde. Es würde ihr nichts passieren.

„Natürlich“, sagte sie.

Ich nickte und ging zur Tür, wobei ich ihr im Vorbeigehen einen leichten Kuss auf die Lippen drückte. In Rekordzeit war ich zur Tür hinaus und auf dem Weg zur Arbeit. Als ich das Gebäude betrat, wartete Bonnie vor den Aufzügen auf mich und sah nervös aus.

„Es ist schlimm, Boss“, sagte sie und drückte auf den Aufzugsknopf. Die Türen öffneten sich sofort und wir traten ein.

„Kümmere dich um die Sicherheitskameras für den Aufzug“, sagte ich ihr, aber ich hatte nicht viel Hoffnung. Wenn der Kerl den Sicherheitsleuten ausgewichen war, hatte er wahrscheinlich nicht den Fahrstuhl genommen. Leider hatte ich keine Kameras im ganzen Gebäude installiert. Die Lobby wurde nämlich rund um die Uhr bewacht und ich hielt es deshalb für unnötig. Also befanden sich die einzigen Kameras hier im Aufzug, weil das Standard war.

Als der Aufzug klingelte und sich die Türen im obersten Stockwerk öffneten, konnte ich sofort sehen, dass die Person, die eingebrochen hat, ein Statement setzen wollte.

Das machte es sogar noch wahrscheinlicher, dass Burke seine Hand im Spiel hatte. Nicht nur mein Büro, sondern auch Bonnies Arbeitsbereich war verwüstet worden.

Mein Büro war das einzige im obersten Stockwerk, einer der Nebeneffekte, wenn man der Gründer der Firma war. Als sich also die Türen öffneten, war Bonnies Schreibtisch das erste, was zu sehen war. Alles, was sie normalerweise auf ihrem Schreibtisch aufbewahrte - ihr Computer, Papierkram, Bilder ihrer Kinder - war auf den Boden gefegt worden. Ich spannte meinen Kiefer an und ging auf meine Bürotür zu.

Es war genauso, wie sie gesagt hatte. Der Türrahmen war durch die Wucht eines Trittes zerbrochen, was auch die Tür selbst in Mitleidenschaft gezogen hatte. Ich schob die Überreste der Tür beiseite und fand im Büro ein völliges Chaos vor. Die Bücher waren aus dem Regal hinter meinem Schreibtisch gezogen worden, mein Stuhl war umgekippt, Papiere lagen überall verstreut, und alle Schubladen meines Schreibtischs waren herausgezogen worden.

Die Gegenstände auf meinem Schreibtisch waren ebenfalls auf den Boden gefegt worden, aber ich hatte meinen Laptop mit nach Hause genommen, sodass er nicht beschädigt wurde. Insgesamt sah es nicht so aus, als hätten sie irgendetwas mitgenommen, aber ich wäre mir nicht sicher, bis ich alles durchgesehen habe. Der meiste Papierkram sollte für niemanden außerhalb der Firma von Nutzen sein, es sei denn, es war Industriespionage im Spiel. Das bezweifelte ich jedoch. Dann wäre man sicher subtiler vorgegangen, dieses Chaos war dazu gedacht, mir eine Botschaft zu senden.

Es gab nur die Möglichkeit, dass es derselbe Mann gewesen war, der bereits in mein Haus eingedrungen war, um mir mitzuteilen, dass er wusste, dass ich immer noch gegen ihn ermittelte. Verdammter Burke.

Eine krankmachende Wut erfüllte mich, als ich den Raum durchquerte und die Überbleibsel des Einbruchs aus dem Weg schob. Das war, um mir zu zeigen, dass er an mich herankam und mich auch ohne Worte bedrohen konnte. Woher wusste er, dass ich immer noch jede seiner Bewegungen verfolgte? Nach seinem Besuch im Haus hatte ich versucht, vorsichtig zu sein.

Ich rief Jim an und fing an, die verstreuten Dinge zu durchwühlen, während ich darauf wartete, dass er vorbei kam. Den Papierkram zu sortieren, war das größte Problem. Bonnie wollte mir helfen, aber ich schickte sie, Kaffee zu besorgen. Ich brauchte einen Muntermacher. Außerdem hätte auch sie wahrscheinlich eine Verschnaufpause gebrauchen können. Ich hatte sie noch nie so aufgewühlt gesehen.

Aber ich verstand es. Jemand war in unseren Raum eingedrungen, hatte ihre Sachen durchwühlt. Ich fühlte mich selbst wie geschändet.

Ich hängte meine Jacke auf und krempelte meine Ärmel bis zu den Ellbogen hoch. Ich hatte einen gläsernen Briefbeschwerer auf meinem Schreibtisch aufbewahrt, der nun zerbrochen auf dem Boden lag. Jim fand mich zehn Minuten später auf den Knien vor, als ich gerade die Scherben vorsichtig aufhob und sie in den Müll warf.

„Bezahlt ihr Reichen normalerweise nicht jemanden, der die Scherben für euch aufräumt?", fragte er und sah sich in dem zerstörten Büro um.

„Das wäre mir lieber, aber ich muss alles durchsehen, um sicherzugehen, dass nichts gestohlen wurde", antwortete ich.

„Verdammt“, sagte Jim und stieß einen Pfiff aus, „die haben hier ganz schön was angerichtet. Hast du eine Ahnung, wer das war?“

„Bist du nicht der Bulle?“

„Ja, und als solcher stelle ich die Fragen“, sagte er, schritt zum Schreibtisch und räumte ein paar Stifte von der Sitzfläche meines Stuhls, bevor er sich selbst hinsetzte und seine Füße auf dem Schreibtisch abstützte. Er holte einen Notizblock aus seiner Gesäßtasche und drehte die Kappe von einem der Stifte ab. „Also ... sag mir, was glaubst du, wer es war?“

„Das ist nicht witzig“, sagte ich und rollte mit den Augen, während ich wieder auf die Füße komme.

„Glaub mir, das weiß ich“, sagte er plötzlich ernst. „Aber wenn jemand eine Idee hat, wer das tun könnte, dann bist du es.“

„Ich glaube, es war Burke.“

„Warum? Du bist derjenige, der ein Problem mit ihm hat. Er hat keinen Grund in dein Büro einzubrechen.“

„Was das angeht...“

„Was?“ Er runzelte die Stirn, ließ seine Füße auf den Boden sinken und lehnte sich vor.

„Er ist mir auf der Spur.“

„Er weiß, wer du bist?“

„Noch nicht. Aber er weiß, dass ich ein Auge auf ihn geworfen habe. Er tauchte letzte Woche bei mir zu Hause auf und hat mich bedroht.“

„Hat er Lilly gesehen?“

„Nein, sie hat sich versteckt, bis er weg war.“

Jims Gesicht zeigte deutlich seine Erleichterung. Er wollte sie beschützen.

„Wie konnte er wissen, dass du ihn überprüft hast?“

„Ich weiß es nicht. Ich bekomme meine Informationen von einem Mann, der für Burke arbeitet, aber er hat mich letzte Woche nicht zurückgerufen.“

„Welchem Mann?“

„Mitch Conway. Arbeitet als IT-Mann in Burkes Immobilienfirma. Er hält seine Ohren offen und lässt mich über alles wissen, von dem er Wind bekommt, Sendungen, 'Geschäftstreffen' zu seltsamen Tageszeiten, unliebsame Besucher. Solche Dinge.“

„Ich hatte keine Ahnung, dass ihr so eine Vereinbarung habt“, sagte Jim, runzelte die Stirn und warf mir einen berechnenden Blick zu. „Ich dachte, du hättest einen Privatdetektiv angeheuert.“

„Nun, das hat keine Ergebnisse geliefert.“

„Du glaubst also, dieser Mitch hat sich gegen dich gewendet?“

„Vielleicht. Ich zahle ihm jeden Monat das Dreifache seines Jahresgehalts, aber ich denke, dass jeder irgendwann zu gierig werden kann. Vielleicht hat er für mehr Geld die Seiten gewechselt.“

„Grant“, begann Jim in einem vorsichtigen Tonfall. „Meinst du nicht, dass die Sache ein wenig aus dem Ruder läuft? Du besitzt jetzt einen Spion in seiner Firma? Wie weit wirst du gehen, um ihn zu Fall zu bringen?“

„Ich werde alles tun, was nötig ist“, sagte ich kalt.

„Um ehrlich zu sein, hoffe ich, dass das nicht wahr ist. Burke ist ein Mörder und du bist so verzweifelt an ihm dran, dass du leichtsinnig wirst. Ich bin besorgt darüber, was es dich kosten wird.“

Aus irgendeinem Grund brachte mich diese Aussage dazu, mein Handy zu zücken, um Lilly anzurufen. Ich entschuldigte mich bei Jim und trat in den Flur, wo ich sah, dass Bonnie hier draußen bereits aufgeräumt hatte. Als das Telefon klingelte, sagte ich mir, dass ich nur nachsehen wollte, weil ich für ihre Sicherheit verantwortlich war, aber das erklärte nicht ganz die Erleichterung, die meinen Körper beim Klang ihrer unbekümmerten Stimme am anderen Ende der Leitung überkam.

Ich hielt das Gespräch kurz und sie bestätigte nur, dass Dwight angekommen war und dass dort alles ruhig war, bevor ich auflegte. Ich hatte hier Arbeit zu erledigen, zuerst musste ich das Chaos beseitigen, während Jim den Tatort inspizierte. Dann musste ich mir überlegen, was ich als Nächstes mit Burke machen würde. Die Dynamik zwischen uns änderte sich, er war nicht länger meine geheime Obsession. Er mag meine Gründe noch nicht gekannt haben, aber der Mann war sich meines Kreuzzuges gegen ihn bewusst. Wir waren jetzt Feinde.

KAPITEL 13

Lilly

Irgendetwas war nicht in Ordnung. Ich konnte es spüren. Die Art, wie Grant mich ansah veränderte sich, die Zuneigung, die in seinen Augen gewachsen war, war jetzt kaum noch wahrnehmbar, wenn er mich ansah.

Zwischen uns war eine unsichtbare Barriere, eine Mauer, die ich verzweifelt versuchte zu überwinden, aber er ließ mich nicht. Je mehr ich versuchte, mich an ihn zu klammern, desto weiter schien er sich zurückzuziehen.

Er verbrachte mehr Zeit im Büro und kam nicht mehr so früh nach der Arbeit nach Hause. Meistens kam er spät nach Hause, lange nachdem ich bereits zu Abend gegessen hatte. Ich hatte nicht mit ihm darüber gestritten, weil ich Angst hatte, dass er sich dadurch noch weiter von mir entfernen würde.

Und das war vielleicht auch das Ziel.

Wenn er da war, schien er mit seinen Gedanken ganz woanders zu sein. Es gab keine fesselnden Gespräche mehr oder tiefe Bekenntnisse zwischen uns. Manchmal war es, als wäre ich gar nicht da, was am meisten schmerzte.

Die einzige Ausnahme war im Schlafzimmer, oder besser gesagt, wo immer wir körperlich miteinander wurden. Er überhäufte meinen Körper mit der Wärme, die er mir sonst gewaltsam vorenthielt. Seine Berührungen waren ehrfürchtig und seine Leidenschaft unverändert. Ich konnte meine Augen nicht von ihm lassen, wenn wir intim waren, denn ich sah ihn noch als den Grant, den ich in den letzten Wochen kennengelernt hatte, meinen Beschützer und den

Mann, der durch seine liebenden Handlungen gesprochen hatte. Ich hatte immer vermutet, dass ich die Einzige war, die ihn so sehen konnte und dass die harte Fassade, die er mir anfangs gezeigt hatte, seine Art war, mit dem Großteil der Menschen umzugehen. Aber dass der wahre Grant für mich zum Vorschein kam.

Ich hielt an dem Glauben fest, dass diese Version von ihm zurückkehren würde. Wenn ich immer noch eine körperliche Verbindung zu ihm aufbauen konnte, dann hatte ich ihn doch nicht völlig verloren, oder?

Also initiierte ich den Sex so oft wie möglich, stahl die Liebe, mit der er meinen Körper liebkoste, um meine Seele zu nähren, während er sich emotional von mir zurückzog. Ich wusste, dass es wahrscheinlich nicht gesund war, aber ich hielt ihn auf jede Weise fest, die mir einfiel.

Ich starrte ihn an, als er an der Kücheninsel saß, seinen Laptop auf dem Schoß und seine Augen auf den Bildschirm gerichtet. Er ignorierte den Teller mit dem Essen, der neben ihm stand, während ich in aller Ruhe meine Pasta genoss. Es war ein Sonntag, aber er hatte die meiste Zeit des Tages auf den Bildschirm gestarrt und mit einer Konzentration gearbeitet, dass ich mich fragte, ob er überhaupt bemerkte, dass ich hier war.

Es war so viel Abstand zwischen uns, obwohl die Kücheninsel nur drei Fuß breit war. Ich hatte das Gefühl, dass mich eine ganze Wüste von ihm trennte, und es gab keine Wege durch sie. Er war unerreichbar.

„Soll ich dein Essen aufwärmen? Es ist wahrscheinlich schon kalt," sagte ich und versuchte, das Eis zu brechen.

„Nein, ich bin nicht so hungrig." Sagte er und sah mich nicht einmal an.

Ich stieß einen schweren Seufzer aus, der ignoriert wurde, und ging zum Waschbecken hinüber. Ich begann das Geschirr abzuwaschen, mit dem ich das Abendessen zubereitet hatte. Irritation machte sich in mir breit. Ich hatte ein Essen für uns gekocht, und anstatt es zu essen, ließ er es unberührt stehen und überließ mir das Aufräumen.

Was zum Teufel war sein Problem?

Ich hatte versucht verständnisvoll zu sein, ihm Zeit zu geben, aber auch mir wurde es irgendwann zu viel. Ich verdiente Respekt, verdammt noch mal. In meiner Wut fing ich an, das Geschirr aufeinander zu knallen, meinen Teller lautstark in den Geschirrspüler zu stellen, und knallte die Geschirrspülmaschine zu, ohne Rücksicht darauf, dass sie dabei kaputt gehen könnte. Es war ja nicht so, dass Mr. Milliardär sich keinen Ersatz hätte leisten können.

Ich füllte das Spülbecken mit heißem, schaumigem Wasser und begann, die Pfannen mit groben, ruckartigen Bewegungen zu waschen. Ich hatte nicht vor, diesen Gesinnungswandel einfach so hinzunehmen. Was auch immer sein Problem war, er würde mit mir darüber reden müssen. Wenn er dachte, dass er mich einfach nur links liegen lassen konnte, hatte er nicht mit mir gerechn...-

Ich stieß einen Schrei aus, als ein scharfer Schmerz durch meine rechte Hand schoss. Als ich sie aus dem Wasser zog, merkte ich, dass ein Messer im Waschbecken lag, das ich übersehen hatte, und ich hatte einfach reingegriffen. Das Wasser färbte sich purpurrot, als Blut aus einer Fleischwunde aus meiner Handfläche unter meinem Daumen floss.

„Scheiße", murmelte ich und drehte mich um, um ein Handtuch zu holen, aber Grant war schon da.

Bevor ich seine Bewegung überhaupt registriert hatte, war er von seinem Sitz aufgesprungen, hatte sich ein Geschirrtuch geschnappt und wickelte es fest um meine Hand. Besorgnis stand ihm ins Gesicht geschrieben.

„Drück das Geschirrtuch auf die Wunde. Komm, ich habe oben einen Erste-Hilfe-Kasten", sagte er und führte mich in das Hauptschlafzimmer.

Ich folgte ihm gehorsam und war schockiert über diese rasche Veränderung in seinem Verhalten. Meine Hand pochte schmerzhaft. Grant schlang seine großen Hände um meine Hüften und hob mich mühelos auf den Waschtisch, während er in den Schubladen wühlte. Schließlich zog er eine kleine Plastikbox heraus und stellte sie auf den Tresen, bevor er sich die Hände wusch.

„Okay, schauen wir es uns an", sagte er und hielt mir seine Hand hin. Ich legte meine Hand in seine ausgestreckte Hand und er wickelte das Geschirrtuch vorsichtig aus. Es blutete noch ein wenig, aber nicht mehr so stark. Leider befand sich zu viel Blut um die Wunde herum, so dass man nicht genau sehen konnte, wie tief sie war. Grant drehte den Wasserhahn mit kaltem Wasser auf und hielt meine Hand darunter. Es brannte ein wenig, als das Wasser über die Wunde lief, aber ich biss mir auf die Lippe und sah zu, wie das Wasser das ganze Rot wegspülte. Der Einschnitt war lang, vielleicht fünf Zentimeter, aber nicht tief.

„Ich glaube nicht, dass du genäht werden musst, das ist gut", sagte Grant, und holte eine kleine Salbe und ein großes Pflaster aus dem Set. Er drehte das Wasser ab, und aus meiner Haut kam kein Blut mehr; es sah aus, als hätte es aufgehört.

Er nahm ein neues Handtuch aus dem Schrank neben der Duschkabine und tupfte damit meine Hand sanft trocken. Die Art und Weise, wie er mich behandelte, die sanften Berührungen, der besorgte Blick, ließen es mir warm ums Herz werden. Warum versteckte er diesen Teil von sich in letzter Zeit vor mir?

„Das ist eine antibiotische Salbe", sagte er, öffnete die Tube und drückte eine fettige, klebrige Salbenlinie entlang der Wunde aus und klebte das Pflaster darüber.

„Danke", sagte ich und sah ihm in die Augen.

„Du musst vorsichtiger sein", mahnte er, aber ich konnte hinter dem Vorwurf die Besorgnis sehen. Er sorgte sich.

Vielleicht konnte er meine Gedanken in meinem Gesicht ablesen, denn er trat plötzlich einen Schritt zurück, und die Emotionen in seinem Gesicht verschwanden, so als ob Wolken vor die Sonne gezogen worden wären. „Weil ich nicht immer da sein kann, um mich um dich zu kümmern", fügte er mit belegter Stimme hinzu. Nach einem Moment des Zögerns, in dem ich nichts sagte, drehte er sich um und verließ das Bad, ohne zurückzublicken.

Ich saß einen Moment lang da und spielte die Szene in meinem Kopf nach. Seine Worte passten nicht zu seinen Taten. So wie unser Liebesspiel seine Zuneigung trotz seiner neuerlichen Distanziertheit zeigte, zeichnete seine schnelle Reaktion und zärtliche Aufmerksamkeit für meine Wunde ein Bild, das Worte nicht ausdrücken konnten.

Warum also versuchte er mich links liegen zu lassen?

***

„Kannst du mir etwas Selbstverteidigung beibringen?", fragte ich Dwight am Montag Nachmittag.

Ich hatte darüber nachgedacht, wie hilflos ich mich gefühlt hatte, als Burke im Haus aufgetaucht war. Auch wenn ich seitdem nicht mehr allein war, wollte ich wissen, wie ich mich verteidigen kann. Ich hoffte, es würde mir neue Kraft geben.

„Natürlich, aber du wirst es nicht brauchen. Deshalb bin ich ja hier", versicherte mir Dwight mir.

„Trotzdem ... nur ein paar Grundlagen?"

„Okay", sagte er nach einem kurzen Zögern. Ich war mir nicht sicher, warum er zögerte, aber ich wollte nicht fragen.

„Gut, ich ziehe mich um und wir können Grants Fitnessraum benutzen. Der Boden da drin ist mit schwarzem Gummi ausgelegt, es tut also nicht weh, wenn ich dich auf den Arsch schmeiße", sagte ich mit einem Grinsen.

Dwights Lachen war noch bis zur Treppe oben zu hören, wo ich mir eine Yogahose und einen Sport-BH anzog. Fast wäre ich so zu Dwight zurückgelaufen, aber im letzten Moment entschied ich mich, ein Tanktop über meinen Kopf zu ziehen. Es herrschte keine Anziehungskraft zwischen uns beiden, aber Grant würde es nicht mögen, wenn ich in der Nähe eines anderen Kerls so unbekleidet wäre.

Zumindest glaubte ich nicht, dass es ihm gefallen würde. Im Moment war das schwer zu sagen.

Ich band mein Haar zurück, als ich die Treppe hinunter und zu Dwight in den Fitnessraum ging. Er stand in der Mitte des Raumes und sah sich die Geräte an. Es war kein Wunder, dass Grants Körper so wunderbar geformt war. Von jedem Sportgerät war etwas dabei und er startete fast alle seine Tage mit dem Training an dem einem oder dem anderen Gerät.

Ich hüpfte auf meinen Fußballen herum, Energie durchströmte mich, während ich mich leicht dehnte. Dwight beobachtete mich, ohne sich zu bewegen, und sah amüsiert aus über meine Aufregung.

„Womit fangen wir an?", fragte ich ihn.

„Nun, die beste Verteidigung ist wirklich das Ausweichen. Lauf weg, wenn du kannst, schrei, um Aufmerksamkeit zu erregen, was auch immer nötig ist."

Ich wollte mit den Augen rollen. Ausweichen war toll, es sei denn, man hatte ein Händchen für Ärger, wie ich. Ich war Zeugin eines Mordes geworden, als ich den Müll rausbrachte, verdammt noch mal. Und mit dem Weglaufen kannte ich mich schon aus.

„Wenn es um echte Verteidigung geht, musst du wissen, wie man Angriffe abblockt."

„Toll. Zeig mir das."

Fast eine Stunde später fing ich an zu glauben, dass Selbstverteidigungstraining nicht die beste Idee gewesen war. Ich atmete schwer, mein Körper war schweißbedeckt, und meine Arme schmerzten. Dwight hatte mir gezeigt, wie ich Schläge mit den Unterarmen abwehren konnte und wir hatten das immer und immer wieder geübt.

„Können wir zu etwas anderem übergehen?", fragte ich und kippte eine halbe Flasche Wasser in einem Zug hinunter.

„Okay, ich werde dich jetzt würgen."

„Was?" Ich stotterte.

„Ich tue so, als würde ich dich würgen, und du versuchst, dich zu befreien", erklärte er.

„Oh. Richtig." Aha.

„Okay, du stellst dich an die Wand", ich nahm die Position ein. „Wenn ich dich mit einem frontalen Würgegriff angreifen würde, etwa so", seine Hände legten sich um meinen Hals und ich fühlte mich unangenehm verletzlich, obwohl ich Dwight vertraute, „würdest du deine Hände wie zum Gebet zwischen meine Arme zusammenführen und deine Arme kraftvoll nach außen stoßen, um meinen Griff zu brechen.“

Ich versuchte es, während er sprach, und er bewegte seine Arme leicht von meinem Hals weg, um zu demonstrieren, dass es klappte. „Das war leicht“, sagte ich.

„Ja, zu leicht. Lass es uns noch einmal versuchen.“

Diesmal schloss Dwight seine Arme und schlang seine Hände um meinen Hals. Er übte immer noch keinen Druck auf meine Kehle aus, aber seine Arme waren starr, und er bewegte sich nicht. „Versuch es weiter, es wird schwierig sein, wenn dein Angreifer so stark ist“, sagte er.

Ich versuchte es wieder und wieder und stöhnte vor Anstrengung, da es keine Wirkung zeigte. Ich konnte nicht sehen, dass es funktionierte.

Plötzlich lagen Dwights Hände nicht mehr um meinen Hals. Vielmehr flog er nach hinten und ließ mich nach Luft schnappen. Er landete auf dem Rücken und Grant positionierte sich vor mir in einer Verteidigungshaltung. Ich konnte sehen, dass sein Nacken rot war und seine Fäuste an den Seiten geballt waren.

„Was zum Teufel machst du mit ihr?“, knurrte er, als Dwight wieder auf die Füße kam. Mein Herz setzte aus, und ich wusste nicht, ob ich Angst hatte, dass er Dwight angreifen würde oder weil Grants Reaktion als mein Beschützer mich so antörnte.

„Nein, nein, nein“, sagte ich und stellte mich neben ihn. „Ich habe ihn gebeten, mich in Selbstverteidigung zu unterrichten. Er hat mir nicht wehgetan. Sieh“, ich deutete zu meinem unversehrten Hals, als Grants Augen, die dunkler als sonst aussahen, sich mir zuwandten.

„Selbstverteidigung?“, fragte Grant und atmete leicht aus.

„Ja, nur Selbstverteidigung."

„Warum hast du mich nicht gefragt, ob ich dir das beibringen kann?"

Ja, weil du in letzter Zeit so unzugänglich warst, dachte ich verbittert.

„Ich gehe dann mal", sagte Dwight und sah dabei unbehaglich aus.

„Wir sehen uns morgen", rief ich, als er praktisch aus dem Zimmer flüchtete.

„Du hättest mich bitten sollen, dich zu unterrichten. Ich will nicht, dass er dich anfasst", sagte Grant und seine Stimme klang besitzergreifend.

„Woher hätte ich das wissen sollen? Du bist in letzter Zeit nicht gerade ein offenes Buch gewesen."

Die Luft war zum Schneiden dick und angespannt. Es war das erste Mal, dass einer von uns über die Kluft sprach, die sich zwischen uns gebildet hatte. Jetzt, da es ausgesprochen war, fühlte sie sich wie eine physische Präsenz im Raum an, unvermeidlich und aufdringlich.

„Bleib hier", sagte er und verließ den Raum.

Zehn Minuten später war er wieder da, nur mit einem Paar Basketballshorts bekleidet. Ich hielt meine Augen auf sein Gesicht gerichtet und weigerte mich, seinen Körper zu bewundern.

„Was machst du da?"

„Du willst Selbstverteidigung lernen. Ich werde es dir beibringen."

„Ich weiß nicht..."

„Würdest du es lieber von Dwight lernen?", fragte er mit tiefer Stimme.

Nicht wirklich.

„Ich bin nur müde."

„Wie lange warst du mit ihm hier drin?“

„Fast eine Stunde.“

„Und du bist müde?“, grinste er. „Komm schon, ich weiß, dass du eine bessere Ausdauer besitzt als das.“

Hitze breitete sich in meinem Inneren aus, aber ich ignorierte sie.

„Wir haben die ganze Zeit daran gearbeitet, Schläge abzublocken. Das war anstrengend.“

„Blocken?“ Grant schüttelte den Kopf. „Das ist anstrengend. In der Tat, ein Angreifer, der weiß, was er tut, verlässt sich darauf. Man verausgabt sich bis man zu müde ist, um sich zu wehren.“

„Oh.“

„Man muss wissen, wie man einen Angreifer lange genug kampfunfähig macht, um zu entkommen.“

Ich nickte. Das ergab um einiges mehr Sinn. Grant trat näher an mich heran.

„Die verletzlichsten Körperteile sind die Augen, die Nase, die Ohren, der Hals und das Knie. Triff einen von ihnen und lauf weg. Punkt. Nicht übermütig werden und versuchen, die Dinge selbst zu regeln. Selbst wenn du ihn verletzt, wird ein entschlossener Mann nicht lange brauchen, um sich genug zu erholen, um dich wiedereinzuholen. Du musst jeden Vorsprung ausnutzen, den du bekommst.“

„Ihm einfach ins Auge stechen und weglaufen?“

„So in etwa. Eigentlich würde ich sagen, wenn er nicht schon sehr nah an dir dran ist, dann attackiere sein Knie. Du willst nicht noch näher herankommen müssen, um sein Gesicht zu treffen. Du hast mehr Reichweite mit einem Tritt. Außerdem sind deine Beine stärker als deine Arme, also ist es wahrscheinlicher, dass du auf diese Weise etwas Schaden anrichtest. Begib dich auf die Seite des Knies. Auf diese Weise kannst du ihn wahrscheinlich von den Füßen stoßen.“

„Verstanden“, sagte ich und bedauerte die Stunde, die ich mit Dwight verschwendet hatte. Das war es, was ich lernen wollte; das gab mir das Gefühl, dass ich eine Chance haben würde, wenn es darauf ankäme.

Wir verbrachten eine weitere Stunde in der Turnhalle und übten verschiedene Techniken. Er tat so, als wolle er mich angreifen, und ich führte das Manöver aus, welches er mir empfahl. Am Ende der Stunde versprach er, gepolsterte Ausrüstung zu kaufen, damit wir weiter zusammen trainieren konnten.

Das entfachte mehr als alles andere ein Gefühl der Hoffnung für uns in mir. Er hatte sich während der Stunde auf eine Weise engagiert, die ich in den letzten Tagen vermisst hatte. Der Gedanke, dass wir das in Zukunft öfter zusammen tun könnten, überhaupt Pläne miteinander zu haben, ließ mich glauben, dass die Dinge zwischen uns wieder normal werden könnten.

KAPITEL 14

Grant

„Schlechte Nachrichten", sagte Jim, als ich ans Telefon ging. Ich seufzte.

„Schieb es auf mich", antwortete ich.

„Mitch Connelly ist verschwunden."

„Bist du dir sicher?" Als ich nichts mehr von Mitch gehört hatte, nahm ich an, dass er beschlossen hatte, Burke nicht mehr für mich auszuspionieren. Er war immer nervös deshalb gewesen, aber das Geld, das ich ihm dafür zahlte, war zu gut, als dass er es sich hätte entgehen lassen können.

„Sein Vater hat vor zwei Tagen eine Fahndung rausgegeben." Verdammt. Das war der Tag, an dem in mein Büro eingebrochen worden war. Meine Brust fühlte sich eng an, als mir klar wurde, dass ich

wahrscheinlich dafür gesorgt hatte, dass dieser Mann getötet wurde. Jetzt war er eine weitere vermisste Person, genau wie Leigh. Würde seine Familie jemals herausfinden, was mit ihm geschehen war? „Ich weiß

was du denkst, aber lass es. Wir wissen nicht, ob Burke ihm etwas angetan hat. Es könnte ein anderer Grund dahinterstecken. Leute verschwinden ständig", versuchte mich Jim ein wenig zu sehr zu beruhigen, um überzeugend zu wirken.

„Glaubst du das wirklich?"

Es folgte eine kurze Pause.

„Okay, nein. Ich bin sicher, dass Burke etwas damit zu tun hatte. Die Zeitpunkte sind für meinen Geschmack ein wenig zu zufällig. Aber ich will nicht, dass du dir die Schuld gibst."

„Ich habe es verdient."

„Nein. Burke ist verantwortlich. Er ist der Bösewicht hier", argumentierte Jim.

„Und ich habe Mitch direkt in seine Arme laufen lassen. Hör zu, danke für die Vorwarnung, aber du wirst mich nicht davon überzeugen, dass ich hier ohne Schuld bin."

„Damit habe ich auch nicht gerechnet", räumte er ein und klang ernst. „Aber es gibt noch etwas, das du wissen solltest."

„Noch mehr gute Nachrichten?"

„Gibt es die jemals? Einer der Streifenpolizisten hat mich nach dir gefragt. Er versuchte lässig zu wirken, aber er ist ein schlechter Lügner. Ich denke, er könnte einer von Burkes Leuten sein, der versucht, etwas über dich herauszufinden, mit dem dich Burke kriegen könnte. Jeder weiß, dass du ein Freund von mir bist."

„Bist du in Gefahr?", fragte ich, und die Angst lief mir den Rücken hinunter.

„Ich glaube nicht, aber ich dachte, du solltest es wissen."

„Pass auf dich auf. Ich würde Burke alles zutrauen."

„Ja, pass du auch auf dich auf."

Als ich den Hörer auflegte, wollte ich auf etwas einschlagen, schreien, meine Frustration irgendwie ausleben. Aber als ich aufblickte, stand Lilly da.

„Hey, alles in Ordnung?"

Mein erster Instinkt war, ihr die Wahrheit zu sagen, den Trost zu suchen, von dem ich wusste, dass sie ihn mir geben würde, aber das hatte ich nicht verdient. Ich hatte wahrscheinlich dazu beigetragen, dass ein Mann ermordet wurde. Außerdem würde es nicht dabei helfen mich zu distanzieren.

„Ja, mir geht es gut", sagte ich. Sie sah nicht ganz überzeugt aus, aber ich wusste, dass sie keinen Druck machen würde.

„Ich habe für uns gekocht und auf der Terrasse gedeckt", sagte sie fröhlich. Ich wusste, dass sie versuchte, mir zu gefallen, mich glücklich zu machen, aber ich wünschte, sie würde es nicht tun. Ich wusste nicht, wie ich sie davon überzeugen sollte, dass ich es einfach nicht wert war.

Stattdessen folgte ich ihr nach draußen und aß mit ihr zu Abend. Ich sagte mir, dass ich die Sache nicht länger aufschieben und eine Entscheidung wegen ihr treffen sollte. Aber nach dem Essen ließ ich mich von ihr in die Küche ziehen und sie stattdessen über die Kücheninsel legen. Morgen also, morgen würde ich dann eine Entscheidung treffen.

***

Ich musste es beenden. Diese Sache mit Lilly warf mich zu sehr aus der Bahn. Ich hatte nicht so lange an diesem Groll gegen Burke festgehalten, nur um mich jetzt von einer Frau ablenken zu lassen. Dafür war es zu spät. Ich hatte zu viel von mir selbst in diesen Rachefeldzug investiert.

Ich war zu diesem Schluss gekommen, als ich einen Anruf von einer meiner Kontaktpersonen über eine Lieferung erhielt, die heute Morgen aus Argentinien eingetroffen war. Angeblich handelte es sich um einen Kunstimport für eine Galerie, die Burke gehörte.

Was mich ärgerte, war, dass ich sie verpasst hatte. Ich sollte eigentlich ein Auge auf Burkes Geschäfte behalten, damit ich Dinge wie diese abfangen und den Beweis für seine Missetaten finden würde. Jetzt lag die Lieferung schon seit fast zwei Stunden am Dock und es war nicht gerade um die Ecke.

Oh, nein. Das wäre zu einfach gewesen.

Die Lieferung kam mit dem Schiff zu einer Anlegestelle in Charleston, South Carolina. Ich ließ meinen Privatjet vorbereiten, aber es würde noch Stunden dauern, bis ich ankam. Würde Burke die Ladung vor meiner Ankunft transportieren? Ich war mir sicher, dass er diese Kunst benutzte, um seine Drogen einzuschmuggeln.

Das musste es sein.

Wenn nicht, stand ich wieder am Anfang, und daran wollte ich nicht einmal denken. Ich holte einen Seesack heraus und fing an, wahllos Dinge hineinzuwerfen. Lilly stand unter der Dusche und ich lauschte, ob sie die Dusche abdrehte. Ich wollte fertig sein, bevor ich mit ihr sprach, weil ich wusste, dass es nicht gut ausgehen würde, und ich wollte danach nicht noch hier herumhängen.

Es war schon schwer genug, aber ich musste es tun. Ich wusste von Anfang an, dass sie eine Ablenkung gewesen war. Ihre glatte Haut, ihr warmes Lächeln und ihre verdammte Fürsorge waren zu verlockend für ein Monster wie mich. Auf lange Sicht würde es ihr besser gehen und ich könnte das Versprechen erfüllen, das ich mir vor Jahren gegeben hatte. Ich wollte mich an Burke rächen, indem ich sein Leben ruinierte, und nichts würde mich aufhalten.

Als ich die Treppe hinunterging, zog ich mein Handy heraus und rief Tyler an, um ihm zu sagen, dass ich bereit war. Er würde mit mir nach South Carolina kommen - man merkte, dass man ein VIP-Kunde war, wenn der Besitzer der Sicherheitsfirma einen selbst an einen potenziell gefährlichen Ort begleitet.

Dwight würde hier bei Lilly bleiben. Sie würde immer noch Schutz benötigen, bis es mir gelang, Burke hinter Gitter zu bringen.

Ich beendete den Anruf und bemerkte, dass die Dusche aus war. Sie war auf dem Weg. Ich stand im Schlafzimmer, als sie ein paar Minuten später aus dem Bad kam, ihre blasse Haut glühte von der heißen Dusche. Das Sommerkleid, das sie angezogen hatte, fiel locker um ihren Körper, ließ aber ihre langen Beine frei. Ihr Haar war nass und sie trug ein Handtuch bei sich, mit dem sie sich die dunklen Locken trocknete, während sie summend vor sich hin schlenderte.

Nur einen Moment lang erlaubte ich mir sie zu bewundern, die Schönheit, die sie ausstrahlte, ohne auch nur den Anschein zu erwecken, sich dessen bewusst zu sein. Sie war einfach ein Teil von ihr. Sie war wie ein Licht, das meine Dunkelheit erhellte und einen Teil des Schmerzes vertrieb, mit dem ich zu leben gewohnt war.

Aber das konnte nicht von Dauer sein. Meine Dämonen würden sie verschlingen, wenn ich jetzt nicht wegginge. Ich würde nie einen Schlussstrich ziehen können, wenn Burke mir jetzt durch die Finger ginge und die Wut und die Besessenheit mein Leben wieder beherrschen würden. Es würde auch ihr Leben zerstören, wenn ich es zuließe.

Mit diesen Gedanken im Hinterkopf und gestärkt durch meine Entschlossenheit, verschränkte ich meine Arme vor der Brust. Als sie aufblickte und mich dort stehen sah, begann sich ihr Gesicht in ein Lächeln zu verwandeln. Ein warmes, liebevolles Lächeln, das mich fast umbrachte; aber sie musste etwas in meinem Gesichtsausdruck gesehen haben, das ihr sagte, dass etwas nicht stimmte.

„Grant? Was ist los?", fragte sie und erstarrte auf der anderen Seite des Raumes.

„Wir müssen reden", sagte ich. Am liebsten hätte ich über meine eigene Wortwahl die Augen verdreht, wie klischeehaft.

„Okay ..."

„Ich kann das nicht mehr", schluckte ich schwer. „Das mit uns. Ich kann so nicht weitermachen."

„Wie meinst du das?", fragte sie und legte die Stirn in Falten.

„Ich wollte nicht, dass das passiert, dieses... was auch immer da zwischen uns ist. Ich sollte Burke jagen, um ihm heimzuzahlen, was er meiner Familie angetan hat, aber ich kann mich nicht richtig konzentrieren, wenn du dabei bist. Du bist eine Ablenkung, die ich nicht brauchen kann."

„Ich habe dich nie gebeten, mit der Jagd nach ihm aufzuhören. Zum Teufel, ich will, dass du ihn kriegst. Dann bin ich keine Mordverdächtige mehr. Ich werde ihn nicht mehr fürchten müssen."

„Es geht nicht darum, dass du mich gebeten hast, es nicht zu tun. Es geht darum, der Bequemlichkeit zu erliegen, mit dir zusammen zu sein. Es geht darum, früher von der Arbeit nach Hause zu kommen, um dich zu sehen. Es geht darum, dass ich mich in eine Beziehung verstrickt habe, obwohl alles, was ich wollte, ein guter Fick war."

Lilly rührte sich nicht, aber sie sah aus, als hätte ich sie ausgeweidet. Ich hasste mich in diesem Moment, aber ich nahm die Worte nicht zurück. Ich musste mich von ihr entfernen, sie dazu bringen, mich zu hassen, denn ich wusste, dass ich ihr sonst nicht widerstehen konnte. Ich war nicht so stark wie sie.

„Du hast gesagt, ich gehöre dir", sagte sie leise, und in ihrer Stimme lag ein flehender Tonfall, den ich nicht ertragen konnte. Es war so anders als die Kraft, die sie sonst besaß, die heftigen Erwiderungen, die sie mir entgegenschleuderte, egal was ich sagte.

Jetzt klang sie gebrochen. Das war ich gewesen. Ich habe sie gebrochen, weil ich ein Stück Scheiße war, aber jetzt gab es kein zurück mehr. Ich konnte diese Verbindung einfach nicht mehr zulassen.

„Du warst meine Fickpartnerin. Und das war toll, wirklich. Aber jetzt ist es vorbei." Ich wandte mich ab und schritt zur Tür, ich konnte sie nicht länger ansehen. „Ich werde für ein oder zwei Tage wegfahren. Dwight wird hier sein, während ich weg bin."

Ich verließ das Zimmer, ohne auf eine Antwort zu warten. Es klingelte an der Tür, als ich die Treppe hinuntersprang, und ich beeilte mich sie zu öffnen. Dwight stand auf der Veranda, während Tyler bei meinem Auto wartete. Ich schob mich an Dwight vorbei, ohne ihn zu grüßen; meine Wut kochte hoch und ich war nicht in der Lage mit jemandem zu sprechen.

Ich war wütend auf Burke wegen seiner ganzen zwielichtigen Scheiße, wütend auf Dwight, weil er wahrscheinlich die Schulter für Lilly zum Ausweinen sein würde, wütend auf sie, weil sie mich dazu brachte, mich so sehr um sie zu sorgen. Aber am meisten war ich auf mich selbst wütend. Ich verabscheute mich dafür, dass ich Lilly in irgendeiner Weise verletzt hatte.

Wenigstens hatte all das etwas Gutes, denn meine Selbstverachtung war mit der Genugtuung verbunden, dass ich mich gerade selbst zerstört hatte. Es stellte sich heraus, dass Burke doch nicht mein schlimmster Feind war. Das war nämlich ich selbst.

KAPITEL 15

Lilly

Was zum Teufel war gerade passiert?

Ich stand wie erstarrt mitten in Grants Schlafzimmer, das ich dummerweise als unseres betrachtete, seit ich nicht mehr im Gästezimmer schlief, nachdem wir zum ersten Mal Sex hatten. Gott, was war ich nur für eine Idiotin.

Er hatte mich „Fickpartnerin" genannt. Ich schätzte, von süßen Spitznamen für mich wie Verführerin war keine Rede mehr. Es fühlte sich an, als hätte er all die süßen Worte, die er mir beim Sex ins Ohr geflüstert hatte, all die Wärme, mit der er mich erfüllt hatte, ausgeblendet. Sie waren eine reine Illusion gewesen.

Ich war eine Fickpartnerin.

Die Wahrheit stand jetzt fest. Ich war ihm völlig egal. Ich war für Sex benutzt worden.

Ich konnte nicht hierbleiben.

Mein Körper schien aufzutauen, als mir dieser Gedanke in den Sinn kam. Ich stürzte zum Schrank, wo mir beim Anblick meiner wenigen Klamotten, die neben seinen hingen, ein stechender Schmerz in die Brust schoss. Die Kleider waren eine Erinnerung an die gemeinsame Zukunft, die ich mir so verzweifelt gewünscht hatte.

Ich riss meine Kleider von den Bügeln und warf sie alle auf sein Bett. Ich kehrte zum Schrank zurück und suchte nach einer Art Tasche und fand eine Reihe von Koffern, von denen ich wusste, dass er sie für Geschäftsreisen benutzte. Ich brachte den kleinsten von ihnen ins Schlafzimmer und stopfte dort kurzerhand meine Kleidung hinein.

Eine leise Stimme in meinem Hinterkopf sagte mir, dass ich unvernünftig war. Dass ich nicht mehr sicher wäre, wenn ich dieses Haus verlassen würde.

Doch ich verdrängte sie. Auf keinen Fall wollte ich hier auf ihn warten, bis er nach Hause kam, wieder im Gästezimmer schlief und so tat, als wäre alles in Ordnung.

Ein Teil meines Entscheidungsprozesses war getrieben von Angst. Mir wurde schlecht bei dem Gedanken, dass seine Augen mich mit kalter Gleichgültigkeit ansahen, wie damals, als ich zum ersten Mal hier im Haus angekommen war. Ich hatte Angst, dass ich ihm zeigen würde, wie sehr er mein Herz gebrochen hatte.

Er durfte das nicht erfahren.

Ich holte meine Toilettenartikel aus dem Bad und warf sie zu den Klamotten, ohne darauf zu achten, dass die Shampooflaschen noch nass waren. Darum konnte ich mich später noch kümmern.

Als ich mich im Zimmer umsah, versuchte ich, mich nicht an die Zeiten zu erinnern, in denen Grant und ich hier zusammen gewesen waren, den Geschmack seiner Haut, den Klang seiner Stimme, die meinen Namen stöhnte. Alles in diesem Zimmer verursachte tiefen Schmerz in mir.

Ich klappte den Koffer zu, der nicht einmal zur Hälfte gefüllt war mit der kläglichen Menge an Habseligkeiten, die ich besaß, und hob ihn vom Bett. Ich ging aus dem Zimmer und die Treppe hinunter und fand Dwight im Wohnzimmer vor, wie er auf sein Handy sah.

Ich bahnte mir meinen Weg an ihm vorbei und ging in die Küche. Als wir vor ein paar Wochen Pizza bestellt hatten, hatte ich gesehen, wie Grant Bargeld aus einer alten Kaffeedose gezogen hatte, die er in dem Schrank über dem Kühlschrank aufbewahrte. Ich hatte kein gutes Gefühl dabei, aber ich schnappte mir eine Handvoll Zwanziger und stopfte sie in die Seitentasche des Koffers. Ich fasste den Entschluss, Grant in nicht allzu ferner Zukunft einen Scheck zu schicken, sobald ich meinen Namen reingewaschen hatte, und stellte die Dose zurück in den Schrank, als Dwight die Küche betrat.

„Guten Morgen", sagte er und musterte mich neugierig.

„Hi, Dwight. Danke fürs Kommen, aber ich werde deine Dienste heute nicht brauchen."

„Was?"

„Du kannst nach Hause gehen", sagte ich, ging in den großen Wohnraum und durchsuchte ihn nach etwas, das noch mir gehören könnte. Ich bemühte mich, nicht auf die Couch zu schauen, auf der ich meine Jungfräulichkeit verloren hatte. Ich ging zum Couchtisch und nahm ein Buch in die Hand, das Grant für mich bestellt hatte, als ich ihm erzählt hatte, dass meine Lieblingsautorin ein neues Buch herausgebracht hatte, das ich haben wollte.

Ein dummer, hoffnungsvoller Teil von mir wollte immer noch glauben, dass ich ihm etwas bedeutete. Warum sonst hätte er dieses Buch für mich bestellen sollen? Warum sonst wäre er mit mir losgefahren, damit ich mir das Tattoo stechen lassen konnte, welches ich schon immer gewollt hatte? Warum sonst sollte er mir von seinem Bruder und seiner Mutter erzählen?

Wenn ich ihm wirklich etwas bedeutete, genügte es wohl nicht. Oder vielleicht war das das Problem. Sich um mich zu sorgen, war nicht Teil seines Plans.

Ich schob das Buch in den Koffer und stieß einen zittrigen Seufzer aus. Das war's. Nun war jede Spur von mir in diesem Haus beseitigt. Jetzt war es, als wäre ich nie hier gewesen.

Meine Augen blickten durch die Terrassentür nach draußen. Unser erster Kuss war genau da draußen gewesen, von mir initiiert. Alles, was seither passiert war, einschließlich diesem erstickenden Gefühl in der Mitte meiner Brust, hatte seinen Ursprung in diesem Moment gehabt.

Ich fühlte mich seltsam beschämt, als ich dort stand und diesen Moment noch einmal durchlebte. Nach diesem Kuss hatte ich eine Verbindung zu Grant gespürt. Obwohl ich mir einredete, dass ich keine Gefühle für ihn zulassen sollte, war genau das passiert. Als ich hier stand und diesen ersten Kuss Revue passieren ließ, wusste ich, dass ich mich von Anfang an in ihn verliebt hatte.

Ich drehte mich um und war überrascht, als ich Dwight in der Küche stehen sah, der mich beobachtete. Er hatte einen verständnisvollen Blick in den Augen, der mich dazu brachte, schreien zu wollen. Ich war hier so glücklich gewesen. Ich hatte es nicht erwartet, aber ich vermutete, dass Liebe das mit einem Menschen machte.

„Warum bist du noch hier?", fragte ich müde. Aus irgendeinem Grund hielt mich etwas zurück. Nach meinem rasanten Packen und meiner Entschlossenheit zu gehen, war ich mir nicht sicher, warum ich nicht bereits einfach gegangen war.

Dann sah ich über Dwight hinweg in die Küche und mein Blick fiel auf die Mücheninsel. Ich erinnerte mich, dass Grant mir dort von seiner schmerzhaften Vergangenheit erzählt hatte, die ihn immer noch beschäftigte. Das erste Mal sah ich an diesem Abend sein gequältes Herz und ich verliebte mich in ihn. Damals war es mir nicht bewusst gewesen, aber jetzt war es mir so klar.

Mein ganzer Weg zum Herzschmerz, den ich nun fühlte, lief hier vor meinen Augen ab, solange ich nur hierbliebe.

„Wohin gehst du?", fragte Dwight mit einem unergründlichen Gesichtsausdruck.

„Ich weiß es noch nicht. Weg von hier. Wahrscheinlich muss ich Chicago verlassen. Das wäre am sichersten", sagte ich, mehr zu mir selbst als zu ihm. Ich schaute auf den Billardtisch, was unweigerlich meine Gedanken zum ersten Mal Sex wandern ließ.

„Weiß Grant Bescheid?"

„Dass ich weggehe?"

„Ja."

„Das spielt keine Rolle. Ich bin eine Last für ihn. Das war ich von Anfang an."

„Für mich sieht es nicht so aus", sagte Dwight.

„Da liegst du aber falsch", schnauzte ich.

Ich ging an ihm vorbei zur Haustür und holte dabei mein Handy heraus. Ich rief die Uber-App auf und bestellte ein Fahrzeug, das mich unten an der Straße abholen sollte. Ich wollte nicht, dass mich jemand mit Grant in Verbindung brachte, falls ich als die Frau erkannt wurde,

nach der die Polizei suchte. Ich musste ihn nicht noch mit hineinziehen.

Ich überlegte, ob ich das Telefon zurücklassen sollte, aber ich brauchte wirklich eines. Ich würde es später an Grant zurückschicken.

„Lilly, geh nicht weg", rief Dwight, als ich die Haustür öffnete.

„Mach dir keine Sorgen, ich komme schon klar. Ich brauche deinen Schutz nicht mehr."

„Aber ich arbeite nicht für dich. Ich arbeite für Grant und er hat mir aufgetragen, hier im Haus ein Auge auf dich zu werfen."

„Nun, dann bin ich nicht länger dein Problem, denn ich werde gleich nicht mehr im Haus sein", sagte ich, wandte mich ab und ging die Verandastufen hinunter.

Ich ging die Auffahrt hinunter und zog den Koffer hinter mir her, dessen Räder auf den Steinen hin- und herrutschten. Mit jedem Schritt, den ich mich entfernte, fühlte ich, wie mich ein herzzerreißendes Gefühl überkam. Ich konnte kaum atmen vor inneren Schmerzen.

In meiner Kehle begann es zu brennen und meine Sicht verschwamm. Ich wollte nicht weinen, nicht hier. Ich wollte warten, bis ich allein war, wahrscheinlich im Hotelzimmer, wenn ich eines finden würde, das Bargeld akzeptierte. Doch meinen Tränen war es egal, was ich wollte. Sie flossen ungehindert und ließen mich mich erbärmlich fühlen.

Wie hatte mein Leben nur so entgleisen können? Ein Teil von mir wünschte sich, ich hätte Grant nie getroffen. Obwohl, wenn ich mir etwas wünschen könnte, würde ich mir wünschen, dass ich an jenem Abend nicht zur Arbeit gegangen wäre. Dann wären all diese Probleme gar nicht erst entstanden.

Dann hätte ich zwar auch nicht so viel Vergnügen gehabt, aber es wäre wahrscheinlich das Beste gewesen. Schade, dass Wünsche nicht in Erfüllung gingen.

Ich hatte gerade die Garage hinter mir gelassen, als ich hinter mir ein Geräusch hörte, ein Knirschen auf dem Kies, das ganz anders klang als das Geräusch von Koffern oder Fußtritten. Schniefend kam ich zum Stehen. Ich wollte mich umdrehen, als ein stechender Schmerz durch meinen Kopf schoss. Meine Beine knickten unter mir ein und Dunkelheit umgab mich, noch bevor ich auf dem Boden aufschlug.

KAPITEL 16

Grant

„Hier ist es. Container C-14", sagte ich, stellte den Wagen auf dem Parkplatz ab und stieg aus, während es mir Tyler auf der anderen Seite gleichtat. Wir waren an den Docks in Charleston, South Carolina angekommen, und standen vor einer Wand aus einer Reihe massiver Schiffscontainer, die übereinander gestapelt waren.

Der Container, den ich suchte - Burkes Container - stand direkt vor uns, zum Glück stand er auf dem Boden, so dass wir uns problemlos Zugang verschaffen konnten. Ich öffnete den Kofferraum meines Wagens und schnappte mir einen Bolzenschneider, den ich in einem Baumarkt gekauft hatte, nachdem ich am Flughafen angekommen war.

Ein Gefühl von schwindelerregender Vorfreude durchströmte mich. Das war es. Ich würde endlich Beweise dafür finden, dass Burke Drogen schmuggelte.

„Solltest du nicht die Polizei herholen, bevor du einbrichst? Ich meine, es sieht verdächtig aus, dass du zuerst da drin bist."

„Die FDA kann die Herkunft der Drogen überprüfen. Ich habe die Frachtpapiere für diesen Container gelesen. Der größte Teil dieser Kunstwerke stammt aus Argentinien. Wenn die Drogen von dort kommen, können sie sie direkt mit Burke in Verbindung bringen. Sobald
wir sie gefunden haben, werde ich einen anonymen Anruf tätigen und die Ermittler müssen nicht wissen, dass wir hier waren."

Ich erwartete, dass Tyler dagegen Einspruch erheben würde, aber er nickte nur.

„Warum hast du den Tipp nicht einfach abgegeben, anstatt selbst herzufliegen? Wenn die Drogen hier sind, können sie sie finden. Wenn nicht, sind wir wenigstens aus dem Schneider."

„Ich will ihn nicht verschrecken. Die einzige Chance, Burke zu erwischen, ist, wenn er sich sicher fühlt und einen Fehler begeht, wie etwa diesen Container unbeaufsichtigt zu lassen. Außerdem besitzt er gute Verbindungen und ist clever. Ich kann nicht davon ausgehen, dass er nicht in der Lage wäre, den Anruf zu mir zurückzuverfolgen. Dann wäre viel größerer Schaden angerichtet."

Mit diesen Worten ging ich vor und benutzte den Bolzenschneider, um das Schloss an der Außenseite des Containers durchzuschneiden. Mich überkam ein starkes Gefühl der Zielstrebigkeit, als ich die Metalltür aufriss und ein lautes Knarren die Stille durchbrach.

Im Inneren konnte ich verschiedene Formen und Schatten in diesem dunklen Raum erkennen. Ich zog mein Handy heraus und schaltete die Taschenlampe ein, während Tyler dasselbe neben mir tat.

Überall im Inneren des Containers waren Kisten gestapelt.

Tyler lief zum Auto und holte ein Brecheisen aus dem Kofferraum, mit dem er die Kisten aufhebelte, während ich ihren Inhalt durchsuchte. Die erste Kiste war voll mit Stammesmasken, die in Erdnüssen verpackt waren. Also nichts.

Ich ließ mich nicht entmutigen und ging zum nächsten Karton weiter. Sie war voll mit Metallteilen, die sich zu einer Art Kunstwerk zusammenzufügen schienen. Dann, in einer dritten Kiste fand ich ein Gemälde. Die Vierte enthielt noch mehr Gemälde, ebenso wie die Fünfte.

Was sollte das denn?

Mit wachsender Frustration durchsuchte ich eine weitere Kiste und fand Tonschalen, die uralt aussahen. Auch diese lagen in Erdnüssen. Ich spürte bereits ein erdrückendes Gefühl der Enttäuschung in mir aufsteigen.

Tyler überprüfte noch einmal die Kisten, die ich mir bereits angesehen hatte, und bestätigte meine Ahnung, dass es dort nichts Illegales zu finden gab. Ich fing an, mich hektischer zu bewegen, entschlossen, etwas zu finden, irgendetwas. Wie ich befürchtet hatte, waren alle fünfzehn Kisten mit legaler Kunst gefüllt.

„Verdammter Mistkerl!" Ich biss meine Zähne so fest zusammen, dass ich dachte, sie würden brechen. Als ich gegen eine der Kisten trat, hörte ich den Inhalt klappern. Der plötzliche Drang, etwas zu zerstören, war fast überwältigend, aber ich zwang mich, stattdessen zum Auto zurückzugehen.

Wie konnte da nichts sein? Ich war mir so sicher, dass ich ihn dieses Mal erwischt hatte. Ein Import aus Südamerika? Komm schon, das musste der Weg sein, wie er seine Drogen einschmuggelte.

Ich schlug wütend gegen das Armaturenbrett und stieß eine Reihe von Flüchen aus. Ich hatte seit Jahren versucht, Burke etwas anzuhängen. So viel Zeit ging durch diese Besessenheit verloren, und jetzt war ich wieder ganz am Anfang. Ich hatte nichts gegen ihn in der Hand.

Lillys Gesicht schoss mir durch den Kopf.

Ja, denn das half mir in dem Moment wirklich, auch noch Schuldgefühle zusätzlich zu meiner Frustration zu empfinden. Fünf Minuten später kam Tyler aus dem

Frachtcontainer. „Ich habe die Deckel so gut wie möglich wieder auf die Kisten gesetzt. Wenn du Glück hast, nimmt Burke einfach an, dass sie von Anfang an schlecht verpackt waren", sagte Tyler.

„Danke, Mann."

Nichts davon fiel unter Tylers Jobbeschreibung als Leibwächter, also war ich dankbar, aber ich war mental nicht gut drauf. Ich fühlte mich, als würde ich in ein schwarzes Loch fallen, meine eigene Inkompetenz zog mich an einen Ort der Hoffnungslosigkeit.

„Lass uns einfach zurück ins Hotel gehen. Dort kannst du deinen Kopf wieder frei bekommen", sagte er mit fast vorsichtiger Stimme.

Ich sah wohl ziemlich fertig aus, aber wer konnte mir das verdenken. Ich wusste genau, wie ich mein Leben versauen konnte, nämlich indem ich mein ganzes Leben der Rache an einem Mann widmete, der mich ständig besiegt hatte; und jetzt besaß ich nichts außer meiner Arbeit und dieser kranken Fixierung auf ihn. Ich hatte mir das einzige Licht in meinem Leben selbst ausgeknipst.

***

Ein Drink klang gut, aber ich wollte mich bei Dwight melden, bevor ich meinen Kummer in einer Flasche Scotch ertränkte.

Nachdem ich zu einem Hotel im Norden Charlestons gefahren war, brach ich auf dem Bett zusammen. Ich gönnte mir ein paar Minuten, um mit der Realität dieses beschissenen Tages klarzukommen. Ich war mir bei diesem Schiffscontainer so sicher gewesen, dass ich das Gefühl hatte, mir wäre der Boden unter den Füßen weggezogen worden.

Ich war mir nicht einmal sicher, warum ich überhaupt all meine Hoffnungen auf ihn gesetzt hatte, aber ich vermutete, dass es daran lag, dass ich mit der Sache abschließen wollte. Über die Jahre war ich so versessen darauf, meinen Bruder zu rächen, dass es sich jedes Mal falsch anfühlte, etwas für mich selbst zu tun, bis ich dieses Ziel erreicht hatte.

Als ich hier saß, allein in der obersten Etage eines schicken Hotels, schien mir alles klar zu werden. Ich hatte mich in Lilly verliebt. Ich liebte sie.

Aber ich hatte sie nicht verdient. Sich zu verlieben war ein Privileg, das ich mir noch nicht verdient hatte. Ich konnte nicht einmal mein Versprechen einlösen, den Mörder meines Bruders zur Strecke zu bringen und die stete Verfolgung des Mannes hatte mich zu einem grüblerischen Alptraum von einer Person gemacht. Ich wusste es.

Lilly hatte meine Schichten von Zynismus und Wut durchbrochen und mir den Mann gezeigt, der ich sein wollte. Aber ich konnte es nicht, noch nicht. Ich hatte gedacht... wenn das meine Chance gewesen wäre, Burke zu fangen, könnte ich vielleicht endlich den Schmerz hinter mir lassen. Vielleicht könnte ich der Mann sein, für den sie mich hielt.

Dass in der Transportkiste keine Drogen waren, ließ für mich eine verheerende Situation entstehen, nicht nur, weil Burke immer noch frei war, sondern weil es bedeutete, dass ich noch so viel mehr zu tun hatte,

bevor ich mit meinem Leben weitermachen konnte. Jetzt aufzugeben war keine Option.

Ich nahm mein Handy in die Hand. Es war schwer zu glauben,

dass weniger als vier Stunden verstrichen waren, seit ich das Haus verlassen hatte, es fühlte sich wie eine Ewigkeit an, seit ich in Lillys große graue Augen geschaut hatte. Ich rief meine Kontaktinformationen auf, und mein Finger schwebte einen Moment lang über ihrem Namen, bevor ich zu Dwights Nummer wischte.

Ich konnte jetzt nicht mit ihr reden, nicht, nachdem ich auf ihrem Herzen herumgetrampelt hatte und nicht einmal gute Nachrichten für sie besaß, was die Burke-Situation betraf. Wir könnten uns von Angesicht zu Angesicht unterhalten, wenn ich zurückkommen würde. Vielleicht würde ich versuchen, ihr meine wahren Gefühle zu erklären. Sie verstand mich besser als jeder andere, sie würde mich verstehen.

Ich hörte das Telefon fünfmal klingeln, bevor die Mailbox anging.

Stirnrunzelnd beendete ich den Anruf und versuchte es erneut. Immer noch keine Antwort.

Ich setzte mich im Bett auf und rief erneut Lillys Nummer auf und drückte diesmal auf die Anruftaste. Das Grauen, das ich verspürte, machte jede unangenehme Konversation zu einer zweitrangigen Sorge. Als auch ihre Mailbox ansprang, verließ ich das Zimmer, um zu Tyler nach nebenan zu gehen.

„Was ist los?", fragte er, sobald er die Tür öffnete.

„Ich kann weder Dwight noch meine - noch Lilly - erreichen. Kannst du es bei ihm versuchen?"

„Klar", sagte Tyler und zückte sein Handy. Ich versuchte es noch einmal bei Lilly. Sie ging nicht ran und Tyler schüttelte den Kopf, bevor er Dwight eine Voicemail hinterließ.

„Pack deine Sachen, wir verschwinden so schnell wie möglich."

Ich ging zurück in mein eigenes Zimmer, nahm meinen ungeöffneten Seesack und rief meinen Piloten an. Ich hatte geplant, über Nacht zu bleiben und am Morgen zurückzukehren, aber daran war jetzt nicht mehr zu denken. Ich hatte ein furchtbares Gefühl in der Magengrube.

Ich war gerade dabei, uns aus unseren Zimmern auszuchecken, als Tyler mit ernster Miene auf mich zukam. Ich machte mich auf schlechte Nachrichten gefasst.

„Ich habe einen meiner Leute zu deinem Haus geschickt, um nach dem Rechten zu sehen. Es war menschenleer. Kein Dwight. Keine Lilly. Kein Auto." In meinem Kopf drehte sich alles, als er sprach. „Sie haben ein Handy in der Einfahrt gefunden, mit einem zerbrochenen Display und ein wenig Blut auf dem Schotter."

Tyler holte sein eigenes Handy heraus und zeigte mir ein Bild.

„Es ist das von Lilly", krächzte ich.

Tyler redete, aber ich konnte es vor lauter Rauschen in meinen Ohren nicht hören. Alles, was ich hören konnte, waren die letzten Worte, die ich zu ihr gesagt hatte. Meine harschen Versuche, sie von mir wegzuschieben wie ein verdammter Idiot, wiederholten sich in meinem Kopf und übertönten alles andere. Würden das die letzten Worte sein, die ich je mit ihr gesprochen hatte? Würde sie einfach verschwinden, wie Leigh?

Nein, nein, das konnte nicht passieren, weil ich das nicht überleben würde. Es war schon schwer genug gewesen, Leigh zu verlieren, es war verheerend, meine Mutter zu verlieren, aber das...

Es gäbe für mich kein Leben mehr, wenn Lilly weg wäre. Ich konnte es mir nicht einmal vorstellen. Das Einzige, was ich mit Sicherheit wusste, war, dass ich ihn umbringen würde. Seinen Ruf zu ruinieren und ihn hinter Gitter zu bringen- vergiß es. Wenn er Lilly etwas antun würde, würde ich den Bastard mit bloßen Händen umbringen.

KAPITEL 17

Lilly

Das erste, was ich wahrnahm, noch bevor ich die Augen geöffnet hatte, war ein pochender Schmerz an meinem Hinterkopf. Das waren keine typischen Kopfschmerzen. Der Schmerz strahlte durch meinen Schädel und ließ mich wimmern. Das war der Moment, in dem ich meine Augen aufschlug und mir plötzlich bewusst wurde, dass ich mich an einem fremden Ort befand.

Ich zuckte zusammen, als das fluoreszierende Licht in meine empfindlichen Augen stach und mein Kopf noch mehr schmerzte. Wo zum Teufel war ich nur?

Zusätzlich zu den Schmerzen in meinem Kopf bemerkte ich, dass mein Körper ganz steif war und die freiliegende Haut meiner linken Seite fühlte sich wie aufgescheuert an, weil sie gegen den rauen Beton gedrückt wurde. Ich fragte mich, wie lange ich schon auf diesem Boden gelegen hatte.

Der Raum um mich herum war kahl, ohne jegliche Möbel oder Einrichtungsgegenstände. Es waren nur dieses helle Licht, vier Wände und eine Tür zu sehen. Der Raum war klein, so groß wie ein Badezimmer oder vielleicht ein Abstellraum. Warum war ich hier? Alles war trübe, ich konnte nicht klar denken. Ich begann, meinen Körper in eine sitzende Position zu manövrieren, musste aber aufhören, als mir von den Schmerzen in meinem Kopf schwindelig wurde. Wenn ich nicht aufpassen würde, würde ich vielleicht wieder ohnmächtig werden. Angestachelt durch die wachsende Angst, atmete ich mehrmals tief ein und bewegte mich langsam, bis ich an der Wand gegenüber der Tür saß.

Ich war verwirrt, mein träges Gehirn konnte nicht begreifen, was vor sich ging. Wie war ich hierhergekommen? Ich versuchte mich zu erinnern. Mein Verstand rief sich wieder die Erinnerung an Grants Abfuhr ins Gedächtnis. Ja, denn das war im Moment so hilfreich. Da ich wusste, dass ich mich nicht damit aufhalten konnte, schob ich den ganzen Vorfall beiseite. Was war als nächstes geschehen?

Richtig, ich hatte gepackt und war dann fortgelaufen. Und dann...

...nichts mehr. Nachdem ich das Haus verlassen hatte, konnte ich mich an nichts mehr erinnern. Panik drohte mich zu übermannen, aber ich unterdrückte sie mit all der Willenskraft, die ich besaß. Es war schon schlimm genug, dass mein Verstand so langsam war, als würde ich durch Teer schwimmen, da brauchte ich nicht auch noch eine Panikattacke.

Ich war mir sicher, dass ich den Überwagen, den ich bestellt hatte, nicht mehr erreicht hatte, also muss etwas auf dem Weg passiert sein. Plötzlich bemerkte ich einen dunklen Fleck auf dem Boden, auf dem ich gelegen hatte.

Vorsichtig tastete ich an meinem Kopf herum und stieß ein schmerzhaftes Zischen aus, als meine Finger gegen eine Wunde an meinem Hinterkopf stießen. Mein Haar fühlte sich nass und klebrig an, und als ich meine Hand wegzog, sah ich Blut.

Nun, das erklärte den Schmerz. Jemand musste mich von hinten bewusstlos geschlagen haben. Nicht irgendjemand, es musste Burke gewesen sein oder jemand, der für ihn arbeitete.

Ich hörte das deutliche Geräusch von Schritten auf der anderen Seite der Tür. Noch bevor ich mich entscheiden konnte, was ich tun sollte, wurde ein Schlüssel ins Schloss gesteckt und die Tür schwang auf. Ich sah Dwight dort stehen.

Erleichterung durchflutete mich.

„Dwight! Wie hast du mich gefunden?"

Er antwortete nicht, sondern betrat einfach den Raum. Ich streckte ihm meine Hand entgegen.

„Hilf mir auf. Wir müssen von hier verschwinden", sagte ich. Ein kalter Schauer von Unbehagen rieselte mir den Rücken hinunter, als er meine Hand nicht ergriff. Er trat einfach zur anderen Seite des Zimmers und drehte sich zur Tür. Sein Blick war ausdruckslos.

„Dwight?"

In diesem Moment ertönten weitere Schritte, und ich hatte keine Chance mich zu verstecken, bevor Henry Burke höchstpersönlich in den Raum schritt, als gehöre ihm der Laden. Zum Teufel, es war wahrscheinlich auch so.

Der Mann sah genauso aus wie immer, perfekt gebügelter Anzug und glänzende Halbschuhe, die seinen schlanken Körper schmückten. Er sah ruhig aus, mit einem leichten Anflug von einem Lächeln in den Mundwinkeln, die ihm den Ausdruck verliehen, sich über diese Situation zu amüsieren. Ich wollte ihm diesen Ausdruck sofort aus dem Gesicht schlagen.

„Wie ich sehe, ist die schlafende Schönheit endlich erwacht. Sagen Sie mir, Miss Monroe, wie gefällt es Ihnen in Ihrem Quartier?", sagte Burke leichthin.

Ich starrte ihn an und weigerte mich zu sprechen.

„Ich weiß, es ist weit entfernt von der Villa eines Milliardärs…“ Meine Augen weiteten sich vor Staunen und er gluckste. „Oh ja, ich weiß, dass Sie bei Grant Donovan wohnen.“

Ich sah Dwight an. „Du arbeitest jetzt für ihn?“, fragte ich. So musste Burke herausgefunden haben, wo ich war.

„Ja“, sagte Dwight schließlich, bewegte kaum den Mund und sah mich nicht an.

„Warum? Warum solltest du das tun? Ich dachte, du wärst ein

guter Kerl. Gott, ich dachte, du wärst mein Freund.“ Ich war angewidert. „Bist du derjenige, der mich niedergeschlagen hat?“

„Ich musste etwas tun. Burke war schon auf dem Weg zu dir. Du durftest nicht gehen.“

„Du hast mir also eins über den Schädel gezogen? Du hättest mich umbringen können!“

„Ich habe versucht, dich zum Bleiben zu überreden. Du bist diejenige, die starrköpfig war.“

„Du bist ein echter Kotzbrocken. Wie konntest du mich nur so hintergehen, du Arschloch?“

„Na, na, seien Sie nicht so hart mit dem alten Knaben. Jeder hat seinen Preis, Miss Monroe. Zu meinem Glück werde ich ihn immer bezahlen können.“

Ich hasste es, dass sie sich so über mich stellten. Ich fühlte mich einfach zu verletzlich, noch mehr, als ich es ohnehin schon war. Ich stützte mich an der Wand ab und richtete mich langsam auf die Beine auf. Der Schmerz in meinem Kopf dröhnte, ließ meinen Magen drehen und ich dachte kurz, ich müsste mich übergeben.

Wenn das passierte, würde ich auf Burkes abstoßend perfekte Slipper zielen.

Aber das Gefühl verging, und ich konnte ihnen wenigstens in die Augen sehen.

„Warum bin ich hier?"

„Weil Sie mir im Moment nützlich sind. Sie werden Donovan zu mir bringen."

„Sie wollen Grant?", fragte ich und zuckte dann zusammen. Meine Gefühle für ihn waren eindeutig zu erkennen an der Art, wie ich seinen Namen aussprach.

„Oh ja, das will ich. Donovans Herumschnüffeln ist ein Problem, das ich nicht brauchen kann. Sie sind also hier, weil er Sie holen kommen wird."

„Und was dann?"

„Dann beseitige ich das Problem", sagte Burke mit einem kalten Lächeln. Ein Schaudern lief mir den Rücken hinunter. Er hatte vor, Grant zu töten. Das konnte ich nicht zulassen.

„Und was ist mit mir?"

„Nun, Sie sind Teil des Problems."

Ich musste etwas tun. Ich konnte nicht einfach hier stehen und mit dem Mann über meinen eigenen Tod reden. Es fühlte sich unwirklich an.

Mein Blick wanderte zu Dwight. Er stand nur ein paar Meter entfernt, sein Körper war Burke zugewandt und seine Arme vor der Brust verschränkt. Ich richtete meine Augen auf die Waffe, die er an seiner Hüfte trug.

„Er wird mich nicht holen", sagte ich und versuchte, Burke am Reden zu halten. Ich schob mich etwas von der Wand weg und war froh, als ich stehen konnte, ohne dass mir der Kopf schwirrte. Der Schmerz wurde immer mehr zu einem dumpfen hintergründigen Pochen.

„Dummes kleines Mädchen. Kein Mann würde die Frau, die er liebt, in den Händen seines Feindes lassen."

„Liebt?", fragte ich, für einen Moment abgelenkt.

„Seien Sie nicht albern. Dwight hat mir alles erzählt."

Das Gefühl des Verrats, das durch meine Adern floss, gab mir den Treibstoff, den ich brauchte, um mich auf Dwight zu stürzen, seine Waffe zu ergreifen und sie aus dem Halfter zu reißen.

Ich wich von den beiden Männern zurück und hielt die Waffe mit zitternden Händen. Mein Rücken drückte gegen die Wand.

„Jetzt geht mir aus dem Weg. Ich gehe jetzt!", rief ich aus. Ich hatte sogar noch nie zuvor eine Waffe in der Hand gehabt.

Beide Männer starrten mich einen Moment lang an, dann begann Burke zu lachen.

„Ich sagte, weg da!"

„Man muss es einfach lieben, wenn ein Plan aufgeht", sagte Burke zu Dwight, und ignorierte mich völlig. Ich war verwirrt.

Ich war diejenige mit der Waffe. Warum hörten sie nicht auf mich?

Dwight machte einen Schritt auf mich zu. Ich richtete den Lauf der Waffe auf ihn. „Bleib zurück", sagte ich mit unsicherer Stimme. Ich sagte zu mir selbst, dass ich den Abzug betätigen sollte, als er sich weiter auf mich zubewegte. Ich musste es tun.

Trotz der Stimme in meinem Kopf, die „Schieß!" rief, konnte ich mich nicht dazu durchringen, es zu tun. Ich stand nur da, verzweifelt, bis Dwight die Hand ausstreckte und mir mit Leichtigkeit die Waffe aus meinen Händen riss. Ich bemerkte, dass er Lederhandschuhe trug.

„Zeig es ihr“, befahl Burke, und Dwight richtete die Waffe auf den Boden und drückte zweimal ab.

Ich erwartete einen ohrenbetäubenden Knall in diesem kleinen

Raum, aber nichts geschah. Nur zwei kleine Klickgeräusche

„Sie ist leer“, sagte Burke und nahm meinen verwirrten Gesichtsausdruck zur Kenntnis. „Keine Kugeln.“

Ich kam mir wie eine Idiotin vor, während ich zusah. Hätte ich besser aufgepasst, hätte ich gemerkt, dass dies nicht einmal Dwights normale Waffe war. Alles, was er trug, war schwarz, sogar seine Waffe. Ich erinnerte mich, dass es mir bei unserem ersten Treffen aufgefallen war.

Ich hatte immer angenommen, sie gehöre zu seinem Job als Bodyguard, wie eine Uniform. Die Waffe, die Dwight gerade in der Hand hielt, war silbern. Die Erkenntnis, dass mein Fluchtversuch sinnlos gewesen war, war niederschmetternd.

„Warum?“, fragte ich kleinlaut.

„Jetzt sind Ihre Fingerabdrücke auf der Waffe“, erklärte Burke fast eifrig.

Er sah stolz auf sich aus.

Dwight steckte die Waffe zurück in sein Halfter und zog seine Handschuhe aus. Meine Fingerabdrücke...

Sie haben mich wieder reingelegt. Ich war so dumm.

„Wenn Ihr Freund kommt, ist das die Waffe, die ihn umbringen wird. Sehen Sie nicht, wie perfekt das alles passt? Sie sind erneut eine sitzengelassene Liebhaberin, die ihren Freund kaltblütig ermordet hat.“

„Mark Lewis war nie mein Freund.“

„Natürlich nicht“, rollte Burke mit den Augen. „Aber die Wahrheit spielt keine Rolle. Er wird sowieso nicht mehr da sein, um Sie zu verteidigen.“

„Wird es nicht verdächtig aussehen, wenn ich auch tot bin?“

„Nicht, wenn Sie Donovan vor den Augen seines Leibwächters getötet haben“, sagte Burke und deutete auf Dwight. „Er hatte keine andere Wahl, als Sie auszuschalten.“

Ich starrte Dwight hart an und hasste ihn noch mehr als Burke. Ich hatte mit ihm Karten gespielt, ferngesehen, ihm mein Leben anvertraut. Der Bastard hatte mich verraten und jetzt würde er mich umbringen.

Es war hoffnungslos. Burke hatte an alles gedacht.

„Sie verschwenden Ihre Zeit damit. Grant wird mich nicht holen kommen“, wiederholte ich und betete, dass ich Recht hatte.

Natürlich wollte ich gerettet werden, aber ich hatte Angst, dass ich mit ansehen musste, wie Grant vor meinen Augen sterben würde, wenn er käme. Die Vorstellung war abscheulich. Besser wäre es, hier zurückgelassen zu werden.

„Das werden wir ja sehen“, antwortete Burke. „Dwight wird ihn jetzt anrufen. Keine Sorge“, sagte er, während er und Dwight zur Tür hinausgingen. „Ich werde den jungen Liebenden die Chance geben, sich zu verabschieden. Ich bin nicht ganz herzlos.“

Er schlug die Tür hinter sich zu, und ich hörte, wie das Schloss einrastete, bevor sie weggingen und ihre Schritte schnell verklangen.

Alles, woran ich denken konnte, war Grant. Das letzte Mal, als wir miteinander sprachen, war schrecklich gewesen, würde das unsere letzte
Interaktion gewesen sein?

Ich hätte ihm sagen sollen, dass ich ihn liebe. Jetzt würde er es nie erfahren.

KAPITEL 18

Grant

Der Flug war unerträglich. Trotz der Tatsache, dass das Flugzeug

mit Hunderten von Meilen pro Stunde durch die Luft sauste, fühlte ich mich nutzlos und untätig. Ein Auto mag viel langsamer fahren, aber es hätte mir wenigstens das Gefühl gegeben etwas zu tun, nämlich ein Ziel eigenhändig anzusteuern.

Ich verbrachte den ganzen zweistündigen Flug damit, im Flugzeug auf und abzugehen, während Tyler telefonierte und versuchte, Dwight mit seinem Handy-GPS aufzuspüren. Er hatte kein Glück.

Schreckliche Szenarien gingen mir durch den Kopf. Ich hatte Jim angerufen und ihn darum gebeten, dass er versuchte, Burkes aktuellen Aufenthaltsort ausfindig zu machen, aber er durfte die Grenzen seiner Position als Polizist nicht überstrapazieren. Es gab bürokratische Hürden zu überwinden, also würde es Zeit brauchen.

Zeit. Das war etwas, das Lilly vielleicht nicht hatte.

Das Schlimmste an dieser Situation war, dass mir, so sehr ich es auch versuchte, kein Grund einfiel, warum Burke sie nicht sofort töten würde. Das machte es mir schwer, durchzuatmen.

Als das Flugzeug landete, setzte ich Tyler in seinem Büro ab. Er musste seinen Bodyguard aufspüren, da wir nicht wussten, ob sich Dwight auch in Schwierigkeiten befand. Er versprach aber, mich auf den neuesten Stand zu bringen, sobald er etwas hören sollte. Tyler hatte kaum Zeit, seine

Reisetasche aus dem Kofferraum zu holen, bevor ich mit quietschenden Reifen Richtung zuhause losfuhr.

Es schien mir der logischste Ort zu sein, um mit meiner Suche nach Lilly anzufangen. Da war ein hohles Gefühl inmitten meiner Brust, als hätte man mir das Herz herausgerissen, als das Haus in Sicht kam. Es fühlte sich nicht mehr wie zu Hause an, da ich wusste, dass sich Lilly nicht mehr dort befand. Ich war mir nicht sicher, wann ich angefangen hatte, so für sie zu empfinden, vielleicht, als wir anfingen, miteinander zu schlafen, aber dieses Haus, das ich jahrelang mein Zuhause genannt hatte, war jetzt nur noch ein kaltes, leeres Gebäude.

Ich parkte vor der Garage. Es ergab keinen Sinn hineinzufahren, wenn ich sowieso bald wieder abreisen würde. Als ich auf den Kies trat, fielen mir die dunklen Spritzer auf dem Boden sofort ins Auge. Das musste das Blut sein, das Tylers Männer entdeckt hatten. Ich schluckte den Knoten in meinem Hals hinunter, trat über das Bllut, und machte mich auf den Weg zum Haus.

Die Erinnerung an das letzte Mal, als ich Lilly sah, verfolgte mich, als ich das Schlafzimmer betrat. Ich ging zum Schrank, zu dem kleinen feuerfesten Safe, den ich dort aufbewahrte. Ich erstarrte in der Tür.

Alle Kleider, die ich Lilly gekauft hatte und die auf der rechten Seite des Schranks gehangen hatten, waren verschwunden. Der Schrank sah noch genauso aus, wie bevor sie in mein Leben getreten war, so wie er zum Zeitpunkt des Hausbaus ausgesehen hatte.

Aber ihre fehlende Kleidung im Schrank wirkte so falsch.

Warum sollte Burke ihre Kleidung mitgenommen haben?

Die Antwort war offensichtlich. Er hatte es nicht getan. Sie musste das Haus und damit mich verlassen haben. Damit hätte ich rechnen müssen. Schließlich hatte ich sie weggestoßen. Natürlich würde sie nicht trotz all meiner Bullenscheiße dableiben. Das würde erklären, warum sie sich auch zum Zeitpunkt des Verschwindens in der Einfahrt befunden hatte.

Ich konnte sehen, wie sich alles abgespielt hatte, als ob ich hier gewesen wäre. Sie schnappte sich ihre Sachen, packte sie in eine Art Tasche und ging zur Vordertür hinaus.

Aber wo wollte sie hin?

Einer Ahnung folgend, zog ich mein Handy heraus und rief Tyler an. Er nahm gleich beim ersten Klingeln ab.

„Gibt es etwas Neues?", fragte er angespannt.

„Ihre Sachen sind weg. Hast du ihr Handy dabei?"

„Ja, bleib dran." Ich hörte ein Schlurfen am anderen Ende der Leitung. Ich eilte zu meinem Safe, während ich wartete, entriegelte ihn mit meinem Fingerabdruck und zog meine Pistole heraus. Ich steckte sie hinten in meine Hose und nahm noch eine kleine Schachtel mit Munition mit, bevor ich den Safe schloss.

„Okay, ich habe es", meldete sich Tylers Stimme in der Leitung zurück.

„Und, funktioniert es noch?"

„Ja. Der Bildschirm hat Risse, aber das stört nicht weiter."

„Such mal nach einer Uber-App."

„Ich will verdammt sein", sagte Tyler nach einer kurzen Pause. „Ich bin in der App. Sieht aus, als hätte sie heute Morgen eines bestellt, ist aber nicht aufgetaucht, um den Kerl zu treffen."

Ein weiteres Teil des Puzzles. Aber es brachte mich nicht wirklich näher an sie heran. Ich beendete den Anruf und verließ das Haus. Ich war mir nicht einmal sicher, wohin ich gehen sollte, aber ich wusste, dass sie nicht einfach wieder zuhause auftauchen würde. Ich musste sie finden.

***

Es war fast eine Stunde später, als ich den Anruf erhielt. Ich war zu Burkes Haus gefahren, einfach, weil ich keinen anderen Anhaltspunkt gehabt hatte. Es war menschenleer, keine Menschenseele in Sicht.

Burke wohnte direkt an der Interstate 90, also fuhr ich einfach drauf los. Was tat ich überhaupt? Ich hatte mich für den Süden der Stadt entschieden, weil ich wusste, dass es dort düstere Viertel gab, die ich mit Burkes kriminellen Aktivitäten in Verbindung brachte. Ich besaß keinen Plan und hatte das Gefühl, dass ich drohte, außer Kontrolle zu geraten. Zumindest klammerte ich mich hier an einen Strohhalm, aber welche Wahl blieb mir denn?

Mein Telefon klingelte und mein Herz machte einen Sprung, weil ich hoffte, dass es Jim oder Tyler mit einem Update waren. Ich hätte fast einen Unfall gebaut, als ich einen Blick auf das Display warf und Dwights Namen dort sah. Ich fuhr an den Rand der Interstate, schaltete die Warnblinker ein und nahm den Anruf entgegen.

„Dwight? Wo bist du?" Mir fehlte die Geduld für eine Begrüßung.

„Lilly und ich wurden von ein paar Schlägertypen entführt. Sie halten uns in einem Lagerhaus fest."

„Wo?", fragte ich, obwohl sich Zweifel in meinen Kopf schlichen. Er nannte eine Adresse, die ich in das GPS meines Autos eingab. Es war nur zehn Minuten entfernt.

„Ist Lilly in Ordnung? Lass mich mit ihr reden", forderte ich, als ich zurück auf die Straße fuhr. Ich war so kurz davor, bei ihr zu sein.

„Sie ist bewusstlos, aber ich denke, sie wird wieder gesund. Hör zu, sie haben mir mein Telefon gegeben, um dich anzurufen. Sie wollen, dass du hierher kommst, allein. Wenn sie noch jemanden sehen, werden sie uns beide töten."

Ich war skeptisch gegenüber seiner Version der Ereignisse. Vielleicht war ich paranoid, aber ich hatte das Gefühl, dass ich nicht mit einem Opfer sprach. Letztendlich war es egal. Wenn Burke mich wollen würde, würde er mich kriegen. Ich würde alles tun, um mein Mädchen zu finden.

„Mach dir diesbezüglich keine Sorgen. Ich werde bald da sein", sagte ich und beendete den Anruf.

Ich überprüfte das GPS, fünf Minuten entfernt. Das Telefon immer noch in der Hand, rief ich Jim an.

„Hallo?"

„Ich glaube, ich weiß, wo sie ist. Dwight hat mich angerufen und behauptet, sie seien beide entführt worden. Aber mein Instinkt sagt mir, dass er da mit drinsteckt. Ich glaube, er steckt mit Burke unter einer Decke. Verdammt, warum habe ich das nicht früher bemerkt?"

Als ich mein Gedächtnis nach Erinnerungen durchforstete, konnte ich mich an keinerlei Warnzeichen erinnern, aber das änderte nichts an meinen Schuldgefühlen. Wenn er da mit drinsteckte, war es meine Schuld. Ich hatte den Mann eingestellt, damit er auf sie aufpasste. Ich hatte ihm mein Vertrauen geschenkt, dass er ihr Sicherheit geben würde.

„Steigere dich jetzt nicht in dein schlechtes Gewissen hinein. Wir müssen sie zuerst finden. Dann kannst du dich selbst dafür bestrafen."

„Du hast recht", sagte ich. Ich nannte ihm die Adresse, die Dwight mir gegeben hatte, als ich eine Ausfahrt nahm und die Interstate hinter mir ließ.

„Okay, gib mir ein bisschen Zeit, um bei dir zu sein..."

„Nein, ich bin nur ein paar Minuten entfernt. Ich fahre hin."

„Tust du nicht. Wir sind hier nicht in einem Actionfilm, das wirkliche Leben läuft nicht so. Polizisten müssen auch immer auf Verstärkung warten."

„Ich bin kein Polizist."

Jim stieß eine Reihe von Flüchen aus.

„Dwight sagte, ich müsse allein kommen, sonst würden sie sie umbringen", sagte ich ihm. Nichts was er sagte, würde meine Meinung ändern.

„Grant, sie werden euch einfach beide umbringen."

„Dann werde ich mit ihr sterben, wenn es sein muss. Aber ich kann nicht einfach draußen bleiben mit einem Haufen von Bullen, während sie alleine da drinnen ist." Ich hielt vor dem Lagerhaus. Es war kein riesiges Gebäude, aber es war alt und offensichtlich unbenutzt. Es bestand aus Metall mit Rostspuren und zugenagelten Fenstern.

„Das gefällt mir nicht", sagte Jim mit resignierter Stimme.

„Mir auch nicht. Wir sehen uns bald wieder", sagte ich und legte auf.

Ich vergewisserte mich, dass meine Waffe geladen war, stieg aus dem Auto und steckte sie mir wieder hinten in die Hose. Ich schritt zu der großen Metalltür und war nicht überrascht, dass sie nicht verschlossen war.

Das Innere der Lagerhalle war ein weitgehend offener Raum mit Stahlsparren und einem Betonboden. An der Seite des Raums befanden sich drei Türen, vermutlich Büroräume. Burke stand in der Mitte des Raumes mit verschränkten Armen und einem leicht interessierten Ausdruck auf dem Gesicht.

„Hallo, Mr. Donovan", sagte er freundlich, als ich die Tür hinter mir schloss. Ich erinnerte mich lebhaft an den Tag, an dem er in mein Haus eingebrochen war, und ich hoffte, dass Lilly irgendwo in der Nähe versteckt war, so wie sie es damals getan hatte.

„Wo ist sie?"

„Wer?", fragte er und zog eine Augenbraue hoch. Ich kämpfte gegen den Wunsch an, auf ihn loszugehen.

„Wo ist Lilly?"

„Ah, die reizende Miss Monroe, ja. Sie ist hier irgendwo, aber ich hatte gehofft, wir könnten uns zuerst unterhalten."

Ich starrte ihn nur an. Er saß hier am längeren Hebel und er wusste es. Ich hatte keine andere Wahl, als zuerst mit ihm zu reden, wenn es das war, was er wollte.

„Irgendetwas ergibt für mich daran keinen Sinn, dass Sie sich so sehr für meine Geschäfte interessieren. Als ich herausfand, dass Mitch Informationen an Sie weitergibt, war ich sehr verärgert. Aber selbst er wusste nicht, warum Sie wissen wollten, was ich im Schilde führe."

„Also haben Sie ihn getötet." Das war keine Frage.

„Er war unbedeutend. Ein Mann wie er verschwindet und niemanden interessiert es." Ich kochte innerlich, als ich an Leigh dachte. Das musste er auch über meinen Bruder gedacht haben. „Bei Ihnen hingegen ist das viel problematischer. Ein junger Milliardär verschwindet oder wird tot aufgefunden, und die Leute werden Fragen stellen."

„Worauf wollen Sie hinaus?“

„Warum sind Sie so an mir interessiert? Zuerst dachte ich, es wäre, weil Sie ebenfalls in diese Branche einsteigen wollten, aber das ist es nicht, oder? Ihrer Besessenheit haftet etwas... Persönliches an.“

„Wissen Sie, das ist mein Problem“, sagte ich kühl. „Sie mögen ein Hurensohn sein, aber Sie besitzen ein gutes Gespür für Gefahr. Das hat es schwierig gemacht, Ihnen einen Schritt voraus zu sein.“

Hass durchströmte mich, als ich Burke anstarrte. Es sah so aus, als würde ich ihn nie überführen können. Ich stöhnte.

„Ich will wissen, was mit Leigh Harris passiert ist“, sagte ich und sah ihm direkt in die Augen. „Ich will wissen, was Sie mit ihm gemacht haben.“

Burke sah für den Bruchteil einer Sekunde erschrocken aus, es war nur als Aufflackern in seinen Augen erkennbar. Dann wurde sein Blick abschätzend. Ich konnte fast sehen, wie sein Verstand die Puzzleteile zusammensetzte, sich vielleicht an die Zeit erinnerte, in der wir uns damals trafen, als ich noch ein Heranwachsender war.

„Sieh an, sieh an“, sagte Burke und sein Lächeln wurde raubtierhaft. „Sie müssen Leighs kleiner Bruder sein. Haben Sie die ganze Zeit einen Groll wegen ihm gehegt?“

„Was haben Sie mit ihm gemacht?“, fragte ich erneut. Ich war schon so weit gekommen, ich musste nun Antworten auf meine Fragen bekommen.

„Leigh war so ein guter Junge, ein richtiger Strahlemann. Ihn einzustellen war eine schlechte Idee. Er sah ein paar Dinge, die er nicht hätte sehen sollen, vor allem Drogenkonsum und Prostituierte, aber er sah einfach weg, bis ich einem Muskelprotz namens Victor das Handwerk legen musste. Als der arme Leigh so aufgebracht war, als er Victors Leiche sah, wusste ich, dass man ihm nicht vertrauen konnte, dass er auch diesmal den Mund halten würde. Ich zwang ihn, mich zu meinem Haus am See zu fahren, damit ich Victors Leiche entsorgen konnte und ich tötete auch ihn. Beide Leichen liegen auf dem Grund des Lake Michigan.“

Die Art, wie Burke sprach, mit einer unbekümmerten Zuversicht, als würde er über nichts Geringeres als das Wetter sprechen, löste zwei Wirkungen auf mich aus. Ich war mir sicher, dass er mich töten wollte, denn sonst hätte er nie so offen über seine Verbrechen mit mir gesprochen. Außerdem bereiteten mir seine Worte großen Kummer.

Letzteres überraschte mich ein wenig. Ich hatte Wut erwartet. Vielleicht Genugtuung darüber, endlich die Wahrheit zu kennen. Aber diese knochentiefe Trauer um meinen Bruder, der erst neunzehn Jahre alt gewesen war, machte mich fassungslos. Ich konnte nicht anders, als seine Situation mit der von Lilly zu vergleichen. Sie war so kurz davor, getötet zu werden, nachdem sie den echten Henry Burke, den mordenden Psychopathen, gesehen hatte. Ich hätte sie fast nie kennengelernt. Ein Teil meines Kummers galt auch ihr, denn ich hatte Angst, dass keiner von uns beiden hier lebend rauskommen würde.

„Bin ich deshalb hier? Um meinem Bruder auf den Grund eines Sees zu folgen?“

„Nein. Wissen Sie noch, was ich gesagt habe? Leute wie Sie wird man nicht so leicht los.“ Das Geräusch einer sich öffnenden Tür lenkte meine Aufmerksamkeit nach links. „Ah, da ist sie!“, rief Burke und wies auf Lilly, die von Dwight in den Raum gezogen wurde. Dieses doppelzüngige Arschloch.

Lilly war eine Augenweide. Sie trug immer noch das gelbe Kleid, das sie heute Morgen anhatte, als ich sie das letzte Mal gesehen hatte. Es war schwer zu glauben, dass das erst zehn Stunden her war. Es kam mir vor, als wären seitdem Jahre vergangen.

Lillys Gesicht verzog sich, als sie mich sah. Sie sah regelrecht am Boden zerstört aus. Das konnte kein gutes Zeichen sein.

„Grant, verschwinde von hier! Geh! Bevor sie…"

„Das ist genug, Miss Monroe", sagte Burke schroff. Ich schaute zu ihm, um zu sehen, dass er sich ein Paar weiße Handschuhe anzog.

„Lassen Sie sie gehen. Sie wollten mich, und ich bin hier. Sie wird niemandem erzählen, was sie im Club gesehen hat. Außerdem, wer würde ihr schon glauben?"

Jetzt, da ich sah, dass Lilly lebte, hatte ich das dringende Bedürfnis, sie von hier wegzubringen. Ich würde alles tun, alles sagen, wenn ich glaubte, dass es ihn überzeugen könnte, sie in Ruhe zu lassen.

„Das geht über den Club hinaus", sagte Burke und zog eine Waffe aus seiner Tasche. Ich wünschte, Lilly wäre näher, damit ich ihren Körper beschützen könnte, aber Dwight hatte sie in Burkes Nähe gebracht. Wenigstens schien Burke daran interessiert zu sein, die Waffe vorerst auf mich gerichtet zu lassen.

„Sag es mir, Dwight", sagte ich, weil ich wusste, dass ich jetzt nur noch Zeit schinden konnte. Jim war auf dem Weg. Wir mussten nur lange genug durchhalten, bis die Kavallerie eintraf. „Was zahlt dir Burke? Er ist milliardenschwer, weißt du, wieviel auch immer es ist, er kann dir mehr zahlen. Ich kann mir mehr leisten. Du holst Lilly hier raus und ich zahle dir alles, was du willst. Sag mir nur wieviel."

Dwight sah mich unverblümt an. „Ich wünschte, ich könnte dir das glauben, aber es gibt keine Möglichkeit, dass du diesen kleinen Vorfall verzeihen und vergessen wirst. Glaubst du, ich habe nicht gesehen, wie

beschützerisch du ihr gegenüber bist?“

Ich presste meine Kiefer aufeinander. Während er recht hatte, war es meine Intention gewesen, Zwietracht zwischen den Männern zu säen. Meine Zeit lief ab, das spürte ich.

„Wie willst du damit durchkommen?“, fragte ich, verzweifelt, um Zeit zu schinden.

„Die einzigen Fingerabdrücke auf dieser Waffe sind die Ihrer Freundin“, antwortete Burke und zeigte mit der Waffe auf Lilly, was dafür sorgte, dass mein Herz einen Schlag aussetzte. „Es wird keine Vermisstenanzeige für Sie geben. Es ist ein Mordfall.“

Verdammt. Er hatte das zu gut geplant. Der Bastard könnte tatsächlich davonkommen, indem er noch einmal Lily einen Mord anhängt.

„Irgendwelche letzten Worte, Mr. Donovan?“, fragte Burke, als er die Waffe hob und sie entsicherte. Meine Finger zuckten bei dem Wunsch, nach meiner eigenen Waffe zu greifen, aber es gab keine Möglichkeit, sie zu erfassen, bevor Burke feuern würde. Er hatte mich zu genau im Blick.

Also nutzte ich die Gelegenheit, um Lilly direkt in die Augen zu sehen. Die fesselnden grauen Augen, die mein Herz gestohlen und mich so verändert hatten. Sie machte einen besseren Mann aus mir. Vielleicht war es das, wovor ich die ganze Zeit weggelaufen war, aber jetzt nahm ich es an. Die Wärme, die sie bei mir in meinem Inneren hervorrief, zwang mich dazu, ihr meine Gefühle zu gestehen, trotz der beschissenen

Umstände und der Anwesenheit dieser beiden Männer, die ich verabscheute. Wenn dieses tatsächlich meine letzten Worte waren, wollte ich sie zu etwas Besonderem machen.

„Lilly, ich liebe dich mit allem, was ich bin. Du verjagst meine Dämonen und machst mich ganz. Du bist mein Licht."

Ich sah, wie sich ihre Augen mit Tränen füllten, als sie meine letzten Worte hörte. Ich hatte viele Dinge in meinem Leben falsch gemacht, aber sie gehörte nicht dazu. Sie in mein Haus aufzunehmen, war das Beste, was mir je passiert war und jetzt wusste sie, wie es um meine Gefühle stand.

„Wie schön." Burkes sanfte Stimme unterbrach den Moment. Der Raum füllte sich mit Spannung, bis die Luft zum Schneiden dick war. Alles, was ich sehen konnte, war die Waffe, als ich mich wieder zu ihm umdrehte. Sie war auf meinen Kopf gerichtet, und während ich zusah, bewegte er seinen Finger zum Abzug.

Ich machte mich auf den Schuss gefasst, aber er kam nicht. Stattdessen drehten wir uns alle um, als Lilly einen Schrei ausstieß.

KAPITEL 19

Lilly

Ich konnte nicht zusehen, wie der Mann, den ich liebte, starb, ohne auch nur den Versuch zu unternehmen, es zu verhindern. Dwight hatte meinen Arm fest im Griff, und ich ging im Kopf meinen einen Tag Selbstverteidigungstraining durch.

Grant hatte betont, dass ich mich mit den Füßen wehren sollte. Was noch?

Richtig, die empfindlichen Bereiche. Augen, Ohren, Nase, Rachen und Knie. Aber hatte er mir verraten, wie ich mich aus so einem engen Griff befreien konnte? Meine Gedanken rasten, aber mir fiel mir nichts ein.

Dann sah ich, wie Burkes Finger sich zum Abzug bewegte und ich warf jegliches rationales Denken über Bord. Ich stieß einen Schrei der Angst und Wut aus und ließ meinen Instinkten freien Lauf. Ich winkelte meine Beine an und stürzte mich auf Dwight, meine Hände zu Klauen zusammengekrallt, als ich nach seinem Gesicht griff.

Mein zarter Körper prallte auf seinen festen Körper. Ich hatte ihn offensichtlich überrumpelt, denn er ließ meinen Arm los, aber er stolperte nicht einmal nach hinten bei dem Aufprall. Seine stämmige Statur hielt ihn nicht nur aufrecht, sondern ermöglichte es ihm, mich mit Leichtigkeit von ihm weg und auf den Boden zu schleudern, was mir den Atem raubte. Als ich aufblickte, empfand ich eine tiefe Befriedigung beim Anblick von drei langen Kratzern an der Seite seines Gesichts. Er starrte mit einem wutentbrannten Ausdruck auf mich herab und begann, auf mich zuzugehen, sicher, um mir wehzutun, als plötzlich mehrere Dinge auf einmal passierten.

Es ging alles so schnell, dass ich es kaum fassen konnte, und mein eigenes Adrenalin war das Einzige, was meinem Verstand erlaubte, Schritt zu halten. Burke hatte sich in unsere Richtung gedreht, als ich Dwight angriff, wobei der Angriff nur eine Sekunde gedauert hatte. Aber es war lang genug gewesen.

Grant versteckte eine Waffe hinter seinem Rücken und nutzte Burkes kurze Unaufmerksamkeit, um sie hervorzuziehen und auf Burke zu richten. Als dieser dies bemerkte, hob Burke erneut seine eigene Waffe und beide Männer drückten ab.

Das Geräusch war ohrenbetäubend und schien in dem großen Raum widerzuhallen. Die Zeit blieb stehen, während meine Augen zwischen den beiden Männern hin- und herhuschten, ängstlich suchte ich nach Anzeichen von Treffern. Dwight war vergessen, während ich den Atem anhielt.

Dann stieß Burke ein schwaches Grunzen aus, bevor er sich den Bauch hielt und auf den Boden fiel. Seine Waffe rutschte weg und fiel in meiner Reichweite auf den Boden. Ich rappelte mich auf und sah, wie Dwight in meinem peripheren Blickfeld einen Schritt nach vorne machte.

„Keinen Schritt weiter, Arschloch", ertönte Grants Stimme und Dwight hielt in der Bewegung inne, seine eigene Waffe immer noch im Halfter an seiner Hüfte.

Ich schnappte mir Burkes Waffe vom Boden auf und ging auf Dwight zu. Ich griff nach der Waffe, die an seinem Körper befestigt war, aber er bewegte seine Hüften, seine Hand bewegte sich, als wolle er mich packen.

„Nenn mir einen Grund", sagte Grant. Ich warf einen Blick über meine Schulter und sah, dass er sich auf uns zubewegte. „Irgendeine Ausrede und ich werde abdrücken, das verspreche ich dir. Fass sie nicht an. Verdammt, sieh sie nicht einmal an." Dwight hob seine Hände in die Luft und ich entwaffnete ihn.

Burke stöhnte auf, als er auf dem Boden lag. Ich warf ihm einen Blick zu, aber beschloss, dass es mir egal war, was mit ihm passierte. Ich hatte seine Waffe und Grant beobachtete beide Männer aufmerksam, so dass sie keine Bedrohung mehr darstellten.

Alles, was ich wollte, war, mich in Grants Arme zu werfen und ihn zu küssen. Ich wollte einen zärtlichen Moment, in dem ich ihm meine Gefühle für ihn gestehen konnte, ohne dass diese Männer mithörten, aber es sah so aus, als müsste das warten.

Stattdessen kam ich an seine Seite und versuchte, mich damit zufrieden zu geben, einfach nur in seiner Nähe zu sein. Er wagte nicht einmal, mich anzusehen, so sehr war er auf Dwight und Burke fokussiert.

„Ich habe zwei Schüsse gehört. Du bist doch nicht verletzt, oder?", fragte ich, meine Augen seinen ganzen Körper absuchend, um nach Blutspuren Ausschau zu halten.

„Nein, mein Schatz. Mir geht es gut. Der Bastard ist ein schlechter Schütze."

Ich sah Burke an, der zusammengerollt auf dem Boden lag. Er hechelte jetzt. Ein kleiner, hasserfüllter Teil von mir war froh ihn leiden zu sehen, aber ich wusste, dass wir einen Krankenwagen rufen mussten.

„Hast du dein Handy dabei?", fragte ich Grant. „Wir sollten die Polizei rufen."

Kaum hatten diese Worte meinen Mund verlassen, öffnete sich die Tür des Lagerhauses und uniformierte Beamte stürmten mit gezogenen Waffen herein. Ich erstarrte, Burkes Waffe immer noch in der Hand, als sie uns alle vier umzingelten.

„Lassen Sie Ihre Waffen fallen!", rief eines der vielen Gesichter um uns herum.

Danach war alles ein einziges Durcheinander, es ging alles so schnell. Die erste Welle von Polizisten trug Jacken mit der Aufschrift SWAT auf dem Rücken, dann kam das FBI und die Polizei von Chicago, um den Bereich abzusichern. Es herrschte Chaos. Ein Krankenwagen kam für Burke, und ich fand mich schließlich in Grants Armen wieder.

Schade, dass dies nicht von langer Dauer war.

„Lilly Monroe, Sie sind verhaftet wegen des Mordes an Mark Lewis...", sagte eine Stimme, als ich von Grant weggezogen wurde und mir Handschellen an die Handgelenke angelegt wurden. Es ging so schnell, dass ich abgeführt wurde, während Grant darum kämpfte, an den Beamten vorbeizukommen, die ihn zurückhielten. Ich konnte hören, wie er sich mit ihnen stritt und fluchte, aber es nützte nichts. Sie verhafteten mich.

„Nein, das können Sie nicht tun. Ich habe niemanden umgebracht. Es waren Henry Burke und ein Mann namens Clint. Bitte, Burke hat mich gekidnappt! Fragen Sie einfach Grant." Ich versuchte, mit dem Mann zu reden, während er mich zur Tür des Lagerhauses zog.

„Sie können auf dem Revier eine Aussage machen", antwortete er.

„Was glauben Sie, was Sie da tun?", hörte ich Jims Stimme von hinten und ich wollte vor Erleichterung weinen, als ich sie hörte. Sicherlich würde er nicht zulassen, dass sie mich verhafteten.

„Sie sind hier nicht zuständig, Sampson", sagte der Polizist, der mir meine Rechte vorgelesen hatte. „Die Bundespolizei hat das Sagen."

„Sie ist verletzt", argumentierte Jim und deutete auf meinen Hinterkopf. „Sie können sie so nicht mitnehmen. Sie muss medizinisch versorgt werden."

„Gut", sagte der Beamte, der mich festgenommen hatte nach kurzem Zögern. „Sie begleiten sie ins Krankenhaus und bleiben die ganze Zeit bei ihr. Bei ihr besteht ein hohes Fluchtrisiko. Bringen Sie sie auf die Wache, wenn Sie fertig sind."

Die Handschellen wurden mir abgenommen und Jim führte mich durch das Lagerhaus hinaus an die frische Luft. Die Sonne ging gerade unter und ich wunderte mich, dass so viel an einem einzigen Tag passiert war. Zu meiner Rechten sah ich Dwight auf dem Rücksitz eines Polizeiwagens sitzen, die Hände hinter dem Rücken gefesselt und mit einem säuerlichen Gesichtsausdruck.

„Das ist ein Schlamassel", sagte Jim. „Du wirst immer noch wegen Mordes gesucht. Das wird sich sicher klären, sobald wir die Aussagen von dir und Grant aufgenommen haben. Und vom Wachmann", er nickte in Dwights Richtung. „Vielleicht können wir mit ihm einen Deal oder so etwas aushandeln. Aber im Moment kann ich nur wenig tun."

Ich wusste nicht, was ich sagen sollte, also nickte ich nur und stieg in sein Auto. Ich hatte törichterweise gehofft, dass jetzt alles in Ordnung war, dass die Wahrheit ans Licht kommen würde und ich als freie Frau nach Hause gehen könnte. Dabei hatte ich noch nicht einmal einen einzigen Moment allein mit Grant gehabt.

Es stellte sich heraus, dass ich eine leichte Gehirnerschütterung hatte und mit drei Stichen am Hinterkopf genäht werden musste. Der Arzt gab mir Schmerzmittel und sagte mir, ich solle zu viel Aktivität oder Stress vermeiden.

Ja, richtig. Und wie sollte ich das tun, wenn ich danach in den Knast musste?

Bei diesem Gedanken wurde mir klar, dass Jim den Raum verlassen hatte. Er war während der langen Wartezeit und der Untersuchung bei mir geblieben, aber jetzt war ich im Krankenhauszimmer allein.

Ich saß auf dem steifen Krankenhausbett und versuchte, ruhig zu bleiben. Ich fragte mich, wie ernst Burkes Verletzung war. Würde er überleben? Ihn hatte eine Kugel im Bauchraum getroffen, daher war es schwer zu sagen, ob irgendwelche Organe beschädigt worden waren. So sehr ich den Mann auch hasste, hoffte ich, dass er überlebte. Ich wollte nicht, dass Grant zum Mörder wurde. Trotz dem, was er über sich selbst dachte, war er ein guter Mensch.

Die Tür des Krankenzimmers öffnete sich, und ich schaute hin, in der Erwartung, dass eine Schwester oder vielleicht Jim eintrat. Ich war mehr als erfreut, Grant hereinkommen zu sehen. Er zog die Tür hinter sich zu und schloss uns gemeinsam ein. Endlich waren wir allein.

„Ich liebe dich auch", platzte ich heraus. Ich schlug mir die Hand beschämt vor den Mund. Seit seinem Geständnis wollte ich ihm unbedingt sagen, dass ich dasselbe empfand, aber ich hatte gehofft, es auf subtilere Weise angehen zu können. All seine eleganten und herzlichen Worte hatten die Liebeserklärung besonders gemacht und seine Gefühle auf dezente Art und Weise in Worte gefasst, und ich schrie es ihm einfach entgegen, ohne jegliches Taktgefühl.

Grant lachte, ging zu mir und drückte mir einen glühenden Kuss auf die Lippen, der viel zu kurz war. „Ich weiß, dass du das tust, Verführerin." Er reckte den Hals zur Seite und sah sich meinen Hinterkopf an: „Tut es weh?"

„Nicht annähernd so schlimm wie davor." Das stimmte. In den Stunden, seitdem ich aufgewacht war, war der Schmerz auf einen durchschnittlichen Kopfschmerzlevel gesunken; unangenehm, aber erträglich. „Ich komme schon klar."

„Hör mal, wegen dem, was ich heute Morgen gesagt habe..."

„Vergiss es", unterbrach ich ihn. Die Trennung heute morgen schien so weit weg, dass es sich nicht einmal lohnte, darüber zu reden. Ich hatte ihn fast sterben sehen. Das machte ein paar scharfe Worte bedeutungslos. „Ich weiß, dass du mich liebst. Belassen wir es dabei."

Grant lächelte und sah erleichtert aus. Ein weiterer, schüchterner Kuss und er zog sich zurück, als sich die Tür wieder öffnete. Jim kam herein, steckte sein Telefon weg und hatte einen grimmigen Gesichtsausdruck.

„Ich bin froh, dass du hier bist. Hör zu, es wird dir nicht gefallen, aber ich muss Lilly mitnehmen", sagte er zu Grant. Grant versteifte sich neben mir.

„Das kannst du erst, wenn sie von hier entlassen wird, richtig?"

„Sie stellen gerade den Papierkram dafür zusammen. Aber es sollte nur vorübergehend sein. Wir kümmern uns um ihre Geschichte und werden alles versuchen, was wir tun können."

„Nein, die Ärzte werden sie nicht entlassen."

„Es ist nur eine leichte Gehirnerschütterung. Sie haben keinen Grund sie hier festzuhalten.“

Die Tür öffnete sich erneut und eine Krankenschwester kam hereingestürmt. „Der Arzt hat beschlossen, Sie über Nacht zur Beobachtung hierzubehalten, Liebes. Nur um sicher zu gehen. In diesem Schrank sind Kittel“, sie zeigte auf einen hohen Schrank neben dem Badezimmer, „wenn Sie sich umziehen wollen. Ich komme in ein paar Stunden mit mehr Schmerzmitteln zurück.“

Als sie ging, drehte ich mich mit großen Augen zu Grant um. In seinem Gesicht stand ein selbstgefälliger Blick, den ich sehr gut kannte. „Was hast du getan?“, fragte ich ihn.

„Ich weiß nicht, wovon du redest“, sagte er. „Aber hast du schon gehört, dass dieses Krankenhaus innerhalb des nächsten Jahres einen neuen Flügel eröffnen wird?“

„Ja?“, fragte Jim mit einem wissenden Lächeln.

„Ja. Anscheinend hat ein anonymer Spender ihnen heute eine große Summe Geld bereitgestellt.“

„Muss ein netter Kerl sein“, sagte Jim. „Ich frage mich, ob er auch etwas davon hat.“

„Ich glaube schon“, sagte Grant, streckte die Hand aus und ergriff meine.

„Ich werde mich über Burkes Zustand informieren. Sie haben ihn operiert, soweit ich weiß. Ich bin gleich wieder da“, sagte Jim und verließ den Raum. Ich hatte das Gefühl, dass er uns Privatsphäre geben wollte, und ich wusste das zu schätzen.

„Das Krankenhaus hat zugestimmt, mich über Nacht zu behalten, weil du ihnen Geld gegeben hast?“

„Was soll ich sagen? Der Dekan hier in der Klinik ist ein kluger Mann. Er konnte sehen, wie gut er das Geld für sein

Krankenhaus gebrauchen würde und dass es sich lohnen würde, dafür ein wenig Druck auf deinen Arzt auszuüben."

„Über wieviel Geld reden wir hier?"

„Hundert Millionen", sagte Grant und zuckte mit den Schultern, als ob es keine große Sache wäre.

„Was? Du hast hundert Millionen Dollar bezahlt, nur, damit ich nicht ins Gefängnis muss?"

„Lass mich etwas klarstellen", sagte er, setzte sich auf das Bett und zog mich auf seinen Schoß. „Ich bin dein Beschützer und ich werde alles tun, was nötig ist, um auf dich aufzupassen. Wenn das bedeutet zu schmieren- ich meine, einen Haufen Geld für einen guten Zweck zu spenden, dann werde ich das tun." Er schaute mir in die Augen und ich sah, wie sich die Tiefe meiner eigenen Gefühle in ihnen widerspiegelte. „Wenn es bedeutet, meinen Feind zu konfrontieren oder eine Kugel einzufangen, dann werde ich auch das tun. Du bist es mir wert."

Ich wusste nicht, was ich sagen sollte, denn ich hatte keine Worte, die zu diesem aufrichtigen Ausdruck der Liebe passten. Also küsste ich ihn.

***

Das FBI tauchte gleich am nächsten Morgen auf, um mit mir zu sprechen. Jim hatte bereits am Vorabend meine offizielle Aussage aufgenommen, aber sie wollten sie noch einmal hören. Ich erzählte ihnen alles, angefangen mit der Nacht, in der ich sah, wie Burke und Clint einen Mann ermordeten, und gestand, dass ich mich in Grants Haus versteckt hatte – obwohl ich die pikanten Details meines Aufenthalts auslieβ - und endete mit meiner Entführung.

Ich war klar und ehrlich, aber ich wusste, dass sie mich wahrscheinlich ins Gefängnis bringen würden, sobald mein

Arzt die Entlassungspapiere unterschrieben hatte. Sie hatten keinen Grund mir zu glauben, und Burke hatte verdammt gute Arbeit geleistet, mich für den Mord an Mark Lewis verantwortlich zu machen.

Grant blieb die ganze Zeit an meiner Seite und weigerte sich, den Raum für meine Aussage zu verlassen. Er hielt meine Hand, während ich sprach, unsere Finger waren ineinander verschlungen. Er war mein Fels in der Brandung und gab mir den Halt, den ich brauchte, um das Trauma zu überwinden, gefangen gehalten zu werden.

Das FBI ging jedoch ohne mich. Erst fast eine Stunde später, kurz nachdem mein Arzt mit einer Liste von Dingen hereinkam, die ich vermeiden sollte, darunter auch Sex, und mir meine Entlassungspapiere überreichte, kam Jim breit grinsend ins Zimmer.

„Tolle Neuigkeiten. Das FBI hat die ganze Nacht damit verbracht, den Leibwächter zu verhören."

„Dwight", sagte Grant, als Jim sein Notizbuch durchblätterte und

nach dem Namen suchte.

„Das war's. Wie auch immer, Dwight hat einen Deal gemacht. Er bekommt nur zwei Jahre dafür, Lilly entführt zu haben", Grant spuckte wütend. Jim redete auf ihn ein, „aber er hat Burke verraten. Ich schätze, er hat Dwight von dem Mord im Nachtclub erzählt. Das hat deinen Namen, Lilly, wieder reingewaschen."

Ich saß fassungslos da. Es war schwer, die plötzliche Wendung des Schicksals zu begreifen. Ich hatte den ganzen Morgen damit verbracht,

mich mental darauf vorzubereiten, ins Gefängnis abtransportiert zu werden, anschließend fotografiert zu werden und dass Fingerabdrücke von mir genommen würden, bevor man mich einsperrte. Konnte das wahr sein? War es wirklich vorbei?

Jims Gesicht verriet mir, dass es das war.

Ein Lächeln bildete sich auf meinem Gesicht und ich lachte, von Emotionen übermannt, brachen meine Gefühle plötzlich aus mir heraus. Dann, bevor ich mir dessen überhaupt bewusst war, weinte ich. Die Tränen liefen mir über die Wangen, als Grant seine starken Arme um mich schlang und mir beruhigende Worte ins Ohr flüsterte.

Ich schämte mich für meine Tränen, aber ich konnte sie nicht zurückhalten. Ebenso wie das Lachen, entluden sie sich, ohne dass ich etwas dagegen tun konnte und plötzlich ließ die angestaute Spannung von mir ab. Als sie über meine Wangen liefen, hatte ich das Gefühl, dass die Tränen all meinen Stress und meine Sorgen wegspülten und viel Platz für die guten Dinge machten, für die Liebe.

Und das war gut so, denn in Grants Umarmung hatte ich das Gefühl, dass ich von nun an endlos viel davon bekommen würde.

KAPITEL 20

Grant

Lilly zog offiziell an dem Tag, an dem sie das Krankenhaus verließ, bei mir ein. Dieses Mal war es keine Übergangslösung. Ich war mit Leib und Seele bereit für diese Beziehung. Ich wollte sie hier haben, jeden Morgen mit einem Blick auf ihr Gesicht aufwachen und nachts ihren Körper verwöhnen.

Ich hatte keinen einzigen Vorbehalt, sie zu lieben, nicht länger. Ich schätzte, dass so etwas wie eine Nahtoderfahrung so etwas mit einem Menschen machte. Ich hatte all dieses hier fast verpasst wegen meiner eigenen Dummheit, und ich würde diesen Fehler nicht noch einmal begehen.

Erst fast eine Woche später wurde mir klar, dass mit mir nicht alles in Ordnung war.

Ich hatte all die Jahre gedacht, dass ich mein Trauma überwinden könnte, wenn ich mich an Burke gerächt hätte. Dies war nun vollbracht.

Er war noch nicht hinter Gittern, erholte sich noch von seiner Schusswunde und der Unterleibsoperation, aber es wurde Anklage gegen ihn erhoben. Es begann mit dem Mord an Mark Lewis und der Entführung von Lilly. Dann begann auch die DEA herumzuschnüffeln, nach Dwights Geständnis, in dem er den Drogenschmuggel erwähnt hatte.

Jim rief mich zwei Tage nach dem Vorfall im Lagerhaus an, um mir mitzuteilen, dass sie endlich den Beweis gefunden hatten, nach dem ich schon so lange gesucht hatte. Eine Lieferung aus Kolumbien war mit dem Flugzeug gelandet und enthielt mehrere Kilo Kokain zwischen Früchten versteckt, die angeblich für ein Restaurant bestimmt waren, das Burke gehörte.

Das kam auf die immer länger werdende Liste mehrerer Anklagen gegen Burke, und die Polizei hatte noch nicht einmal Leighs Leiche gefunden. Sie waren dabei, den Lake Michigan auszubaggern, aber das würde Zeit brauchen.

Ich hatte meinen Rachefeldzug vollendet, daran gab es keinen Zweifel. Ich hatte den Mann sogar verletzt, was sicher ein erwünschter Nebeneffekt war. Dennoch fühlte ich mich nicht geheilt.

Lillys Anwesenheit brachte etwas Licht in mein Dunkel. Aber nachts, während sie friedlich schlief, konnte ich nicht neben meiner feurigen Verführerin ruhen. Ich verließ das Bett und wanderte durch das dunkle Haus. Ich fühlte mich ängstlich und verloren.

Ich hatte meine Existenz um Burke herum definiert. Das war ungesund und ich wusste es, aber ich hatte meine Wut auf ihn zu einer Priorität in meinem Leben gemacht. Ich hatte gedacht, dass der Abschluss dieser ganzen Angelegenheit dabei helfen würde, diese Sache endgültig wegzuschließen und mir erlauben, die üblen Gefühle hinter mir zu lassen und einfach mit meinem Leben weiterzumachen, aber jetzt merkte ich, dass ich nicht wusste, wie ich das anstellen sollte.

Ich versuchte, diese Dinge vor Lilly zu verbergen, weil ich befürchtete, sie würde denken, ich sei unglücklich mit ihr. Eigentlich war das Gegenteil der Fall. Die Male, in denen ich das Gefühl hatte, dass mein Leben auf dem richtigen Weg war, war, wenn sie in meinen Armen lag.

„Weißt du was?", sagte sie aufgeregt, als sie mich auf der Terrasse fand, wo ich versuchte, mich zu entspannen.

„Du hast den Job?“

„Ja!“, rief sie aus, und ihr strahlendes Lächeln haute mich um.

Sie hatte versucht, wieder einen Job zu finden, seitdem ihr Arzt die Fäden gezogen und sie vor drei Tagen für gesund erklärt hatte. Ich sagte ihr, dass sie nicht arbeiten müsse, dass Geld keine Rolle spiele, aber sie wollte es tun und ich konnte ihr nichts abschlagen.

Ich ahnte, dass sie es hassen würde, arbeitslos zu sein, jetzt, da sie

sich nicht mehr verstecken musste. Tatsächlich nutzte sie jede Gelegenheit, um das Haus zu verlassen, und sei es nur, um alltägliche Besorgungen zu machen. Die Freude, die sie empfand, wenn sie sich in der Öffentlichkeit aufhielt, steckte mich an.

„Vor Ihnen steht die neue Veranstaltungskoordinatorin des Northview Convention Center“, sagte sie mit einem Augenzwinkern.

„Herzlichen Glückwunsch, meine Liebe.“

„Die Bezahlung ist nicht toll, aber ich werde Shows und Musiker buchen, mich ums Marketing kümmern, all das. Es ist perfekt für mich.“

„Ich bin stolz auf dich“, sagte ich und zog sie für einen kurzen Kuss zu mir herunter.

„Danke.“ Sie setzte sich auf einen Stuhl neben mich und gestikulierte mit den Händen herum.

Sie biss sich auf die Lippe und schaute auf den Pool hinaus.

„Was hast du auf dem Herzen?“, fragte ich. Sie sah plötzlich nervös aus.

„Grant, ich mache mir Sorgen um dich. Ich möchte, dass du mit jemandem redest.“

„Was?" Ich setzte mich auf, lehnte mich nach vorne und stützte meine Ellbogen auf die Knie.

„Woher kommt das denn?"

„Denkst du, ich habe nicht gemerkt, was mit dir los ist? Du bist unruhig, abgelenkt, schläfst nicht. Ich mache mir Sorgen um dich."

Mein erster Instinkt war, das Gespräch abzubrechen. Ich war es nicht gewöhnt meine Gefühle mit jemandem zu teilen, besonders die negativen. Aber sie sah mich mit so viel Zärtlichkeit an, dass ich sie nicht wegstoßen konnte, nicht dieses Mal.

„Seit ich diesen Job habe, mache ich mir Sorgen, wie du wohl klarkommst, wenn ich nicht zu Hause bin."

Verdammt. Sie war zu aufmerksam. Ich wollte nicht, dass sie wusste, wie abhängig ich im Moment von ihr war. Ich wollte ihr starker Mann sein. Ich hatte das Gefühl, sie im Stich zu lassen, und war das nicht typisch für mich?

„Ich weiß nicht, ob ich das kann", sagte ich schließlich zu ihr, nachdem ich ein paar Minuten darüber nachgedacht hatte. Sie sah weg und versuchte, ihren Schmerz zu verbergen, aber ich sah es.

„Ich lehne die Idee nicht grundsätzlich ab, aber ich glaube einfach nicht, dass ich der Typ bin, der mit einem Fremden spricht. Sieh doch nur, wie schwer es mir gefallen ist, mich dir gegenüber zu öffnen. Ich weiß nicht, ob ich dafür geschaffen bin."

„Was sollen wir dann tun? Du kannst nicht so weitermachen wie bisher. Das ist nicht gesund."

Es war nicht gesund. Hatte Jim nicht etwas Ähnliches über meine Besessenheit mit Burke gesagt? Und er hatte recht.

„Ich werde mir etwas einfallen lassen. Ich verspreche es“, sagte ich zu Lilly. Es war an der Zeit, die Dinge loszulassen und einen neuen Sinn im Leben zu finden.

Lilly ließ sich auf meinem Schoß nieder, drückte ihren Kopf an meine Schulter und wir verfielen in ein angenehmes Schweigen, bis mein Telefon klingelte und den Moment unterbrach. Ich warf einen Blick auf das Display und sah, dass es Jim war.

„Hallo?“

„Hey.“ Es war nur ein Wort, aber die Art, wie Jim es sagte, jagte mir einen Schauer über den Rücken.

„Ihr habt ihn gefunden?“

„Wir glauben schon. Wir haben zwei Leichen gefunden, die an Betonblöcke gefesselt waren. Aber sie befanden sich dreizehn Jahre unter Wasser. Sie sind nicht mehr zu erkennen. Wir müssen auf die zahnärztlichen Befunde warten.“

„Was sagt dir dein Bauchgefühl?“

Jim zögerte. Gerade als ich dachte, er würde nicht antworten, sagte er, „Er ist es.“

***

Drei Monate später befand ich mich mit Lilly im Fitnessstudio und machte Yoga. Erst dachte ich, es sei lächerlich, als sie davon anfing. Ich trainierte fast jeden Tag, stemmte Gewichte, machte Aerobic und Krafttraining. Ich dachte, Yoga wäre langweilig im Vergleich zu diesem anstrengenden Zeug, und ich war schon so gut in Form, dass es mir unmöglich nützen konnte.

Ich hatte mich geirrt. Yoga beanspruchte nicht nur Muskeln in meinem Körper, die mein übliches Training nicht berücksichtigte, sondern es half mir auch, mich zu entspannen. Es machte mir den Kopf frei. Jim machte sich dann gerne über mich lustig, weil ich etwas tat, was er für mädchenhaft hielt, aber das war mir egal.

„Okay, jetzt der herabschauende Hund“, sagte Lilly.

Ich wollte mich gerade in Position bringen, als ich aufblickte und

Lilly erblickte. Die Kurve ihres Hinterns war alles, was ich von hier aus sehen konnte. So viel zum Entspannen. Der untere Teil meines Körpers erwachte zum Leben, während ich sie beobachtete. Ihre langen Beine waren in eine hautenge schwarze Yogahose gehüllt und ich konnte sehen, wie sich die schlanken Muskeln ihrer Oberschenkel anspannten, als sie sich dehnte.

Ich befand mich immer noch in der Hocke, halb gebeugt, aber ansonsten folgte ich nicht ihren Anweisungen, als sie über ihre Schulter schaute und mich dabei erwischte, wie ich sie anstarrte. Aufrechtstehend, runzelte sie die Stirn und stemmte die Hände in die Hüften.

„Ich dachte, du nimmst das ernst?“

„Ich bin sehr ernst gerade“, sagte ich, stand auf und machte einen Schritt auf sie zu. Sie schluckte, aber ihre Augen verfinsterten sich.

„Was hast du denn auf dem Herzen?“, fragte sie und ein verschmitztes Lächeln bildete sich auf ihren Lippen.

„Wie wäre es, wenn ich es dir zeige?“

Ohne weitere Worte kam sie zu mir und sprang in meine Arme und schlang ihre Beine um meine Taille. Ich fing sie leicht auf, als unsere Münder aufeinandertrafen. Ich ging vorwärts, bis ihr Rücken gegen die

Wand gepresst war und hielt sie fest. Ich zog ihr den Sport-BH mit einem festen Ruck über den Kopf und liebkoste ihre Brustwarzen, während sie laut stöhnte. Ich stürzte mich wie wild auf sie und spürte den Drang, ihren Körper zu besitzen.

„Grant!", schrie sie, als ich zwischen uns griff und meine Hand in ihre enge Hose wandern ließ. Ich stellte fest, dass sie nass und bereit für mich war, und das ohne Höschen, all dies ließ mich aufstöhnen.

Ohne eine weitere Sekunde zu verschwenden, schob ich meine Basketballshorts und Boxershorts gerade so weit herunter, dass meine Erektion zum Vorschein kam. Ich konnte die Hitze spüren, die von ihrem Geschlecht ausging, als ich gegen ihre Hose drückte.

Frustriert über den Stoff, der uns trennte, griff ich an jede Seite ihrer Hose und riss sie an der Naht in der Mitte auf, bis sie nackt vor mir lag. Ich stemmte meine Hüften vorwärts und stieß mit einem heftigen Stoß in sie, der sie dazu brachte, aufzuschreien und ihre Nägel in meinen Rücken zu graben.

Der Schmerz mischte sich mit dem Vergnügen unserer Vereinigung und steigerte mein Erlebnis, als ihr Geschlecht mich fest umklammerte. Die Reibung zwischen uns tobte, als ich sie grob nahm und sie ihre Beine um meine Taille schlang, um mich fest an sich zu ziehen.

Es war wild und schnell, aber genau das, was ich brauchte. Mein Orgasmus kam schnell, aber sie war auch kurz davor und wimmerte in mein Ohr, während sie ihrem Höhepunkt näher und näher kam.

„Tu es, Temptress, komm mit mir. Jetzt", brummte ich, als die Empfindungen mich überwältigten, Hitze breitete sich in meinem Körper aus, kurz bevor ich sie mit meinem Samen füllte. Das Pulsieren ihres Inneren ließ mich noch heftiger kommen, bis ich meine Augen verdrehte.

Wir brachen übereinander zusammen, sie immer noch zwischen meinem Körper und der Wand eingeklemmt, die Nachwehen ihres Orgasmus ließen meinen ganzen Körper erzittern, als wir für einen Moment so verharrten. Schließlich zog ich mich zurück und sie glitt meinen Körper hinunter, bis ihre Füße den Boden berührten.

„Du bist fantastisch", sagte ich ihr aufrichtig und zog mir wieder die Boxershorts hoch.

„Und du schuldest mir eine neue Hose", sagte sie neckisch. Ich lächelte verlegen.

„Ja, das tut mir leid."

„Mir tut es das nicht", zwinkerte sie. „Ich denke allerdings, das war genug Bewegung für heute. Ich muss vor der Arbeit noch schnell duschen."

„Ich komme gleich nach", versprach ich mit einem verruchten Grinsen. Sie lachte nur und ließ mich allein in der Turnhalle zurück.

In den letzten Monaten hatte ich auch mit Meditation begonnen. Lilly war die einzige Person, die davon wusste. Ich hatte daran gearbeitet, die Traumata in meinem Leben zu überwinden, und meine alte Art, alles zu verdrängen, gab es schon lange Zeit nicht mehr. Ich hatte Lilly versprochen, dass ich versuchen würde, meine Dämonen ein für alle Mal zu besiegen.

Ich befand mich immer noch im Prozess, aber ich hatte einen Weg gefunden, mit meinem Schmerz umzugehen, der weitaus gesünder war, als mein verrücktes Streben nach Rache jemals gewesen war.

Ich gründete eine gemeinnützige Organisation für junge Menschen, die Opfer von Gewaltverbrechen geworden waren, egal ob sie selbst in irgendeiner Weise verletzt worden waren oder sie ein Familienmitglied verloren hatten, so wie ich. Wir boten Trauerbegleitung, Gruppenunterstützung und sogar einen sicheren Ort an, an dem sie untertauchen konnten, wenn es nötig war. Der letzte Punkt war Teil einer Zusammenarbeit mit Tylers Sicherheitsfirma. Er war wütend, als er von Dwights Verrat erfuhr und bot mir an mir bei diesem Projekt zu helfen, um es wiedergutzumachen.

Die Organisation, die ich Leigh's Place nannte, war das Ziel, nach dem ich mich gesehnt hatte. Es stellte sich heraus, dass das Anhören der Geschichten anderer Menschen und ihnen Rat und Unterstützung anzubieten, meine ganz eigene Form der Therapie war.

Jetzt war das Leben besser. D-Tech florierte, die Aktienkurse stiegen und Jumpstart, das kleine Unternehmen in Oklahoma, das wir fast hatten schließen müssen, erholte sich gut von seinem Skandal.

Leigh's Place war mein Stolz und mein Zufluchtsort.

Und dann war da noch Lilly. Sie war immer noch mein Licht und half mir, die Dunkelheit zu vertreiben, die all die Jahre in meinem Herzen geherrscht hatte. Es war unerträglich für mich, daran zu denken, dass ich sie aufgrund meiner fragwürdigen Entscheidungen fast verloren hätte.

Aber sie war hier, und sie gehörte mir.

Auch im Fall Burke hatte sich alles gefügt. Dwight bekam seine ärgerlich kurze Strafe für die Rolle, die er bei Lillys Entführung gespielt hatte, aber sie war eine freie Frau aufgrund der Einigung, also ließ ich die Sache auf sich beruhen. Das Letzte, was ich brauchte, war eine weitere Obsession.

Burke war mehrfach angeklagt und sollte für den Rest seines Lebens nie wieder ein freier Mann sein. Nun, das war Gerechtigkeit.

Der Mann, der Mark Lewis kaltblütig ermordet hatte, Clint, wurde vor ein paar Monaten tot aufgefunden. Er war an einer Überdosis Heroin gestorben. Lilly konnte ihn anhand eines Bildes, das Jim ihr zeigte, als den Schützen identifizieren. Ich hätte dem Mann nicht den Tod gewünscht, eine Gefängnisstrafe sicher, aber nicht den Tod. Aber ich musste zugeben, dass ich froh war, dass er nie wieder jemandem etwas antun konnte.

Als ich meine kurze Meditationssitzung beendet hatte, eilte ich die Treppe hinauf. Ich konnte hören, dass die Dusche noch lief, und ich wollte mich zu Lilly gesellen, bevor sie fertig war. Trotz unserer heißen Sitzung im Fitnessstudio spürte ich, wie mein Körper bereit war, sie noch einmal zu nehmen. Ich konnte nicht genug von ihr bekommen. Aber dieses Mal wollte ich es liebevoll und langsam angehen.

***

Die Sonne ging gerade unter, als ich den schmalen Feldweg entlangging. Lilly hatte angeboten mitzukommen, aber ich wollte das alleine machen. Eine Metallurne steckte unter meinem Arm, die überraschend schwer war. Nachdem die Leichen im See als Leigh Harris und Victor Costa bestätigt worden waren, hatte man mir die Leiche meines Bruders übergeben. Auf Jims Empfehlung hin ließ ich ihn in ein Bestattungsinstitut überführen und einäschern, ohne die Leiche zu sehen. Jim sagte, es sei kein schöner Anblick gewesen.

Ich beschloss, dass es besser war, ihn so in Erinnerung zu behalten, wie er gewesen war, lebendig und fröhlich, mit einem schiefen Lächeln und lockigem Haar. Das war das Bild, das ich von meinem großen Bruder im Kopf hatte, und dieses Bild wollte ich beibehalten.

Als mir die Asche vor acht Wochen zurückgegeben worden war, hatte ich gesagt, dass ich sie an demselben Ort verstreuen würde, an dem ich die meiner Mutter verstreut hatte, damit sie zusammen sein konnten. Aber stattdessen stellte ich die Urne auf den Kaminsims im Wohnzimmer und sah sie jedes Mal an, wenn ich vorbeiging, konnte mich aber nicht dazu durchringen, die Asche zu verstreuen.

Ich wollte mich noch nicht verabschieden.

Aber die Zeit zum Loslassen war gekommen. Ich ging einen Weg an einem Teich entlang, den ich als Kind immer besucht hatte. Hier gab es Campingplätze im Wald und wir kamen jeden Sommer dorthin, denn Camping war der einzige Urlaub, den wir uns damals leisten konnten. Mom lehrte Leigh und mir das Schwimmen in diesem Teich, und wir brachten uns selbst das Angeln bei, mit Ruten, die wir uns vom Vater meines besten Freundes geliehen hatten. Das waren schöne Erinnerungen und die, die ich im Kopf hatte, als ich Moms Asche hier verstreut hatte.

Ich kam zu der Stelle, die durch die große Eiche in der Nähe leicht zu erkennen war und blieb stehen. Der Tag war kühl und klar, und der Sonnenuntergang malte den Himmel in Violett-, Blau-, Rot- und Gelbtöne. Es war atemberaubend und passte gut zu den Blättern, die sich gerade verfärbten, bevor sie für den Winter von den Bäumen fallen würden.

Ich hatte mir einen perfekten Herbsttag für diesen Ausflug ausgesucht. Ich sah mich um, um sicherzugehen, dass ich allein war und nahm den Deckel von der Urne und sprach, als ob Leigh hier sein würde.

„Da wären wir. Zurück am alten Teich, wie wir ihn immer nannten. Ich habe Mom hierhergebracht, als der Krebs sie holte. Ich habe ihr damals versprochen, dass ich dich finden würde, tot oder lebendig. Ich glaube, wir wussten beide, dass du umgebracht wurdest, aber es war die Hölle nicht sicher zu wissen, was passiert war, nicht zu wissen, ob du gelitten hast..."

Ich brach ab, meine Stimme wurde brüchig. Ich hatte mir nie erlaubt, wegen Leigh zu weinen, es schien nicht richtig zu sein, da ich nie sicher gewusst hatte, was mit ihm geschehen war. Aber jetzt wusste ich es. Der Gerichtsmediziner hatte eine Kugel in seinem Schädel gefunden. Burke hatte ihn mit einem Schuss getötet.

Ich versuchte erleichtert darüber zu sein, dass es ein schneller Tod gewesen sein musste, aber ich fühlte nur Traurigkeit. Er war so jung gewesen.

„Weißt du", begann ich wieder. „Ich betrachte dich immer noch als meinen großen Bruder, obwohl ich jetzt fast zehn Jahre älter bin, als du es je sein wirst. Ich denke, ich werde dich immer so sehen. Mein großer Bruder, der mir beigebracht hat, was der zweite Schritt war, als ich meine erste Freundin hatte und der meine Krawatte für Großvaters Beerdigung band. Ich habe so sehr zu dir aufgeschaut und als du weg warst... war ich verloren."

Ich war mir nicht sicher, was ich hier tat oder ob ich überhaupt an ein Leben nach dem Tod glaubte, aber ich fühlte mich besser, als ich wieder mit Leigh sprach. Ich spürte, wie sich meine Brust entspannte, als ob ein Muskel, von dem ich nie gemerkt hatte, dass er verkrampft gewesen war, mir eine Erleichterung verschaffte, von der ich nicht gewusst hatte, dass ich sie brauchte. Also sprach ich weiter.

„Aber ich wurde gefunden. Mein Mädchen, Lilly, hat mich gefunden. Ich wusste nicht, dass ich noch dazu fähig war, mich so gut zu fühlen und so sehr zu lieben. Aber sie bringt es in mir hervor. Ich glaube, ich werde sie heiraten.“

Die Worte waren wie eine Offenbarung, als sie meinen Mund verließen. Ja. Ich würde dieses Mädchen auf jeden Fall heiraten.

„Wie auch immer, ihr könnt jetzt beruhigt sein“, sagte ich zu Mom und Leigh, während ich die Urne umdrehte und um den Rand des Teiches herumging und die Asche ins Wasser gleiten ließ. „Ich liebe euch beide.“

Als ich fertig war, blieb ich noch ein paar Minuten, um den Sonnenuntergang zu beobachten, genoss seine Schönheit und hoffte, dass meine Familienmitglieder irgendwo wirklich zusammen waren, dass sie auf der anderen Seite Frieden gefunden hatten, genauso wie ich ihn hier fand.

EPILOG

Lilly

Manche Mädchen träumen von ihrem Hochzeitstag und planen alles bis ins kleinste Detail, wenn sie noch jung sind, lange bevor sie den Bräutigam treffen. Ich war nicht so. Vielleicht lag es daran, dass ich keine enge Familie hatte, mit der ich den Tag feiern konnte, aber aus welchem Grund auch immer, ich hatte bisher nicht viel über meine Hochzeit nachgedacht.

Als es an der Zeit war, meine Hochzeit mit Grant zu planen, wählte ich einen Ort aus, von dem ich wusste, dass er ihn lieben würde. Der Botanische Garten. Grant liebte es, im Freien zu sein und wir wollten auf keinen Fall drinnen heiraten. Außerdem, wer liebt nicht eine Hochzeit im Freien im Frühling, wenn alles grün und am Sprießen ist? Die Blumen standen in voller Blüte und bildeten eine herrliche Kulisse für unsere Zeremonie.

Es waren nicht sehr viele Gäste bei der Hochzeit. Ein paar meiner neuen Mitarbeiter nahmen teil, darunter mein Chef, der eindeutig in mich verknallt war. Er saß hinten und sah nicht so glücklich aus, aber er hätte froh sein sollen, dass ich Grant das Versprechen abgelockt hatte, keine Szene zu machen, indem er ihm eine reinhauen würde. Ich wollte nicht, dass der Typ uns heute das Rampenlicht stahl. Einige meiner alten Kollegen aus dem The Verve tauchten auch auf. Das war's, was meine Seite der Eingeladenen anging.

Grant hatte Jim und seine Tochter Macy, die so ziemlich die süßeste Fünfjährige war, die ich je gesehen hatte, eingeladen. Auch Bonnie, seine Sekretärin, war zusammen mit ein paar anderen Mitarbeitern von D-Tech da. Die meisten seiner Gäste kamen von Leigh's Place. Die gemeinnützige Organisation leistete großartige Arbeit, und Grant, mein liebenswerter Introvertierter, hatte so enge Beziehungen zu vielen Menschen geknüpft, mit denen er zusammenarbeitete, dass viele von ihnen die Gelegenheit wahrnahmen, an unserer Hochzeit teilzunehmen.

Ich hatte alles selbst geplant und viel Spaß dabei gehabt, aber das lag wohl daran, dass wir es einfach hielten. Grant besaß alles Geld der Welt, wir hätten die Party des Jahrhunderts veranstalten können, aber das brauchten wir nicht. Diese Hochzeit war eine Liebeserklärung, nicht einfach eine riesige Party.

Ich atmete tief durch und überprüfte mein Aussehen noch einmal im Spiegel. Mein Kleid bestand ganz aus Spitze, mit langen Ärmeln und einem Rückenausschnitt. Man konnte die Tätowierung sehen, die ich so sehr liebte, und gleichzeitig war das Outfit trotzdem zart und verträumt. Ich hatte mir Locken gedreht und mein Haar zur Seite gesteckt, sodass es mir über die rechte Schulter fiel. Mein Make-up hatte ich schlicht gehalten, ein wenig Gold auf meine Augenlider und zartrosa Lippenstift auf meine Lippen aufgetragen. Ein Strauß aus Wildblumen vervollständigte meinen Look.

Unruhig wippte ich auf meinen Fußballen auf und ab und wartete darauf, den Hochzeitsmarsch zu hören, der mein Stichwort war. Ich war nicht nervös, nur sehr gespannt. Geplant hatte ich diese Hochzeit und die Flitterwochen in der kurzen Zeit von zwei Monaten, da ich mir noch nie etwas so sehr in meinem Leben gewünscht hatte, wie die Frau von Grant Donovan zu sein.

Endlich hörte ich die Musik, auf die ich gewartet hatte, und ich trat hinter den Bäumen hervor, die mir die Sicht versperrt hatten. Alle standen auf, aber ich schaute sie nicht einmal an. Meine Augen waren auf den Mann, der am Ende des Ganges auf mich wartete, gerichtet. Er strahlte mich förmlich an.

Grant standen Anzüge verdammt gut, aber dieser Smoking, den er trug, war eine ganz andere Liga. Er war ihm maßgeschneidert worden - das konnte man daran erkennen, wie der Stoff seine Schultern umspielte und die Muskeln darunter betonte. Die schwarze Farbe hob das Blau seiner Augen hervor und ließ sein Lächeln noch strahlender erscheinen, wenn das überhaupt möglich war.

Es fiel mir schwer, mich überhaupt noch daran zu erinnern, wie Grant mit gerunzelter Stirn aussah. Der mürrische Mann, den ich erst letzten Sommer kennengelernt hatte, existierte nicht mehr. Grant hatte diese Persona abgelegt und tauchte auf der anderen Seite viel glücklicher auf.

Ich glaubte gerne, dass ich ein wenig damit zu tun hatte, aber es war auch seine eigene Entschlossenheit, ein besserer Mensch zu werden. Ich war so verdammt stolz auf ihn, dass er das geschafft hatte.

Als ich bei ihm ankam, hielt Grant mir seine Hand hin und ich ergriff sie freudig und reichte meinen Strauß an Macy weiter, die so gerne bei der Hochzeit dabei sein wollte, dass wir eine Aufgabe für sie finden mussten.

Der Standesbeamte begann zu sprechen und hielt die übliche Rede, während Grant und ich mit gefalteten Händen dastanden. Wir hielten es einfach. Ein paar „Ja, ich will“, der Austausch der Ringe und ein „Sie dürfen die Braut jetzt küssen"; wir waren zehn Minuten später offiziell verheiratet.

Ich konnte nicht anders, als mich in Grants Arme zu werfen, als der Trauzeuge uns zu einem Kuss aufforderte. Wir hatten uns schon oft geküsst, aber dieses erste Mal als Ehemann und Ehefrau, das war etwas ganz Besonderes. Es war, als ob das Ausmaß dessen, was dieser Kuss bedeutete, ihn noch kraftvoller machte, als würde man vom Blitz getroffen werden, aber ich konnte nicht genug davon bekommen.

Als wir uns schließlich unter Pfiffen voneinander lösten, erklärte uns der Standesbeamte lautstark zu Mann und Frau. Ich konnte nicht anders, als in den Jubel einzustimmen, der darauf folgte.

Das Glück dieses Moments blieb mir während des Empfangs erhalten, und es fühlte sich wirklich zu schön an, um wahr zu sein. Aber dann sah ich in Grants Augen, die meines Ehemannes, und ich wusste, dass es echt war.

Es gab Champagner und Kuchen, wir tanzten und der Brautstrauß wurde auch geworfen. Alles, was man von einer Hochzeitsgesellschaft erwarten würde. Ich habe mich natürlich amüsiert, aber je länger der Abend dauerte, desto schwieriger wurde es, meine Hände bei mir zu behalten. Grant sah in seinem Smoking sündhaft gut aus, und ich war bereit, ein böses Mädchen zu sein, als die Limousine kam und uns zum Flughafen abholte.

Als wir allein in der Limousine waren, konnte ich mich nicht länger zurückhalten.

Grant war normalerweise der sexuell aggressive Typ, der mich bei jeder Gelegenheit dominierte und ich liebte es. Aber jetzt war ich an der Reihe.

Ich setzte mich auf ihn und schob meine Zunge in seinen Mund, was ihm ein erschrockenes Keuchen entlockte. Umso besser, so konnte ich ihn noch ungehinderter anfassen. Ich griff mit meinen Händen in sein Haar und zog leicht an den dunklen Strähnen, während ich sanft in seine Unterlippe biss.

Grants Hände legten sich auf meine Hüften, während ich mich gegen ihn presste. Die Hitze zwischen uns war spürbar, und als ich den Kuss unterbrach, um Luft zu holen, spürte ich, wie er mit seiner Zunge den Prinzessinnenausschnitt meines Kleides nachzeichnete.

Ich seufzte vor Vergnügen, ließ es aber nicht lange dabei bewenden. Ich hatte jetzt das Sagen.

Ich drängte ihn dazu, seine Jacke auszuziehen, und hob mein Kleid hoch, bis es um meine Taille lag, der leichte Stoff ließ sich in dem begrenzten Raum leicht wegschieben. Ich führte Grants Hand zu meinem Inneren, und seine Augen verdunkelten sich, als er den feuchten Stoff dort spürte. Langsam fuhr er mit seinem Daumen über den Rand meines Höschens und drückte gegen die dort so empfindliche Stelle.

„Fuck", schrie ich auf.

Grant führte seine andere Hand zu meinem Mund und schob seinen Finger in meine Lippen, während er das Gleiche unten tat. Seine Hände zu benutzen, um beide Öffnungen gleichzeitig zu penetrieren, war schockierend erotisch und unsere Blicke trafen sich, während ich sanft an seinem Finger saugte. Ich umklammerte seine Schultern fest, als er seinen anderen Finger weiter in mich hineinschob und mich neckte.

„Möchten Sie mehr davon, Mrs. Donovan?", fragte er. Er verwendete meinen neuen Namen jagte mir damit einen wohligen Schauer über den Rücken. Ich zog seinen Finger aus meinem Mund und

wich von ihm zurück. Ich kniete vor ihm auf dem Boden und starrte auf die Beule in seiner Hose.

„Nimm ihn raus", forderte ich ihn auf, wobei meine Stimme nicht wie meine eigene klang. „Ich will sehen, wie ich dich anmache."

Das brauchte ich ihm nicht zweimal zu sagen. Mit einer schnellen Bewegung schob er seine Hose so weit herunter, dass seine große Erektion zum Vorschein kam. Sie stand aufrecht, als ich sie ansah, so dick und glatt. Ich spürte, wie sich mein Innerstes fast schmerzhaft zusammenzog.

Ich beugte mich vor und wirbelte meine Zunge um ihn herum. Ich versuchte nicht, ihn zum Höhepunkt zu bringen, sondern ihn nur ein wenig zu reizen. Also nahm ich ihn nicht in meinen Mund, stattdessen rieb ich ihn mit meiner Hand und verwöhnte ihn mit meiner Zunge. Er ballte fest seine Fäuste, während er meine Liebkosungen beobachtete.

„Lilly, fuck", sagte er und kniff die Augen zusammen. „Bitte."

Das war, was ich hören wollte. In Windeseile war ich wieder auf seinem Schoß und küsste ihn heftig, während ich zwischen uns griff. Ich schob mein Höschen zur Seite und setzte ihn an meinem Eingang ab. Langsam ließ ich mich auf ihn herab und unterbrach unseren Kuss, um laut aufzustöhnen. Er dehnte mich völlig aus, aber es war so gut.

Mein Kleid war zu aufwändig, um es einfach auszuziehen, also begnügte sich Grant damit, meine Brüste durch den Spitzenstoff zu streicheln, dies verursachte jedoch genug Reibung, um meine Brustwarzen hart werden zu lassen.

Als ich mich ganz auf ihn herabgelassen hatte, hielt ich mich an der Rückenlehne seines Sitzes fest und nutzte sie als Hebel, um ihn schön langsam zu reiten. Als ich einen Rhythmus gefunden hatte, beobachteten mich Grants Augen genau, und die Leidenschaft darin nahm mir den Atem und mein Vergnügen steigerte sich.

„Lilly, Temptress, ja." Seine Stimme war flehend, und ich wusste genau, was er wollte.

Ich stellte meine Füße auf den Sitz und winkelte meine Hüften an, um ihn tiefer aufzunehmen, ritt ihn wild und schrie seinen Namen bei jedem Aufeinanderstoßen unserer Hüften. Die Hitze, das Vergnügen, es war zu viel. Ich konnte es nicht länger aushalten.

Mit einem verzweifelten Schrei kam ich zum Höhepunkt, mein Orgasmus ergriff mich, während ich lautlos schrie. Ich schien keinen Atem mehr zu besitzen, um einen Laut zu formen.

„Oh mein Gott", schrie Grant, als meine pulsierende Muschi den Orgasmus aus ihm herauszusaugen schien. Als sich meine eigene Ekstase langsam legte, war er immer noch voller Lust. Ich konnte meine Augen nicht von seinem Gesicht lassen, es war so verletzlich, so nackt. Der Moment war perfekt. Und gerade zur rechten Zeit, denn wir hatten den Flughafen erreicht.

Wir flogen direkt nach Hawaii in die Flitterwochen - natürlich in Grants Privatflugzeug, versteht sich. Oder besser gesagt, mit unserem Privatflugzeug.

Obwohl es mir unwirklich vorkam, als ich das Flugzeug bestieg. Alles, was ihm gehört, gehört jetzt auch mir? Letztes Jahr war ich besorgt gewesen, weil ich dreißigtausend Dollar an Studienschulden zu bezahlen hatte, und jetzt war ich Milliardärin.

Das Leben kann sich manchmal ganz schön schnell ändern.

Aber das Geld war mir eigentlich egal. Als wir unsere Plätze im Flugzeug einnahmen, drehte ich mich um und sah Grant an. Meinen süßen Ehemann. Der Mann, der mich beschützt hat. Mich gerettet hat.

Der Mann, der mich mit „Happy Birthday" aufweckte und an meinem dreiundzwanzigsten Geburtstag einen Muffin in der Hand hielt, den er selbst gebacken hatte, obwohl er keine Ahnung vom Backen hatte. Der Mann, der mich entjungfert und sich in mich verliebt hatte. Das war der Mann, der der Vater meiner Kinder sein würde.

Das waren die Dinge, die für mich zählten.

„Ich liebe dich", sagte ich leise.

„Das könnte ich für den Rest meines Lebens hören", antwortete er. Ich lächelte.

„Abgemacht."

~*Das Ende*~

Wenn Dir „Accidentally Into You" gefallen hat, solltest Du Dir unbedingt „Thirty Day Fiancé" ansehen!

Es ist eine lustige und heiße Liebesgeschichte, voller brennender Hitze, Neckerei, Drama und einigen zuckersüßen Momenten, die Dir garantiert ein sehr zufriedenstellendes Happy End bescheren werden.

Besuchen Sie hier und holen Sie sich jetzt Ihren 30-Tage-Verlobten!

https://www.ashleepriceromanceauthor.com/product/thirty-day-fiance-ein-bad-boy-fake-engagement-liebesroman-german-edition/

THIRTY DAY FIANCÉ SNEAK PEEK

Es sind nur dreißig Tage.
Einen Monat lang so zu tun, als wäre ich seine falsche Verlobte, ist keine große Sache, oder?

Das rede ich mir jedenfalls immer wieder ein.
Außerdem hat unsere kleine Abmachung ein paar nette Nebeneffekte.
Fangen wir damit an, dass ich jeden Tag in diese dunklen karamellfarbenen Augen blicken darf.
Oh, und nicht zu vergessen, den umwerfenden, muskulösen Bizeps berühren darf.
Seine Unschuld habe ich bereits an ihn verloren.
Was kommt als Nächstes?
Mein Herz?
Damit das für uns beide funktioniert, muss ich mich ihm völlig hingeben.
Doch als Reaktion hüllt sich diese reiche, verruchte Abbild eines Mannes in Geheimnisse.
Es fühlt sich an, als wenn wir ein Spiel spielen würden.
Ein Spiel, bei dem es darum geht, dass mir Aaron etwas wegzunehmen versucht.
Und nein, ich spreche dieses Mal nicht von meinem Herzen.

Schaffe ich es dreißig Tage lang, ohne den Verstand zu verlieren?!
Es geht los. Und der erste Tag beginnt ...

Kapitel 1

Aaron

Nicht schon wieder.

Meine immer noch geballte Faust liegt zitternd auf meinem Schreibtisch, genau dort, wo sie kurz zuvor auf das Mahagoniholz knallen ließ. Der schwarz-silberne Stift, der wie viele andere über die Kante fiel, als der Stiftehalter umgekippt war, rollt über den Boden weg. Er kommt erst zum Stillstand, als er gegen die Spitze eines grünen Lederstiefels prallt. Letzterer gehört zu einem Mann, der in ein schlichtes schwarzes Hemd gekleidet ist, in dieselbe Art von Hemd, die er früher bei der Spezialeinheit trug.

„Hast du wieder einen von Aaron Bentleys patentierten Wutanfällen?", neckt er mich und ein für ihn so typische Grinsen breitet über seinem zerklüftetes Kinn aus.

Ich lockere meine Faust und umklammere die Kante meines Schreibtisches.

„Trägst du immer noch diese hässlichen Stiefel?" schieße ich zurück.

Das reicht allerdings nicht aus, um Nixon Llewells zu Fall zu bringen. Sein Grinsen bleibt an Ort und Stelle, breiter als zuvor. Natürlich. Ich kenne Lew lange genug, um zu wissen, dass die einzige Möglichkeit, ihm das Grinsen auszutreiben, darin besteht, ihm eine Ohrfeige zu verpassen, was kein leichtes Unterfangen ist. Er ist vielleicht ein paar Zentimeter kleiner und ein paar Jahre älter als ich, aber er ist blitzschnell, selbst, wenn er ein paar Flaschen getrunken hat. Ich habe es bisher nur einmal geschafft, und ich frage mich immer noch, ob es daran liegt, dass er es zuließ. Ich könnte es noch einmal versuchen, um sicherzugehen, dass es kein Zufall war, aber ich möchte in meinem Büro kein noch größeres Chaos anrichten, als es schon herrscht. Außerdem ist Lews Gesicht im Moment nicht die Zielscheibe meiner Wut.

„Ross Dietrich?", fragt er.

Volltreffer.

„Was hat er dieses Mal angestellt?"

Er hat mir einen meiner Kunden weggenommen. Einen großen. Ich weiß, dass er es war, und er hat es wahrscheinlich getan, weil ich ihm einen seiner besten Ingenieure weggenommen habe. Auge um Auge. So wie damals, als ich die Mängel an einer von seiner Firma gebauten Brücke aufdeckte, die zum Tod von Dutzenden von Menschen führte, und er sich daraufhin rächte, indem er eine der Fabriken niederbrannte, die wunderschönes aufgearbeitetes Holz für meine Projekte lieferten. Ja, das geht jetzt schon eine ganze Weile so. Seit vier Jahren, um genau zu sein.

Viel zu lange.

Ich begegne Lews Blick. „Sag mir einfach, dass du Neuigkeiten hast."

Er grinst. „Nun, ich bin bestimmt nicht hierhergekommen, um dein hübsches Gesicht zu bewundern, dich über all die Frauen jammern zu hören, die sich dir an den Hals werfen, oder dir dabei zuzusehen, wie du versuchst, deinen fünfzehnhundert Dollar teuren Schreibtisch zu zerstören."

Er hebt den Stift vom Boden auf und legt ihn auf meinen Schreibtisch. Dann runzelt er die Stirn, als er ihn anstarrt.

„Oh, Scheiße. Ich glaube, du hast da eine Delle reingeschlagen."

Ich schaue nach und finde keine. Lew kichert, als er sich in einen Stuhl sinken lässt.

Ich starre ihn an. Sehr witzig.

Er hebt eine Augenbraue in meine Richtung. „Wenn du so enttäuscht bist, solltest du vielleicht ein bisschen mehr trainieren. Wie viel Zeit verbringst du denn in deinem schicken Fitnessstudio?"

„Genug", antworte ich.

Vielleicht sollte ich einfach weitermachen und mich mit ihm streiten.

Er hebt den Briefbeschwerer auf, der es geschafft hat, während des Wutanfalls auf meinem Schreibtisch zu bleiben - eine, in Harz eingeschlossene Krieger-Wespe.

„Entspann dich, Aaron. Hier gibt es keine Kameras. Du kannst aufhören, dich wie ein verzogener Bengel zu benehmen."

Ich setze mich hin. „Ich sag dir was. Ich werde mich beruhigen, wenn Dietrich verrottet, entweder hinter Gittern oder unter der kalten Erde, wofür ich dich ja bezahle."

„Reibst du mir deine Milliarden unter die Nase, ja? Es tut mir leid, aber kein Geld der Welt kann mich in einen Flaschengeist verwandeln. Ich kann nicht einfach mit den Fingern schnippen und Dietrich verschwinden lassen. Aber ich habe etwas herausgefunden."

Ich schaue auf die Uhr und tippe mit den Fingern auf die Armlehne meines Stuhls. „Ich warte."

Er legt den Briefbeschwerer weg. „Schon mal was von William Bowen gehört?"

Ich schüttele den Kopf. „Nein."

„Sie nannten ihn Bill. Er hat vor etwa sieben Jahren für Dietrich gearbeitet. Sein Lieblingsfreak. Zauberte mit

Computern. Er hat viel für Dietrich damit gemacht, das meiste davon illegal.“

„Das überrascht mich nicht.“

„Es machte ihm wohl nichts aus, gegen das Gesetz zu verstoßen, aber ich schätze, der Mann hatte trotzdem ein Gewissen. Er sah etwas, das ihm nicht gefiel. Er versuchte, einen von Dietrichs Plänen zu vereiteln. Und du weißt, dass er es nicht mag, wenn seine Pläne durchkreuzt werden.“

„Ich weiß.“

„Ein paar Wochen später wurde der alte Bill tot aufgefunden, zusammen mit seiner Frau, seiner Tochter im Teenageralter und seinem sechsjährigen Sohn.“

„Scheiße.“ Ich fasse mir an die Stirn.

„Die Cops sagten, er hätte seine Familie erschossen und sich dann selbst erschossen. Nicht jeder glaubt das.“

Ich glaube es jedenfalls nicht.

„Dietrich war es“, sage ich mit voller Überzeugung.

Ohne den geringsten Zweifel. Und die Bullen haben mitgespielt. Warum auch nicht? Er hat einige von ihnen auf seiner Gehaltsliste.

„Wow.“ Lew lehnt sich in seinem Stuhl zurück. „Denkst du das auch?“

„Gibt es irgendwelche Beweise?“ frage ich ihn. „Beweise, derer sich die Bullen nicht entledigt haben?“

Das ist die wichtigste Frage.

„Keine Beweise“, sagt Lew zu mir.

Ich runzle die Stirn.

Er setzt sich gerade hin und hebt einen Finger. „Aber ich habe gehört, dass es Zeugen gab. Zwei. Gordon Sloan, Dietrichs damaliger Anwalt, und Ezra Byrd, einer seiner älteren Leibwächter. Sie standen sich nahe. Und sie standen auch Bowen nahe.“

„Und wo sind sie jetzt?" frage ich.

„Sie verließen Dietrich kurz nach Bowens Tod. Sloan ist letztes Jahr gestorben."

„Scheiße." Ich schlage wieder auf meinen Schreibtisch.

„Byrd ist untergetaucht."

„Kannst du ihn finden?" frage ich Lew.

„Ich habe es versucht. Bis jetzt ohne Erfolg. Aber die Sache ist die. Er könnte bald aus seinem Versteck kommen. Seine jüngste Tochter ist eine Berühmtheit. Eine Sängerin. Sie heiratet nächsten Monat und hat im Fernsehen gesagt, dass sie sich nur wünscht, dass ihr Vater auftaucht. Vielleicht kommt er ja."

Ich nicke. „Dann werden wir mit ihm reden."

„Wenn wir ihn vor Dietrich erreichen können", sagt Lew und tippt mit den Fingern auf meinen Schreibtisch.

Ich sehe ihn mit zusammengekniffenen Augen an. „Das werden wir."

„Vielleicht sagt er nicht aus."

„Wir werden ihn zwingen", verspreche ich.

Ich werde ihn zwingen.

Lew schüttelt den Kopf. „Er hat eine Tochter, Aaron. Er wird sie nicht in Gefahr bringen. Willst du das etwa?"

Nein. Das Letzte, was ich will, ist, dass eine weitere unschuldige Frau durch Dietrichs Hand leidet. Das kann ich nicht zulassen, auch wenn das bedeutet, ihn für seine Verbrechen bezahlen zu lassen oder zu verhindern, dass andere unschuldige Menschen leiden müssen.

Ich fahre mir mit den Fingern durch die Haare. „Verdammt."

Lew beugt sich vor. „Ich habe noch etwas anderes."

Ich blicke ihm in die Augen und schenke ihm meine volle Aufmerksamkeit.

„Der Mann, mit dem ich gesprochen habe, kannte Sloan", sagt Lew. „Er hat unter Sloan gearbeitet, bevor er ging. Und nahm danach seinen Platz ein."

„Und?" frage ich ungeduldig.

„Er sagte, Sloan habe Beweise dafür, dass Dietrich Bowen getötet hat. Er hat alles mit einem Gerät aufgezeichnet, das Bowen gebaut hat."

Meine Augen werden groß. „Und wo ist dieses Gerät jetzt?"

Lew zuckt mit den Schultern. „Keiner weiß es. Aber ich habe Sloan überprüft, und er hat auch eine Tochter. Carrie Newton. Sie hat den Nachnamen ihres Stiefvaters angenommen. Bevor er starb, hat er ihr ein paar Sachen geschickt."

„Bist du sicher?"

Das ist eine große Sache. Wenn ich die Aufnahme in die Finger kriege...

„Der Mann, mit dem ich gesprochen habe, hat dafür gesorgt, dass Carrie die Sachen bekommt. Er sagte, er sei derjenige, der Dietrich Carries Existenz vorenthielt."

„Dietrich weiß also nicht, dass sie existiert?"

Lew nickt.

Nein, natürlich nicht. Wenn er es wüsste, wäre sie vielleicht schon tot. Nein, sie wäre bereits tot. Auch Lews Quelle hatte herausgefunden, was Dietrich getan hatte. Er muss wirklich gut darin sein, Geheimnisse zu bewahren. Aber warum hat er es dann Lew erzählt?

„Warum sollte er dir das alles erzählen?" frage ich ihn direkt.

„Ich habe ihn nicht gefoltert, wenn du das wissen willst", antwortet Lew. „Ich habe ihn einfach zur richtigen Zeit gefunden. Ich fand ihn in einem Krankenhaus, unheilbar krank. Bauchspeicheldrüsenkrebs. Endstadium. Er ist gestern gestorben.“

Ich verschränke die Hände unter meinem Kinn. „Aber du glaubst ihm?“

„Er hatte keinen Grund zu lügen. Ich glaube, er war froh, dass ich ihn gefunden habe.“

Lew war also sein Beichtvater. Glück für sie beide. Aber eher für Lew, denn dieser Mann erhielt keine Vergeltung für seine Sünden. Wenn er jahrelang mit Dietrich zusammengearbeitet hatte, hatte er sicher einiges auf dem Kerbholz. Wenigstens ist er friedlich gestorben. Das ist mehr, als manche Leute bekommen. Mehr als Bowen bekommen hat. Und Hannah.

Ich erhebe mich von meinem Stuhl und beginne, im Zimmer auf und abzugehen.

„Wie kommen wir also an dieses Beweisstück von Carrie Newton? Hast du mit ihr gesprochen?“

„Ja“, antwortet Lew.

Ich hatte nichts anderes erwartet.

„Aber ich habe nichts aus ihr herausbekommen.“

Ich sehe ihn mit großen Augen an. „Das... überrascht mich.“

Was? Sein „Charme“ funktioniert bei Frauen nicht?

„Ich glaube nicht, dass sie weiß, dass ihr Vater ihr etwas Wertvolles geschickt hat. Eigentlich weiß sie gar nichts über ihren Vater. Sie war zwölf, als er sie verließ, und er hat sich danach nie wieder bei ihr gemeldet. Sie war sehr überrascht, als sie das Paket bekam.“

„Aber sie hat es?“

„Sie sagte, sie habe alles aus der Schachtel genommen. Sie weiß nicht mehr, wo sie die einzelnen Gegenstände hingelegt hat oder was sie damit gemacht hat. Sie erinnert sich nicht einmal mehr an alles, was in der Schachtel war.“

Das ist nicht gut.

„Ich habe sie gefragt, ob ein Flash-Laufwerk oder eine Speicherkarte oder irgendeine Art von Gerät in dem Paket war“, fährt Lew fort. „Sie sagte, es sei nichts dergleichen drin gewesen.“

Ich runzle die Stirn. „Also besitzt sie die Beweise nicht?“

„Oder ihr Vater hat sie irgendwo versteckt, vielleicht in einem Gegenstand.“

„Oder sie lügt“, sage ich. „Vielleicht hat sie dir nicht über den Weg getraut und deshalb gelogen.“

Lew zuckt mit den Schultern. „Nun, ich kann nicht behaupten, dass ich so gut mit Frauen umgehen kann wie du.“

Wenn ich so darüber nachdenke, glaube ich nicht, dass Lew jemals in einer Beziehung war. Nun, ich auch nicht, aber Frauen scheinen sich mir leicht anzuvertrauen.

Ich reibe mein Kinn. „Vielleicht rede ich mit ihr.“

Ich muss mit Sicherheit herausfinden, ob sie diese Beweise hat und wo genau sie sind.

„Nein, Aaron. Tu das nicht.“

Ich werfe Lew einen verwirrten Blick zu. „Warum nicht?“

„Aus demselben Grund, aus dem ich ihre Wohnung nicht durchsucht habe“, erklärt mir Lew. „Dietrich könnte es erfahren. Er wird sich wundern. Und es wird ihm nicht schwerfallen, herauszufinden, dass Carrie Newton Sloans Tochter ist. Zusammen mit deinem plötzlichen Interesse an ihr und...“

„Er wird sie erledigen“, beende ich seinen Satz.

Er wird sie entführen und herausfinden, was sie weiß. Selbst wenn er sie foltern muss. Er wird die Beweise beschaffen, wenn sie sie hat, und sie dann trotzdem töten, weil sie die Tochter eines Mannes ist, der ihn verraten hat.

Ich stütze meine Hände auf den Hüften ab. „Selbst wenn ich nicht mit ihr spreche, könnte Dietrich herausfinden, dass sie Sloans Tochter ist. Er könnte immer noch hinter ihr her sein.“

Und sie umbringen.

„Stimmt“, stimmt Lew zu. „Vor allem, wenn er Ezra in die Finger kriegt. Er weiß wahrscheinlich, dass Sloan eine Tochter hatte. Er könnte sogar von den Beweisen wissen.“

Ich atme tief aus. „Scheiße.“

Dann muss ich wirklich zuerst zu Ezra. Nein. Ich muss mich um Dietrich kümmern, bevor er zu Ezra gehen kann. Oder Carrie. Ich muss das Beweisstück von Carrie bekommen, ohne Dietrichs Verdacht zu wecken.

Die Frage ist nur: Wie?

Ich lasse mich auf die Ledercouch fallen, während ich mir die Schläfen reibe.

Wie komme ich an Carrie heran und gewinne ihr Vertrauen, ohne sie in Gefahr zu bringen? Wie kann ich Dietrich in diesem Spiel schlagen?

„Drink?“ Lew bietet mir ein Glas Whiskey an.

Er muss sich einen aus der Karaffe auf dem Regal eingeschenkt haben, während ich damit beschäftigt war, über meine Situation zu grübeln.

Ich nehme das Glas. „Danke.“

Ich schlucke den Inhalt hinunter. Der Alkohol rinnt mir die Kehle hinunter bis in den Magen. Ich spüre, wie er mir zu Kopf steigt.

„Besser?“ fragt mich Lew.

Ich stelle das leere Glas ab und warte, bis der Schwindel sich legt.

„Erst, wenn Dietrich tot ist."

Bis dahin kann ich auch mit noch so viel Alkohol nicht vergessen, was für ein Widerling er ist.

Lew setzt sich neben mich und klopft mir auf die Schulter. „Ich weiß, dass Dietrich Abschaum ist, und ich weiß, dass du von ihm besessen bist, aber du musst auch auf dich aufpassen."

Ich sehe ihn mit zusammengekniffenen Augen an. „Willst du mir sagen, ich soll mich entspannen, nachdem du mir gerade gesagt hast, dass Leben in Gefahr sind?"

„Es ist nicht deine Aufgabe, die Welt vor Dietrich zu retten, Aaron", erklärt er mir. „Nur weil du es nicht geschafft hast..."

„Er hat es auch auf mich abgesehen. Oder hast du das vergessen?"

„Nur, weil du hinter ihm her warst. Wenn du ihn in Ruhe lässt, lässt er dich vielleicht auch in Ruhe."

Ich schüttele den Kopf. „Dafür ist es zu spät."

Lew seufzt. „Ich sage ja nur, dass du dich beruhigen sollst. Geh Dietrich nach, wenn es sein muss, aber verliere dich dabei nicht."

Ich werfe ihm noch einen verwirrten Blick zu. „Was? Bist du jetzt meine Mutter?"

„Nein. Nur dein Freund."

Nun, ich schätze, er ist einer der wenigen Freunde, die ich habe.

Lew setzt sich wieder auf die Couch. „Apropos deine Mutter, wie geht es ihr?"

„Unverändert", antworte ich.

Ich will eigentlich nicht darüber reden, nicht, wenn ich nichts dagegen tun kann.

Krebs ist fies. Was spielt es für eine Rolle, dass ich so viel Geld habe, wenn ich nichts davon nutzen kann, um meiner Mutter dabei zu helfen, gesund zu werden? Es gibt keine Heilung für ihre Krankheit, also kann ich nur versuchen, ihr Leiden zu lindern und ihre letzten Monate erträglicher, wenn nicht sogar glücklich zu machen. Das hat sie verdient. Sie verdient es, ohne Reue zu sterben.

Ohne jegliche Reue.

Ich reibe mir den Nacken, als ich von der Couch aufstehe. Ja, das ist richtig. Meine Mutter hat noch einen Wunsch, von dem ich nicht dachte, dass ich ihn erfüllen könnte.

Bis jetzt. Plötzlich ergibt alles einen Sinn. Alles passt zusammen.

„Was ist es?" fragt mich Lew.

Ich schaue ihn an. „Diese Carrie Newton, ist sie Single?"

„Ja", antwortet er. „Warum?"

Ich nicke. „Ich glaube, mir ist gerade ein Weg eingefallen, wie ich an die Informationen komme, die ich von ihr brauche, ohne sie in Gefahr zu bringen."

Stattdessen werde ich sie in Sicherheit bringen.

Lews Augenbrauen runzeln sich. „Ich bin mir nicht sicher, ob mir gefällt, worauf du hinauswillst, aber okay."

„Zuerst musst du mir alles sagen, was du über sie weißt."

Denn von diesem Moment an gehört Carrie Newton mir. So oder so, ich werde bekommen, was ich will.

Das tue ich immer.

Besuchen Sie hier und holen Sie sich jetzt Ihren 30-Tage-Verlobten!

https://www.ashleepriceromanceauthor.com/product/thirty-day-fiance-ein-bad-boy-fake-engagement-liebesroman-german-edition/

ERHALTEN SIE MEHR VON ASHLEE PRICE

Amazon listet Millionen von Titeln auf, und ich bin froh, dass du diesen entdeckt hast.

Aber wenn Sie wissen möchten, wann ich ein neues Buch veröffentliche, anstatt es dem Zufall zu überlassen, melden Sie sich für meinen Newsletter an.

Ich werde Ihnen eine E-Mail senden, wenn meine neueste Version live geht.

Ja bitte - Melden Sie mich an!

https://www.ashleepriceromanceauthor.com/signup/

ANDERE BÜCHER VON ASHLEE PRICE

https://www.ashleepriceromanceauthor.com/product-category/german/

9 781958 676042